Thea Dorn
Die Hirnkönigin

Thea Dorn

DIE HIRNKÖNIGIN

ROTBUCH VERLAG

Die Deutsche Bibliothek – CIP-Einheitsaufnahme

Dorn, Thea:
Die Hirnkönigin / Thea Dorn. – Hamburg :
Rotbuch Verlag, 1999
ISBN 3-434-54007-5

3. Auflage 2000
© Europäische Verlagsanstalt/Rotbuch Verlag, Hamburg 1999
Umschlaggestaltung: Michaela Booth, Berlin
Unter Verwendung einer Fotografie von Claus Wickrath
Herstellung: Das Herstellungsbüro, Hamburg
Satz: H & G Herstellung, Hamburg
Druck und Bindung: Clausen & Bosse, Leck
Printed in Germany
ISBN 3-434-54007-5

Drei Promille. Und kein bißchen glücklich.

Sie wußte nicht, wovon ihr der Schädel mehr brummte: von dem Champagner, mit dem sie ihre Depression bei Laune hielt, oder von dem Stimmen-Cocktail, der jeden *Harvey Wallbanger* in den Schatten stellte:

4 cl Kulturgewäsch,

2 cl Berliner Hauptstadtgeist,

einige Tropfen Wermut,

das Ganze aufgegossen mit reichlich Testosteron.

Irgendwann zwischen dem zwölften und fünfzehnten Glas hatte sie aufgehört, in den Gesprächen mit herumzurühren. Jetzt stand sie nur noch da und hielt sich an ihrem Champagnerglas fest. Konzentriert genug betrieben war auch dies eine abendfüllende Beschäftigung.

Sie hatte fast vergessen, daß sie mehr war als ein Champagnerständer, als der Gastgeber mit ausgebreiteten Armen auf sie zugesegelt kam. Instinktiv duckte sie sich zur Seite. In dem weißen Anzug sah er aus wie eine fette alte Möwe.

»Meine Liebe, aber Sie langweilen sich ja. Ich bitte Sie, das darf nicht sein. Die Nacht ist viel zu schön, als daß sich eine schöne Frau wie Sie langweilen dürfte. Wollen Sie ein wenig an die frische Luft gehen mit mir?«

Aber sicher doch. Was tat man lieber, als mit fetten alten Möwen an die Luft zu gehen. Zumal, wenn sie der Boß waren. Und Geburtstag hatten.

Er faßte ihren Ellenbogen und lenkte sie hinaus in eine der lauen Berliner Sommernächte, in denen das Thermometer den Gefrierpunkt gnädig von oben umschmeichelte.

Sie hätte nie geglaubt, daß ihr das künstlich verdunkelte Baßorgan ihres Chefs jemals angenehm erscheinen könnte. Doch jetzt träufelte diese Stimme wie reiner *Single Malt* in ihre Ohren.

»Habe ich Ihnen eigentlich schon gesagt, wie glücklich ich bin, daß Sie bei uns arbeiten.«

Sie schüttelte den Kopf. *Bis gestern morgen hast du noch gar nicht gewußt, daß ich bei dir arbeite, du Arschloch.*

Er strich sich über den silber-schwarz melierten Vollbart, der so sorgfältig getrimmt war wie der englische Rasen, über den er sie führte. Die Halme kitzelten ihre großen Zehen, die aus den offenen Goldstilettos herausschauten. Zielsicher steuerte er auf die dunkle Lärchengruppe im hinteren Teil des Parks zu. Glücklich der Mann, der solche Botanik sein eigen nennen durfte.

Ein verzweifelter Lachanfall trieb ihr den Champagner in die falsche Kehle. Sie legte einen Keuchhusten hin, der die Traviata neidisch gemacht hätte.

Die alte Möwe lachte herzhaft mit. Und schlug ihr – ganz väterlicher Freund – auf den Rücken. Sie beglückwünschte sich im nachhinein dazu, daß sie in ihrem Kleiderschrank kein rückenfreies Abendkleid gefunden hatte.

»Wissen Sie, daß Sie viel zu schön sind für Ihren Beruf?«

Wußte sie.

»Mein Gott, warum sind Sie so schön?«

Wußte sie nicht.

Die Lärchen rückten näher. Da half das ergreifendste Traviataröcheln nichts. Die väterliche Hand war so frei, auch ohne Einladung eines Rückendekolletés arschwärts zu wandern.

Sie warf das Champagnerglas ins Gras, hörte auf zu husten und streifte die Goldstilettos von den Füßen. Reizende Maid barfuß im Mondenschein.

»Foltern Sie kein Geburtstagskind.«

Die Stimme tropfte nicht länger in ihr Ohr. Sie leckte.

»Mein Gott, warum sind Sie so schön?«

Die Schuhe lagen gut in ihren Händen.

»Sie müssen, Sie müssen einfach −«

Und sie hatte immer geglaubt, Lärchen hätten weiche Rinden. Ein Irrtum. Und ein weiteres Argument gegen rückenfreie Abendkleider.

. . .

Er konnte den Blick nicht von ihr wenden. Seine Augen, zwei trübe, blutverschlierte Bälle, waren aus den Höhlen gekrochen. Reglos hockten sie in den Eingangslöchern und bestarrten das weiße Fleisch, das vor ihnen tanzte.

In seinem Leben hatte der Alte viel weißes Fleisch gesehen. Aber keins war weiß gewesen wie dieses.

Der Arsch, auf den er stierte, war so alabastern und vollendet geformt, daß er sich sämtliche Hörner der Welt hätte aufsetzen lassen, um ihn hochheben und fortschleppen zu können. Der Abgrund, der die göttlichen Hügel trennte, verjüngte sich nach vorn zu einem Spalt. Die Lippen schienen aus Elfenbein geschnitzt, an den Innenwänden schimmerte Perlmutt. Zwei marmorne Brüste ragten hoch über dem Zwischenbeindelta und spendeten ihm Schatten.

Immer glasiger schauten die welken Augäpfel unter dem Schädeldach hervor. Die Schönheit raubte ihm den Atem.

Das Mädchen drehte sich langsam um die eigene Achse. Es ging in die Knie, öffnete die Schenkel, schloß die Schenkel, stand auf und drehte sich weiter. Teilnahmslos durchstreifte sein Blick den Raum. Es war der unbewegte Blick einer Eule.

Kalter Schweiß stand dem Alten auf der Stirn. Seine

7

Augäpfel hatten die Sehnerven ins Schlepptau genommen. Blind drängten sie ins Freie, dem Alabasterarsch, dem Elfenbeinspalt, den Marmortitten entgegen.

Die Bewegungen des Mädchens wurden langsamer. Es legte den Kopf in den Nacken, reckte beide Arme in die Höhe und stöhnte. Mit einer Hand streifte es den kupferroten Haarhelm ab, der sein Gesicht umrahmte. Von seiner Rechten troff Blut. Schritt für Schritt ging es auf den Alten zu. Die schwefelgelben Augen blitzten.

Ihre Silhouette zerfloß vor seinem Blick. Je näher sie kam, desto flirrender wurde der Glanz, der sie umgab. Er starrte, ohne mit der Wimper zu zucken. Keine Sekunde ihres Anblicks wollte er sich entgehen lassen. Sollten seine Netzhäute zerreißen, seine Glaskörper bersten – es war ihm egal.

Ihm. Dem abgehackten Kopf.

I

»Verdammte Scheiße, kannste dem Balg nich mal ordentlich den Arsch abwischen!«

Kyra Berg drückte die Stopptaste ihres Aufnahmegeräts und atmete tief durch. Geduld und Ausdauer waren die Waffen der Journalistin. Aber wenn das so weiterging, konnte *sie* sich mit diesem Interview den Arsch abwischen.

Der Krabbler an der Schwelle zur Stubenreinheit plärrte los, als seine Mutter aufsprang und ihn vom Teppich pflückte.

Sie blickte Kyra entschuldigend an. »Det is immer det gleiche hier. Um jeden Scheiß muß ick mir kümmern. Der Olle macht jar nüscht. Zum Kotzen is det.«

Kyra nickte ihr beipflichtend zu. Angesichts des verzierten Babyarschs war sie froh, nicht gefrühstückt zu haben.

Die Mutter verschwand mit ihrer Fracht im Bad. Wassergeplätscher und heftiges Krabblergebrüll legten sich über das Fluchen.

Kyra stützte den Kopf in die Hände und massierte ihre Schläfen. Die Kopfschmerzen, mit denen sie heute morgen bereits erwacht war, hatten zugenommen.

Warum hörte das Balg nicht mit seinem Geschrei auf. Es brachte doch nichts. Die Mutter würde es sowieso bis aufs Blut schrubben. Und warum hörte die Frau nicht mit ihrem Fluchen auf? Der Fleischkoloß, der im Feinrippunterhemd in der Küche saß und Bier trank, würde sowieso dort hocken bleiben. Es war alles so sinnlos.

»Nur noch 'n kleenen Moment. Ick bin gleich wieder

da«, rief die Frau aus dem Bad. »Nehmense sich doch so lang noch 'n Kaffee.«

Kyra warf einen Blick in die volle Tasse, die unberührt vor ihr stand. Jetzt meldete sich der Whisky von letzter Nacht doch noch zu Wort. Sie konnte diesen Kaffee nicht trinken. Keinen Schluck, hier in diesem Zwei-Zimmer-Drecksloch zwischen all der Babyscheiße, dem Bierdunst und den Häkelschonern, die im ganzen Raum verteilt waren, als könnten sie das Elend verhüllen.

Es gab Tage, da bereute Kyra, daß sie nicht mehr fürs Feuilleton schrieb.

Die Frau kam zurück. Sie ließ den Krabbler wie eine Katze fallen, streifte die Hände an ihren pinkfarbenen Leggings ab und ging wieder zum Sofa.

»Also was wolltense jetzt zuletzt wissen?«

Geduld und Ausdauer. Geduld und Ausdauer. Kyra drückte die Aufnahmetaste an ihrem Kassettenrecorder. »Ich hatte Sie gefragt, ob Sie sich erklären können, warum Ihre Mutter damals Ihren Vater umgebracht hat.«

Erika Konrad wischte sich über die Stirn. Obwohl sie die Klimaanlage des Wagens voll aufgedreht hatte, war sie in Schweiß gebadet. Das seidene Sommerkleid klebte ihr am Rücken. Wie Schmeißfliegen kreisten ihre Gedanken um den Fleck zwischen ihren Schulterblättern, der ihr Lieblingskleid für immer ruiniert haben würde.

Im Schrittempo ließ sie den Wagen die Einfahrt hinaufrollen. Je näher sie Berlin gekommen war, desto langsamer war sie geworden. Seitdem sie die Autobahn verlassen hatte, war sie nicht mehr schneller als dreißig gefahren. Es kam ihr vor, als ob sich ihr Fuß dagegen sträubte, weiter das Gaspedal zu treten.

Erika Konrad stellte den Motor ab. Mit feuchten Händen hielt sie das Lenkrad umklammert. Natürlich war es nicht

ihr Fuß, sondern ihr Herz, das sich dagegen sträubte, heimzukehren. *Heimzukehren.* Wie höhnisch dieses Wort in ihren Ohren klang. Sie blickte zu der mächtigen Villa, die
halb in der Sonne, halb im Schatten der alten Lärchen lag.

Erika Konrad mußte sich zwingen auszusteigen. Der
Kies knirschte unter ihren Füßen. Sie bückte sich, um
einen Stein zu entfernen, der sich in ihre roten Riemchen-
sandalen geschoben hatte. Als sie mit der Nase in die
Nähe ihrer Achselhöhlen kam, roch sie den Schweiß.
Nur an den kühleren Tropfen, die auf ihren Handrücken
fielen, merkte sie, daß sie weinte. Sie hatte in den letzten
Jahren zuviel geweint, um Tränen an der Quelle zu spüren.

Der Stein im Schuh war ihr plötzlich egal. Sie wollte nur
noch die Hitze hinter sich lassen. Mit raschen Schritten
legte sie die letzten Meter zur Eingangstreppe zurück.

Die massive Holztür war lediglich zugezogen, nicht ab-
geschlossen. Erika Konrad warf einen Blick auf ihre Armbanduhr. Kurz vor drei. Ihr Mann konnte unmöglich zu
Hause sein. Nie kam er vor sechs aus der Zeitung zurück.
Es mußte die Putzfrau sein.

Im Haus war es kühl und still. Erika Konrad legte ihre
Handtasche auf dem kleinen Teakholztischchen neben der
Garderobe ab. Sie erschrak, als sie ihr Bild im Spiegel sah.
Eine Vogelscheuche steckte in ihrem Lieblingskleid. Sie
wagte nicht, die Sonnenbrille abzusetzen.

Hier drinnen kam ihr der eigene Schweißgeruch noch
widerlicher vor. Sie mußte dringend duschen.

»Ilona!« Ihre Stimme hallte durch das leere Haus. Kein
Geräusch deutete auf die Gegenwart eines putzenden Menschen hin. Sie ging zu der geschwungenen Treppe, die ins
obere Stockwerk führte, und rief noch einmal. »Ilona! Sind
Sie da?«

Dieser Gestank. Dieser gräßliche Gestank. In ihrem
ganzen Leben hatte sie noch nicht so erbärmlich gestun-

ken. Selbstekel krampfte ihr den Magen zusammen. Sie spürte, wie die Übelkeit in ihrem Hals emporstieg. Erika Konrad schlug die Hand vor den Mund.

Sie brauchte dringend eine Dusche. Brauchte dringend einen Cognac.

Hilflos stolperte sie durch den Flur, an dessen Ende das Wohnzimmer lag.

Wäre sie weniger verwirrt gewesen, hätte sie sich möglicherweise gefragt, wieso der gräßliche Gestank, der sie vor sich selbst hertrieb, immer stärker wurde, je näher sie dem Wohnzimmer kam. Und hätte sie sich das gefragt, hätte sie möglicherweise gezögert, die Tür zu öffnen.

»Herei-hein.« Kyra versuchte, sich auf dem Bürostuhl umzudrehen, ohne die Beine vom Schreibtisch zu nehmen. Aus dem Kassettenrecorder plärrte es in ungeschnittener Härte: »*Sammie, ick warn dir. Beim nächsten Mal fängste eine.*«

»Jessas, was ist denn bei dir los?«

Kyra grinste den kleinen Mann mit dem grauen Vollbart und der dunklen Hornbrille, der seinen Kopf vorsichtig zur Tür hereinsteckte, freundlich an. »Tja. Kann eben nich jeder uffe Arbeit Mozart hören.«

Franz Pawlak war der lokale Musikredakteur beim *Berliner Morgen*. Fast drei Jahre lang hatten sie Tür an Tür im Feuilleton gearbeitet. Kyras selbstgewählten Wechsel ins Mord- und Totschlag-Ressort hatte er noch immer nicht verkraftet.

»*Sammie! Biste bescheuert. Nimm die Pfoten weg von meinen Cindy-Crawford-Videos.*«

Franz stieß einen erleichterten Seufzer aus, als Kyra das anschließende Krabblergeschrei per Tastendruck abstellte.

»In welchem Neuköllner Hinterhof hast du das denn eingefangen?«

»Nix Neukölln. Wedding. Ich bitte dich, Franz, das hört man doch. Neukölln klingt ganz anders.«

»Tut mir leid. Ich bin Österreicher. Mein akustisches Differenzierungsvermögen beschränkt sich auf Josefstadt und Favoriten.«

Kyra griff nach dem Zigarettenpäckchen, das neben dem Kassettenrecorder lag, fischte mit gespitzten Lippen eine Zigarette heraus und steckte sie linkshändig an. Franz beobachtete den Vorgang, als schaue er einer Schlangenfrau im chinesischen Staatszirkus zu.

Sie blies eine lange Rauchschwade in seine Richtung. »Also. Was gibts?«

»Ich wollte fragen, ob du heute abend zur *Elektra*-Premiere mitkommst. Staatsoper.«

Kyra verdrehte die Augen. »Du läßt aber auch wirklich keinen Versuch aus, mich auf den Pfad der schönen Künste zurückzuführen, was?«

»Heißt das nein?«

»Das heißt: Ich weiß noch nicht. Nachher muß ich nach Plötzensee raus und die Mutter der reizenden Dame interviewen, deren Stimme du gerade gehört hast. Keine Ahnung, ob ich danach noch Bock auf *Elektra* hab.«

»Seit wann interessieren dich denn Sozialreportagen?«

Kyra ging zum offenen Fenster und aschte drei Stockwerke runter auf die Straße. Es war ein schöner Zug von der *Neuen Hauptstadtzeitung,* daß sie auf Fenstersperren verzichtete. Eine Touristengruppe schleppte sich unter einheitsblauen Sonnenhüten in Richtung Brandenburger Tor.

»Wenn am Ende der Ehemann tot ist.«

»Was? Diese Kreischsäge hat ihren Mann umgebracht? Und läuft frei rum?« Franz klang ernsthaft schockiert.

»Nee, nee, bis die soweit ist, dauerts noch ne Weile.«

Kyra warf den obligatorischen Blick zu den Baukränen, die über dem Potsdamer Platz in den Himmel ragten. »*Ihre* Mutter hat *ihren* Alten umgebracht.« Sie schnipste den Zigarettenstummel in die Tiefe und lächelte Franz an. »Ich hab dir doch erzählt, daß ich eine Serie über Berliner Mörderinnen mache.«

Franz schnaubte. »Jawohl. Nach zehn Bier.«

Sie schenkte ihm ein bezauberndes Lächeln. »Du weißt, daß ich die Dinge, die ich nach zehn Bier erzähle, besonders ernst meine.«

Erika Konrad erwachte hustend. Sie hatte einen ekelhaften Geschmack im Mund. *Weshalb lag sie auf dem Parkett?* Verwirrt blinzelte sie an die Decke und erkannte die gipsernen Putten, die mit ihren Füllhörnern auf sie zielten. Ja, richtig. Sie war *zu Hause. Daheim. At home.*

Mühsam setzte sie sich auf. Ihr Lieblingskleid war von oben bis unten vollgekotzt. Ausgerechnet ihr Lieblingskleid. Ihr Lieblingskleid aus Seide, das ohnehin so schwer zu pflegen war. Sie konnte sich noch genau erinnern, wie schwierig es damals in diesem Schweizer Restaurant gewesen war, den Rotweinfleck herauszubekommen. Rotweinflecken waren ja immer ein Problem, aber aus Seide gingen sie eben so besonders schwer heraus.

Erika Konrad erhob sich. Mit zitternden Knien ging sie zur Tür.

Vielleicht konnte sie das Kleid noch retten, wenn sie es jetzt gleich einweichte. *Seide immer nur in kaltem Wasser einweichen. Empfindliche Stoffe nie heiß behandeln.*

An der Schwelle blieb sie stehen. Ihre Knie zitterten so stark, daß sie sich am Türrahmen abstützen mußte. Ein paar Tränen liefen ihr übers Gesicht.

Warum konnte sie denn jetzt nicht weitergehen? Wenn sie nicht ganz schnell ins Badezimmer kam und ihr Kleid einweichte, war doch alles verloren. *Alles verloren. Alles verloren.*

Heulend sank sie auf die Knie. Mit beiden Fäusten trommelte sie gegen den Türrahmen. Es durfte nicht sein. Nein. *Nein. Nein. Es durfte nicht sein. Sie hatte ihrem Mann doch von Anfang an gesagt, daß eine weiße Wohnzimmereinrichtung nicht sauberzuhalten war.*

Erika Konrad erstarrte. Kälte kroch zwischen ihren Schulterblättern hinauf. *Wohnzimmereinrichtung. Weiße Wohnzimmereinrichtung. Was – Was –*

Eine unsichtbare Hand packte sie am Kinn und drehte ihr Gesicht langsam zur Zimmermitte zurück. Nein. *Nein. Nein. Erika Konrad schloß die Augen und preßte die Lippen aufeinander. Sie wollte nicht sehen. Sie wollte überhaupt nichts sehen.*

Zwei Geisterfinger schoben sich unter ihre Lider und drückten sie unbarmherzig nach oben.

Erika Konrad wimmerte leise. *Da lag, was da nicht liegen durfte. Lag immer noch da. Auf dem Couchtisch. Und hatte keinen Kopf mehr.*

Sie zog ihre Knie an und umklammerte sie mit beiden Armen. Ihr war kalt. So furchtbar kalt.

Das Blut war bis zur Decke gespritzt. Bis zum Kronleuchter. Vorhänge. Ledergarnitur. Lampenschirme. Bilderrahmen. Kamin. Alles vollgespritzt. Der Seidenteppich, der unter dem gläsernen Couchtisch lag, war ganz rostrot.

Erika Konrad schluckte. *Nur gut, daß ihr das nicht passiert war.* Und fing an zu kichern. *Sie hätte nicht hören mögen, was ihr Mann ihr erzählt hätte, wenn es ihr Blut gewesen wäre, das da überall an seinen teuren weißen Möbeln klebte.*

Die Kälte war plötzlich verschwunden. Auch ihr Körper hatte aufgehört zu zittern. Sie war ganz leicht. Ganz leicht und ruhig.

Fast schon beschwingt stand sie auf. Kein Fitzchen Angst mehr. Wovor auch. Er war ja tot.

Einen Meter vor dem Couchtisch blieb sie stehen.

Sonderbar, wie wenig es einen Menschen veränderte, wenn man ihm den Kopf abhackte. Es war ihr Mann. Zweifellos ihr Mann. Man hätte ihm noch viel mehr abhacken können, selbst der bloße Rumpf wäre unverkennbar Robert Konrad geblieben. Der große Robert Konrad. Der Charisma-Riese.

Obwohl er nicht mehr dunkelgrau, sondern so rostrot wie der Rest des Zimmers war, erkannte sie sofort, daß er zum Sterbengehen seinen teuersten Anzug angezogen hatte. Der Anzug, von dem er selbst behauptete, er sähe in ihm wie ein *guter Vierziger* aus. Das Jackett lag hingeworfen auf der Couch, das Hemd war bis zum Hosenbund hinab aufgeknöpft.

Mit der Fußspitze tippte sie die Flasche an, die samt Sektkübel zu Boden gefallen war. Neunzehnhundertneunziger *Dom Pérignon*. Sein Lieblingschampagner. Gedankenverloren bückte sie sich nach den zwei Sektgläsern, die etwas weiter entfernt lagen.

Ich hoffe, du hast einen schönen Abend verbracht.

Ihre Stimme hallte fremd in dem toten Raum.

Sie richtete sich auf. Und stieß gegen den Arm, der starr und kalt vom Couchtisch abstand. Die Sektgläser in ihrer Hand zersplitterten. *Er sollte sie nicht mehr anfassen. Nie wieder sollte er sie anfassen …*

Haßerfüllt schleuderte sie die Glasscherben zu Boden. Ein feiner Blutregen spritzte von ihren zerschnittenen Handflächen.

Du Schwein. Du verdammtes Schwein.

Sie trat nach der Hand, die knapp über dem Seidenteppich in der Luft hing.

Schwein. Schwein. Schwein.

Sie drehte sich um, holte mit ihrer blutenden Hand aus, nie hatte sie ihn geschlagen, natürlich nicht, immer nur er, er, er; er konnte ja machen, was er wollte, mit ihr, mit –

Alles, was ihre Hand traf, war das rohe Chaos, das aus seinem offenen Hemdkragen quoll.

Die letzten Reste Hühnersuppe und Feldsalat, die sie in einer anderen Welt einmal gegessen hatte, klatschten auf seine Brust.

Erika Konrad schlug die Hände vor den Mund und taumelte noch immer würgend rückwärts.

Was hatte sie getan? Oh Gott, was hatte sie getan?

Ihr Mann war tot. Bestialisch dahingeschlachtet. Der Mann, mit dem sie achtundzwanzig Jahre lang verheiratet war. Der Mann, der der Vater ihrer einzigen Tochter war.

Mörder! Mörder!

Sie stürzte los, knickte um, rappelte sich wieder auf und faßte nach dem Telefon. *Null – Eins –* Sie wischte sich mit ihrer blutigen Hand übers Gesicht. *Eins – Null – Nein – Eins – Eins –* Ihre Finger zitterten so, daß sie immer wieder neu beginnen mußte. Der Hörer fiel ihr aus der Hand.

Sie bückte sich. Und gefror. Da, wo der Hörer lag, war eine Spur. Eine wild zerstampfte Spur, die vom Couchtisch zum Kamin führte. Sie blickte hoch zu den Photos, die auf dem Kaminsims standen. Die Photos waren blutverschmiert. Rostrote Fingerabdrücke auf dem Liebsten. Und etwas fehlte. Etwas, das dort immer gehangen hatte. Etwas, das sie selbst dort hingehängt hatte. Ihr wurde schwindelig. Sie sank auf die Knie. Weinend streichelte sie die Spur am Boden. *Kleine Füße. So kleine Füße.*

»Hamse 'n Handy?«

»Bitte?« Kyra bewegte ihr Ohr noch etwas näher an den Lautsprecher heran, der in die Panzerglasscheibe eingelassen war. In ihrem Rücken brüllten zwei türkische Kids gegen ihren Vater an. Ein freundlicher deutscher Justizvollzugsbeamter versuchte, die mutterlose Familie mit »nix Besuchszeit, nix Besuchszeit« zu verscheuchen.

»Wennse 'n Handy ham, müssenses hier abgeben. Handy ist drinnen nicht erlaubt«, wiederholte der Pförtner hinter dem Panzerglasschalter.

»Ach so. Ja.« Kyra zog die Augenbrauen zusammen. Die beiden Jungs drehten noch einige Dezibel auf. Wahrscheinlich war die Mutter nur straffällig geworden, um im Knast ihrer Familie zu entkommen.

Kyra lächelte den Pförtner gewinnend an. »Ich brauche aber mein Handy. Ich muß erreichbar sein. Gibt es keine Ausnahmeregelung für Journalisten? Wenn Sie wollen, kann ich Ihnen eidesstattlich versichern, daß ich niemanden damit telefonieren lasse.«

»Handy ist drinnen generell nicht erlaubt«, beschied der Pförtner ungerührt.

Kyra ließ das Lächeln langsam aus ihrem Gesicht rutschen. Es war doch immer wieder beruhigend zu erleben, wie sehr man es sich in dieser Stadt sparen konnte, so zu tun, als ob man ein freundlicher Mensch wäre.

»Ick hab mir die Vorschrift nicht ausgedacht«, schob der Pförtner hinterher, »da müssense sich schon beim Justizsenator beschweren.«

Kyra machte den Mund auf und wieder zu. Sie lebte zu lange in Berlin, um nicht zu wissen, daß jedes weitere Wort sinnlos war. Widerwillig holte sie das Handy aus ihrer Tasche und legte es in den Schubkasten, der in den Schalter eingelassen war.

»Wehe, wenn einer jetzt *Bellevue* in die Luft jagt«, knurrte sie mit geschlossenen Zähnen.

Nach und nach erwachte Erika Konrad aus der Benommenheit, in die sie die blutige Fußspur gestürzt hatte. Unsicher schaute sie sich im Zimmer um. Auf einmal verstand sie. Natürlich. Es konnte gar nicht anders sein. Alles andere hätte gar keinen Sinn gehabt.

Angst erfaßte sie. Es war ihr Fehler. Alles war ihr Fehler. Sie und niemand sonst war schuld an dem, was hier geschehen war. Sie allein hätte es verhindern können. Warum war sie so schwach gewesen. So schwach und dumm. Sie allein war schuld.

Erika Konrad schluckte die Tränen hinunter, die ihr unablässig übers Gesicht liefen. Noch war nichts endgültig verloren. Noch konnte sie alles wieder gutmachen. Sie mußte nur stark sein. Stark und klug.

»Herzig, nich«, sagte die grauhaarige Frau und zeigte auf die Glasvitrine, die bis oben hin mit Plüschtieren vollgestopft war. »Die könnense alle kaufen. 'n paar von den Mädels hier machen die inne Werkstätten. Vor allen Dingen die rosa Elefanten mit den Schlappohren, die find ich besonders goldig. In meiner Zelle hab ich auch drei von den Kameraden hocken.«

Kyra rückte an ihren Notizen. Wie immer, wenn sie nervös war, rieb sie an dem kleinen sternförmigen Muttermal herum, das links über ihrer Oberlippe saß. »Frau Becker, Sie waren gerade dabei, mir zu erzählen, wie es dazu gekommen ist, daß Sie Ihren Mann an jenem Abend dann wirklich umgebracht haben.«

»Na ja. Wie gesagt.« Mit einem Achselzucken verabschiedete sich Hermine Becker vom Friedhof der Kuscheltiere. »An dem Morgen, da hat der Stiesel doch glatt vergessen, mir 'n Wecker zu stellen. Alles konnt ich vertragen, aber nich verschlafen. Das war für mich mein Tod. Hab ich ihn erst mal fertiggemacht, das war klar.«

Kyra nickte, als sie Hermine Beckers zustimmungsheischenden Blick spürte.

»Da is er denn erst mal aufgesprungen, da hat er gebrüllt, was mir nur überhaupt einfiel, ihm is das scheißegal, ob ich auch noch meine Arbeit verliere und, und, und.« Die alte Frau winkte ab. »Ach, Sie können sich gar nich vorstellen, das war die Hölle auf Erden. Aber so gings schon die ganze Woche, und den Tag besonders schlimm. Immer, wo er mich getroffen oder gesehen hat, gings rund, nur Bedrohungen, nur Bedrohungen, nur Bedrohungen, daß er mich umbringt. Da hab ich gesagt, is gut. Ich wußt schon vor Angst nich mehr – ich war inner Verfassung, das kann sich kein Mensch vorstellen.«

In dem himmelblauen Rechteck hinter dem weiß vergitterten Fenster tauchte für wenige Sekunden ein startendes Flugzeug auf. Ein menschenfreundlicher Stadtplaner hatte das Frauengefängnis auf einem Grundstück mit Flughafenblick erbauen lassen. Kyra verfolgte, wie sich der Kopf der alten Frau langsam seitlich neigte. Ein menschenfreundlicher Gefängnisarchitekt hatte die Gitter vor den Fenstern diagonal angebracht.

Es dauerte eine Weile, bis Hermine Becker mit leiser Stimme weitersprach. »Ich weiß ja nich, was meine Tochter Ihnen erzählt hat, aber der Abend, das sag ich Ihnen jetzt, ob Sies mir glauben oder nich, das wars Ende. Das hat mich so fertiggemacht, daß ich nich mehr wußte, was hinten und vorne war. Und vor allen Dingen, er hat sich denn immer mehr reingekippt, hingepackt auf die Couch, das dauerte ne halbe Stunde, denn wieder hoch, zur Toilette, ins Schlafzimmer, alles war aufgerissen, angeguckt hat er mich und geschubst und denn … und denn … «

Die alte Frau schaute Kyra hilflos an. Und plötzlich rollten ihr Tränen übers Gesicht. Tränen, die so fremd wirkten, als hätte ihr eine unsichtbare Maskenbildnerin

Glyzerin in die Augen getropft. »Ich weiß es doch nich«, sagte sie und rang die Hände, »ich kann mich doch an nix mehr erinnern. Das is alles wie – wie weggewischt.« Sie zog ein Taschentuch aus ihrem Kittelkleid und schneuzte. Die Tränen waren so plötzlich verschwunden, wie sie gekommen waren. »Und wissen Sie: Manchmal kommt es mir grad so vor, als ob ich das gar nich gewesen wär, als ob da irgend 'n andrer die Paketschnur genommen und das für mich gemacht hätte.« Sie lächelte. »Aber ich muß es wohl gewesen sein, es war ja sonst niemand da.«

Erika Konrad legte den Wischlappen aus der Hand. Sie hatte jegliches Gespür dafür verloren, wie lange sie schon arbeitete. Die körperliche Anstrengung tat ihr gut. Entschlossen ging sie auf den Couchtisch zu.

Sie hatte sich getäuscht, vorhin, als sie gedacht hatte, der fehlende Kopf hätte ihren Mann nicht verändert. Es hatte ihn verändert. Zum ersten Mal seit Jahren konnte sie ihn anschauen, ohne Furcht zu haben, daß er sie anschaute. Daß er sie mit seinen unbarmherzig gealterten Herrenmensch-Augen anschaute.

Erika Konrad blies sich eine Strähne aus dem Gesicht, packte ihren Mann an beiden Armen und zog ihn mit einem Ruck vom Couchtisch herunter.

»Franz, das ist doch nicht zum Aushalten! Eben noch erzählt mir diese Frau, welche Hölle ihr Leben war, und im nächsten Atemzug erklärt sie mir, wie goldig die Plüschelefanten mit ihren Schlappohren sind!« Kyra fuchtelte aufgeregt mit ihrem Glas herum. Ein Schwung Champagner landete auf dem Ärmel des Herrn, der in premierenblaues Tuch gewandet am nächsten Stehtisch lehnte und seinen Opern-Aperitif zu sich nahm. Das *Tut-mir-*

leid, das Kyra in seine Richtung fauchte, ließ ihm jegliche Beschwerdelust vergehen.

Franz klopfte sich ein paar Schuppen vom Fischgrätenjackett und lächelte. »Was hast du denn gedacht, welch düstre Heldin du in einem Berliner Knast triffst? Medea? Lucrezia Borgia?«

»Quatsch«, würgte Kyra ihn ungnädig ab. »Nach dem, was sie getan hat, hätte ich einzig und allein erwartet, daß sie ein bißchen weniger banal ist, ein bißchen – gewaltiger.«

Franz nahm seine verdreckte Hornbrille von der Nase und begann, sie mit dem Zipfel seines wie immer schwarzen Hemdes, das wie immer nicht in der Hose steckte, zu polieren. »Vielleicht fängst du ja langsam an zu begreifen, was für eine Schnapsidee dein Crime-Trip ist. Wenn du gewaltige Frauen suchst, komm zurück ins Feuilleton.«

»Ha ha«, brummte Kyra, »sehr witzig. Da treff ich dann so gewaltige Frauen wie dich, oder was.«

Franz setzte seine Brille umständlich wieder auf. Er blinzelte Kyra durch die verschmierten Gläser liebevoll an. »Wenn du mir nicht aus Prinzip widersprechen müßtest, würdest du ja selbst zugeben, daß es spannender ist, in die Oper zu gehen und *Elektra* zu sehen, als irgendwelche Weddinger Hausfrauen zu interviewen, die ihre Stricknadeln aus Versehen mal in ihren Gatten gesteckt haben.«

»*Elektra! Elektra!* Hör mir auf mit *Elektra!*« Kyra knallte ihre Faust auf den Tisch. »Was ist denn *Elektra!* Sophokles, Hugo von Hofmannsthal, Richard Strauss«, zählte sie auf und ließ bei jedem Namen einen Finger aus der Faust schnellen. »Elektra ist keine gewaltige Frau, Elektra ist eine gewaltige Männerphantasie.«

»Vielleicht gibt es gewaltige Frauen nur als gewaltige Männerphantasien.«

Kyra warf ihm einen wütenden Blick zu und schwieg.

»Mal im Ernst. Ich sehe einfach nicht, was du dir davon versprichst, mit Handy und Beeper quer durch die Stadt zu hecheln und zu gucken, ob du irgendwo in Marzahn eine Fritzi Haarmann findest.«

»Ich will wissen, ob es eine gibt.«

»Ja und dann? Dann stellst du sie bei dir daheim in die Vitrine?«

»Nein.« Kyra blickte finster vor sich hin. »Eine *wirklich* gewalttätige Frau, eine Frau, die durch und durch skrupellos, *böse* ist, würde diese Gesellschaft heftiger erschüttern als alle Revolutionen.«

Es war kurz nach neun, als Erika Konrad die gelben Gummihandschuhe auszog, den letzten Eimer blutiges Putzwasser ins Klo kippte, die rostroten Lappen in einen Müllsack warf und den Staubsauger in die Kammer zurückstellte. Jeder einzelne Gegenstand, jedes Möbelstück, alle Wände und Böden in der Villa glänzten so blank, als ob noch keines Menschen Hand und Fuß sie je berührt hätten. Der gläserne Couchtisch war bis zur Unsichtbarkeit poliert. Im Kamin fielen die glühenden Überreste des Seidenteppichs in sich zusammen.

Erika Konrad ließ ihren Blick prüfend durch das Wohnzimmer und über ihren Mann hinwegwandern, der zusammengekrümmt in der äußersten Ecke des Raumes lag. Sie zögerte. Noch ein Letztes war zu tun. Vielleicht war es nicht klug, aber sie mußte es tun. Sie ging zu dem gläsernen Regal neben dem Fernsehgerät und holte die oberste Reihe Videokassetten heraus. Nur die oberste Reihe, nur die *privaten* Videos ihres Mannes.

Sie warf den schwarzen Stapel in den Kamin, übergoß ihn mit dem restlichen Benzin aus dem Geräteschuppen, und eine hohe Stichflamme schoß auf. Zufrieden hörte sie, wie der Kunststoff verbrutzelte. Jetzt war sie wirklich fertig. Fertig mit allem.

Weder ihre Finger noch ihre Stimme zitterten, als sie die 110 wählte und sagte: »Hier Konrad, Wildpfad 30. Schicken Sie jemanden vorbei. Ich habe meinen Mann umgebracht.«

Mach keine Türen auf in diesem Haus! Gepreßter Atem, pfui! und Röcheln von Erwürgten, nichts andres gibts in diesen Mauern!

Kyra lehnte sich in ihrem Sessel zurück und ließ die mächtige Stimme der Sopranistin durch sich hindurchrieseln. Sie hatte vollständig vergessen, wie wunderbar *Elektra* war. Elektra mit dem Beil. Elektra, die in blutigsten Tönen die Ermordung ihrer Mutter beschwor.

Das ganze Haus ist auf. Sie kreißen oder sie morden. Wenn es an Leichen mangelt, drauf zu schlafen, müssen sie doch morden!

Vielleicht hatte Franz recht. Vielleicht war es tatsächlich albern, im kümmerlichen Bodensatz der Berliner Realität herumzustochern, wenn es auf der Bühne solche Figuren gab.

Kyra war so weggetaucht, daß sie die leisen Lockrufe ihres Handys erst hörte, als Franz ihr unsanft in die Rippen stieß. Das Klingeln holte sie vom Olymp antiker Blutrunst in die Berliner Niederungen zurück. Ihre Handy-Nummer besaß nur ein einziger Mensch: Freddy Lehmann, der Kleinganove, den sie – und eine Menge anderer Journalisten – dafür bezahlte, daß er rund um die Uhr das Ohr, mit dem er gerade nicht im Gefängnis war, am Polizeifunk hatte.

Kyra zerrte ihre Tasche unter dem Sitz hervor. Berlin oder Mykene? Große Oper oder kleines Verbrechen? Altbekannte Rache oder die Aussicht auf frischen Mord?

Und folg ich dir nicht und schlachte, schlachte, schlachte Opfer um Opfer?

Kyra gab sich einen Ruck. Sie warf Franz ein entschuldigendes Lächeln zu, ignorierte die unterdrückten Flüche des Ehepaars, das neben ihr saß, und schob sich in Richtung Ausgang.

»Kacke.« Der Mann mit der Kamera trat wütend gegen den schmiedeeisernen Zaun. »Ich hasse diese Bonzenvillen. Viel zuviel Grundstück drumrum und viel zuviel Bäume. Da brauchste ja 'n Tele wie 'n U-Boot, um 'n anständigen Schuß zu machen.«

»Locker bleiben, Mann.« Sein Textkumpel von der Konkurrenzzeitung, der zeitgleich mit ihm am Tatort eingetroffen war, warf einen skeptischen Blick auf die drei Einsatzwagen, die mit kreisenden Blaulichtern in der Einfahrt standen. »Passiert doch eh wieder nix.« Er holte eine Packung Zigaretten aus der Innentasche seines Wildlederblousons und steckte sich eine an.

Der Photograph ging in die Hocke. In unbequemem Winkel schob er sein Kameraobjektiv durch die Gitterstäbe. »Mann, wenn das wieder so 'n Scheißtip is wies letzte Mal, kauf ich mir den Freddy. Weißte noch, die Sache mit den Vietnamesen, warste doch auch dabei.«

»Klar, Mann.« Der andere Journalist paffte gelassen vor sich hin. »Aber das Ding im Mai, das Ding mit dem Rumänen, ich sag dir, das war noch ne viel größere Wichse. Freddy total aufgeregt, *du Dieter, ganz große Sache, ey, Geiselnahme, zwo kleine Kinder, GSG-9-Einsatz mit allen*

Schikanen. Ich natürlich nix wie raus ausm Bett, rin inne Kiste, heitz nach Marzahn, und wie ich dann hinkomm –«, der Mann im grünen Wildlederblouson ließ die Zigarette aus dem Mund fallen und kickte sie durch die Gitterstäbe hindurch, »– da hatte sich dieser Rumänenwichser doch einfach gestellt. Kein einziger Schuß. Nix. Totaler Griff ins Klo.«

»Kacke, Mann«, sagte der Photograph und drehte an seinem Objektiv.

Kyra rannte *Unter den Linden* entlang. Die verstreuten Sommernachts-Touristen schauten sie an, als erwarteten sie im Gefolge das Mütterchen, dem die Handtasche, die sie unter den Arm geklemmt hielt, eigentlich gehörte.

Kyra war froh, daß sie keine Zeit gehabt hatte, sich opernfein zu machen. Der 500-Meter-Stiletto-Sprint war nie ihre stärkste Disziplin gewesen. Trotzdem verfluchte sie sich dafür, daß sie ihre Giulia nicht auf dem Mittelstreifen vor der Oper, sondern in der Zeitungstiefgarage geparkt hatte. Wahrscheinlich war sie sowieso schon zu spät, weil Freddy sie wieder einmal erst angerufen hatte, nachdem er seine ganzen Boulevard-Spezis durchtelefoniert hatte. Freddy. Eines nicht allzu fernen Tages würde sie ihm das linke Ei abschneiden, stramm anbraten und an seinen Mastino verfüttern.

Keuchend bog Kyra in die Neustädtische Kirchstraße ein. Das Blut hämmerte in ihren Ohren. Natürlich hatte diese ignorante Ratte von einem Informanten keine Ahnung gehabt, *wie* heiß die Nachricht war, die sie ihr geflüstert hatte. Wenn im Hause Konrad wirklich ein Mord geschehen war, und wenn es sich wirklich um das Haus Konrad im Wildpfad 30 handelte, dann war es sehr gut möglich, daß ihre Zeitung, an deren Haupteingang sie gerade vorbeirannte, morgen einen neuen Chefredakteur brauchte.

Ein fernes Blitzlichtgewitter begrüßte Erika Konrad, als sie, flankiert von zwei Beamten in Uniform, über die Schwelle ihrer Villa trat. Die Berliner Zeitungsmeute, die sich hinter dem Grundstückszaun zusammengerottet hatte, begann zu kläffen, daß die Hunde am benachbarten Grunewaldsee verstummten.

»Frau Konrad, haben Sie Ihren Mann ermordet?«

»Gibt es noch weitere Tote?«

»Hey, schau mal her!«

»Haben Sie es allein getan?«

»Hatte Ihr Mann eine Geliebte?«

Erika Konrad blickte lächelnd geradeaus. Stumm ließ sie sich zu dem Streifenwagen führen, der sie von diesem Ort ein für allemal wegbringen würde. Ohne den geringsten Widerstand zu leisten, stieg sie in den Wagen.

Sie war stolz. Zum ersten Mal in ihrem Leben war sie wirklich stolz auf sich. Und das machte sie glücklich. So glücklich, daß sie keinen Drang verspürte, ihr Gesicht zu verbergen, als der Wagen die Ausfahrt passierte und sich langsam durch die schreiende und blitzende Horde schob, sondern mit dem Lächeln eines hohen Staatsgastes aus dem Fenster sah.

Kyra riß das Lenkrad herum. Um ein Haar hätte der Streifenwagen sie gerammt, der aus dem Wildpfad in die Hagenstraße geschossen war und sich blaulichternd in Richtung Innenstadt entfernte.

Sie stieß einen wüsten Fluch aus. Wenn sie sich nicht täuschte, hatte sie an der hinteren Fensterscheibe das bleiche Gesicht der Chefredakteursgattin gesehen.

Als sie um die Kurve bog, trat sie zum zweiten Mal in die

Bremsen. Der gesamte untere Teil des Wildpfads war bereits zugeparkt. Vorsichtig manövrierte sie ihre Giulia zwischen zwei Ü-Wagen hindurch. Als kein weiteres Durchkommen mehr möglich war, stellte sie den Motor ab.

Da sie den Alfa von ihrer Mutter geerbt hatte, ihre Mutter konsequente Cabriofahrerin gewesen war und heute eine der wenigen Nächte war, wo man in Berlin tatsächlich mit offenem Verdeck fahren konnte, hörte sie die Pfiffe und das Gegröle ihrer männlichen Kollegen, noch bevor sie ausgestiegen war.

»Hey, Männer, da kommt die Rennmaus!«

»Schon Scheiße, wenn man den BH nich zukriegt und deshalb zu spät am Tatort is.«

»Party 's over, babe.«

Allseitiges Gelächter begleitete Kyra, als sie die Wagentür zuschlug. Obwohl es ihr jedesmal die Zornesröte ins Gesicht trieb, wenn sie erlebte, wie ihre Kollegen den stimmungsvollsten Tatort in eine Eckkneipe verwandelten, verkniff sie sich alle Kommentare. Sie war noch nicht dahintergekommen, ob die Platzhirsche sie anröhrten, weil sie die Sau vertreiben wollten, die in ihrem Revier wilderte, oder ob es ihre Art war, Brunft zu äußern. Wahrscheinlich war es eine Mischung aus beidem.

Kyra ging auf einen vergleichsweise sympathisch wirkenden Kleiderschrank mit Baseballkappe zu und fragte knapp: »Hast du Freddy gesehen?«

»Ich glaub, er war mitm Dieter irgendwo da hinten«, sagte der Kleiderschrank, grinste und zog seine Kappe tiefer ins Gesicht.

Kyra schlug ihren Blazerkragen hoch und stapfte an dem Zaun entlang, der nach wie vor von Photographen belagert war. Offensichtlich war doch nicht alles vorbei. Wenn die Aasgeier ausharrten, mußte wenigstens noch die Leiche im Haus sein.

Sämtliche Fenster der Villa waren hell erleuchtet. Hinter den zugezogenen Seidenstores sah man hier und dort einen Schatten vorbeihuschen. In der Auffahrt waren zwei große Scheinwerfer aufgestellt. Die ganze Szenerie hatte mehr von einem Filmset als von einem echten Tatort. Kyra ließ ihren Blick vom Haus weg durch den Park wandern. An einer großen Lärchengruppe blieb er hängen. Was für schöne alte Bäume. Die waren ihr schon damals, bei der schrecklichen Feier zu Konrads Sechzigstem, aufgefallen. Und noch etwas war mit diesen Bäumen gewesen. Irgend etwas. An das sie sich jetzt nicht erinnerte. Sie schüttelte sich und ging weiter.

Es fiel ihr schwer zu glauben, daß Konrad ermordet worden war. Alle in der Zeitung waren sich einig gewesen, daß er den Reitertod auf einer Praktikantin sterben würde. Daß nun ausgerechnet seine blasse Gattin dem zuvorgekommen sein sollte? Ob sie ihn in flagranti erwischt hatte? Mit der neuen Blonden aus dem Politikteil?

Lauter spannende Fragen. Aber wenn Kyra nicht für ewige Zeiten die Aufziehpuppe der Kompanie spielen wollte, mußte sie sich jetzt erst einmal um eine andere Angelegenheit kümmern.

Sie entdeckte Freddy zwei Straßenlaternen weiter. Obwohl er ihr den Rücken zukehrte, erkannte sie ihn sofort. Sein breites Kreuz lehnte am Laternenmast, sein ausrasierter Schweinenacken glänzte im Licht. Mit beiden Händen redete er auf einen Kerl in dunkelgrünem Wildlederblouson ein, in dem Kyra den *Bild-* oder *BZ-*Reporter vermutete.

Unbeachtet schlenderte sie auf die beiden zu. Sie kam gerade rechtzeitig, um Freddy »Ey, Dieter«, sagen zu hören, »die Mädels bei mir sind nur allererste Sahne. Komma vorbei, kannste dich selbst von überzeugen.« Sie sah, wie er seine Zunge in die Backe rammelte und dem Mann im

Wildlederblouson kumpelhaft vor die Brust boxte. »Ick mach dir auch 'n Freundschaftspreis.«

Kyra dachte nicht lange nach. Lange Nachdenken war in solchen Situationen immer verkehrt. Mit fröhlichem »Hi, Freddy« klopfte sie dem Informanten auf die Schulter, wartete, bis er ihr seine Frontseite zugewandt hatte, und ließ ihr rechtes Knie in die Höhe schnellen. Freddy entfuhr ein grober Schmerzenslaut. Mit beiden Händen faßte er sich ans Zentrum seiner Existenz.

»Laß uns nächstes Mal ein bißchen früher telefonieren«, sagte Kyra und trat den geordneten Rückzug an. Sie zwang sich, langsam zu gehen, auch wenn ihr nach Rennen zumute war.

Es dauerte einige Sekunden, bis hinter ihr das Gebrüll ausbrach. »Du blöde Fotze, dir brech icks Genick. Dir reiß ick die Titten einzeln raus.«

Die plötzliche Luftbewegung in ihrem Rücken warnte sie, aber zu spät. Freddy Lehmann war bereits mit der geballten Wucht seiner zweihundert Pfunde über sie gekommen. Gemeinsam gingen sie zu Boden.

Kyra vermochte nicht zu sagen, ob es ihre oder die Knochen des Gegners waren, die beim Aufschlag auf das Kopfsteinpflaster so gekracht hatten. *Wahrscheinlich meine, wie viele Knochen hat der Mensch, bitte, lieber Gott, laß mich nicht in die Totschlagstatistik kommen*, waren ihre letzten Gedanken, bevor sich der gedankenfähige Teil ihres Hirns verabschiedete. Danach spielten Knochen oder Hoffnungen keine Rolle mehr. Danach ging es einzig darum, sich mit Zähnen und Klauen das fremde Fleisch vom Leib zu halten.

Angelockt durch das Geschrei hatte sich die Zeitungshorde um den Kampfplatz herum versammelt. Sogar die Kamerakrieger hatten ihre Zaunposten aufgegeben. Und sei es, daß auch Boulevardreporter nur verkappte Ritter waren, sei es, daß sie einfach verhindern wollten, daß ihr Informant, der gerade erst aus einer sechsmonatigen Knastpause zurückgekehrt war, sich schon wieder hinter Gitter prügelte – sie frönten ihrer Schaulust nur kurz und gingen daran, die Verkeilten zu trennen.

Die gesamte Journaille war so sehr mit dem Zweikampf am Boden beschäftigt, daß keiner merkte, wie hundert Meter weiter die Bahre mit den sterblichen Überresten Robert Konrads aus dem Haus getragen wurde.

Rechte, dachte Erika Konrad verächtlich, was lesen die mir meine Rechte vor. Meine Pflichten sollten sie mir vorlesen. Sie legte ihre Hände auf den schwarzen Tisch und versuchte zu lächeln. Die Handschellen, die ihr die nervöse Polizistin bei der Festnahme angelegt hatte, waren ihr im Verhörraum wieder abgenommen worden. Niemand schien sie hier für eine Bedrohung zu halten.

»Nein«, sagte sie, »ich brauche keinen Anwalt. Ich sage Ihnen alles.«

Kriminalhauptkommissar Heinrich Priesske lehnte sich auf seinem Stuhl zurück und bleckte sein Zahnfleisch. »Na, dann schießen Sie mal los.«

»Womit – was – was wollen Sie hören?« Erika Konrad rief sich zur Ordnung. Das ständige Grinsen des Kommissars verunsicherte sie.

»Erzählen Sie uns doch zum Beispiel mal, wann Sie Ihren Mann umgebracht haben.«

»Letzte Nacht«, sagte sie mit fester Stimme, »Sonntag nacht.«

»Hätten Sie da vielleicht noch ne genauere Uhrzeit?«

Erika Konrad errötete. Ihr Blick floh zu dem zweiten Kommissar, der an der Wand lehnte. Dieser grinste nicht, sondern schaute sie ernst an.

»Es muß nach Mitternacht gewesen sein«, fuhr sie ruhig

fort. »Ich habe schon geschlafen, als mein Mann nach Hause kam, und ich bin um halb zwölf ins Bett gegangen.«

»Na, damit können wir doch was anfangen.« Der Hauptkommissar betrachtete den Trauerrand, der unter seinem linken Daumennagel saß. »Und weiter.«

»Ich bin wach geworden, weil ich diese Geräusche aus dem Wohnzimmer gehört habe.«

»Geräusche?« Er studierte den Dreck, den er unter dem Nagel hervorgeholt hatte, und schnipste ihn zur Seite.

Erika Konrad atmete tief durch. Sie fixierte das Mikrophon, das vor ihr auf dem Tisch stand. »Immer, wenn mein Mann nachts besoffen heimkam, ist er ins Wohnzimmer gegangen und hat sich diese Filme angesehen. Und immer hat er den Ton so laut gestellt, daß ich oben im Schlafzimmer davon wach werden mußte.«

Der Kommissar legte seine gereinigten Fingerspitzen aneinander und schaute Erika Konrad direkt in die Augen. »Verraten Sie uns auch noch, was für Filme das waren?«

Sie senkte den Blick. Warum konnte nicht dieser andere Kommissar sie verhören. Er wirkte viel sympathischer als sein Vorgesetzter.

»Pornos«, sagte sie kaum hörbar.

»So. Pornos«, wiederholte Heinrich Priesske und dehnte jedes *o*.

Ein lange geschürter Zorn explodierte in ihr. Ihre Augen flackerten, als sie dem Kommissar ins Gesicht blickte. »Sie verstehen gar nichts, nicht wahr? Sie finden das alles furchtbar komisch, Sie wollen sich gar nicht vorstellen, was es für eine Frau bedeutet, wenn der Mann, dem sie ihr ganzes verdammtes Leben geopfert hat, jeden zweiten Abend besoffen heimkommt und sich dann diese gräßlichen Filme anschaut.«

Heinrich Priesske lächelte unbeeindruckt zurück.

»Zwanzig Jahre lang habe ich zugesehen, zwanzig Jahre

lang habe ich gekuscht, habe ich mir alles von ihm bieten lassen. Aber irgendwann einmal ist Schluß.« Der Zorn, der Erika Konrad Kraft gegeben hatte, war verpufft. »Irgendwann einmal ist Schluß«, echote sie leiser.

»Und was haben Sie dann gemacht, als Schluß war?«

Es dauerte eine Weile, bis sie weiterreden konnte. »Letzte Nacht – ich habe gehört, wie er im Wohnzimmer rumbrüllte, seine obszönen Kommentare abgab zu dem, was auf dem Bildschirm passierte.« Sie schluckte. »Ich habe es nicht mehr ausgehalten. Ich bin aufgestanden. Auf der Treppe hörte ich, wie er besonders abstoßende Dinge brüllte. Ich hatte zu ihm ins Wohnzimmer gehen und den Fernseher ausmachen wollen, aber ich habe es nicht gekonnt.« Sie griff sich an den Hals. Ihre Finger zitterten. »Da bin ich in den Geräteschuppen gegangen, habe die Axt genommen und bin ins Haus zurück. Er saß immer noch vor dem Fernseher. Ich habe mich von hinten an ihn herangeschlichen und habe ihn erschlagen.« Sie faltete die Hände im Schoß.

Heinrich Priesske erhob sich von seinem Stuhl und begann in dem fensterlosen Raum auf- und abzugehen. Er warf dem zweiten Kommissar einen langen Blick zu.

»Warum haben sie ihm den Kopf abgehackt?«

Erika Konrad zuckte die Achseln. Sie wollte schlafen. Nur noch schlafen. »Ich weiß es nicht mehr«, sagte sie müde, »es ist plötzlich über mich gekommen.«

Der Hauptkommissar war mit zehn schnellen Schritten bei ihr und packte sie am Oberarm. »Frau Konrad, warum haben Sie Ihrem Mann den Kopf abgehackt?« Er schüttelte sie wie ein ungezogenes Gör. »Und was haben Sie anschließend mit dem Kopf gemacht?«

Der zweite Kommissar stieß sich von der Wand ab. »Ich bitte Sie, Chef«, sagte er leise.

Der Vorgesetzte schüttelte Erika Konrad noch einmal

und ließ sie los. Verwirrt blinzelte sie zwischen ihm und ihrem gequetschten Oberarm hin und her. »Ich – ich habe ihn weggeworfen.« Sie faßte sich mit beiden Händen an die Schläfen. Das Zimmer begann sich zu drehen. Zu drehen um diese kalten unbarmherzigen Augen, mit denen der Mann sie anstarrte. Diese Augen waren tot. Diese Augen gab es nicht mehr.

Langsam stand sie auf. Der Hauptkommissar hatte keine Mühe, ihre Hand mit den ausgekrallten Fingern vor seinem Gesicht abzufangen.

»Weg«, murmelte sie, während zwei Beamte in Uniform sich auf sie stürzten, ihr Handschellen anlegten und sie abführten, »weg mit diesen Augen!«

. . .

Der Glöckner von Notre-Dame war schiere Eleganz im Vergleich zu Kyra, die sich die Wendeltreppe im Polizeipräsidium hochschleppte.

Um kurz nach zehn war sie aufgewacht, hatte einige Minuten gebraucht, um sich davon zu überzeugen, daß die einzelnen Schmerzklumpen, die unter ihrer Decke lagen, tatsächlich ihr Körper waren, hatte noch im Bett nach dem Telefon gegriffen und im Polizeipräsidium angerufen. Wo sie die alarmierende Nachricht erhalten hatte, daß in der Mordsache Konrad eine Pressekonferenz für elf Uhr anberaumt worden war.

Als sie den dritten Stock erreichte, sah sie die Meute bereits auf den Gang hinaus stehen. Sie konnte nicht hören, ob die Konferenz schon begonnen hatte. Der lässigen Haltung nach zu urteilen, in der die meisten Kollegen dort standen und miteinander plauderten, hatte sich noch nichts getan.

Sie reckte schützend ihre Ellenbogen und begann, sich

durch die Menge hindurchzuschieben. Der Schutz ihrer geprellten Rippen nahm sie so in Anspruch, daß sie erst nach einer Weile merkte, daß etwas anders war als sonst. Keiner der Zeitungsjungs machte sie an. Im Gegenteil. Alle wandten sich von ihr ab und schwiegen.

Bei ihrem überstürzten Aufbruch hatte sie keine Zeit gehabt, in den Spiegel zu schauen. Entweder sah sie heute morgen so schlimm aus, daß es selbst den Boulevardhyänen die Sprache verschlug, oder diese besaßen doch noch einen letzten Funken Anstand, der ihnen ihre dämlichen Sprüche verbat.

Ohne größere Rempeleien gelang es ihr, sich in den Raum vorzuarbeiten. Wie vorherzusehen, waren alle Sitzplätze belegt. Kyra überlegte nicht lange und sprach denjenigen an, der in der hintersten Reihe ganz außen saß.

»Morgen. Was hältst du davon, einer werdenden Mutter den Platz zu überlassen?«

Der Mann warf ihr einen kurzen Blick zu und schwieg.

»Arschloch.« Kyra drängte sich zur nächsten Reihe vor. »Hey. Heute schon Kavalier gespielt?«

Der Angesprochene blätterte in seinen Notizen, als ob sie nichts gesagt hätte.

»Hallo«, flötete sie, »du kannst mich ruhig anschauen. Das, was ich hab, ist nicht ansteckend.«

»Verpiß dich«, knurrte er, ohne aufzusehen.

Kyra spürte, wie sie rot wurde. Sie hoffte, daß ihr Gesicht noch verbläut genug war, um den peinlichen Farbton untergehen zu lassen. Am Fenster entdeckte sie den Kleiderschrank mit der Baseballkappe, den sie gestern nach Freddy gefragt hatte.

»Morgen.« Kyra schob sich mühsam um ihn herum. Er kam ihr heute noch größer vor als gestern. »Kannst du mir vielleicht verraten, was hier los ist?«

Ohne zu lächeln, schaute er sie an und wieder zum

Fenster hinaus. »Die Pressekonferenz muß jeden Augenblick losgehen. Ansonsten hab ich auch noch nix gehört.«

Trotz geprellter Rippen rückte Kyra einen Schritt näher. »Ich will wissen, was mit mir oder besser gesagt: *mit euch* los ist. Gibts da irgendnen Ehrenkodex, der verbietet, mit zusammengeschlagenen Frauen zu sprechen?«

Der Kleiderschrank nahm seine Baseballkappe ab. »Na ja«, entschloß er sich nach einer Weile zu sagen, »ich mein, was du da gemacht hast, war schon ziemlich hart.« Er fingerte an seiner Kappe herum. »Der Freddy hat geblutet wie ne Sau.«

»Ach nee. Das is ja reizend.« Kyra stemmte einen Arm in die schmerzende Seite. »Und ich seh vielleicht aus, als ob ich gestern nacht zum Mondscheinpeeling im Kosmetiksalon gewesen wär.«

»Na ja.« Er schaute sie unsicher an. »Ich weiß, der Freddy kann ganz schön zupacken, und klar, Mann, ich – ich an deiner Stelle, so als Frau, ich hätt mich auch mit allen Mitteln gewehrt, aber«, er schob den Unterkiefer nach vorn und nickte zweimal sehr ernst, »ich mein, ihm gleich das halbe Ohr abbeißen, das ist schon 'n bißchen heavy.«

»Was?« Kyra verzog das Gesicht und schüttelte gleichzeitig den Kopf. »Was redest du da? Halbes Ohr abbeißen?«

»Vielleicht wars auch nur 'n Drittel, aber trotzdem.« Der Kleiderschrank setzte seine Baseballkappe auf und schaute wieder zum Fenster hinaus.

»Ahoi«, rief der Penner und schwenkte seine Schnapsflasche, »sucht ihr 'n Schatz?«

Die anderen Penner, die wie er ihr Sommerlager im Bullenwinkel aufgeschlagen hatten, lachten. »Bisse bekloppt, Mann«, sagte einer und schlug ihm an den Schädel. »Issoch nicher Silbersee.«

Der Froschmann, der neben dem Schlauchboot aufgetaucht war, nahm keinerlei Notiz von den halbnackten Gestalten, die am anderen Ufer lagerten. Er machte den beiden Männern im Boot ein Zeichen und verschwand wieder unter der glitzernden Wasseroberfläche.

Blaß und angespannt stand Erika Konrad am Waldrand. Die Polizei hatte den Strand an dieser Seite des Grunewaldsees weiträumig abgesperrt. Ringsum kläfften die vertriebenen Köter, denen der Strand sonst gehörte.

Eine schwere Mittagshitze kündigte sich an. Dennoch fror Erika Konrad, als ob sie mitten im Januar stünde.

»Entschuldigung«, sagte sie zu der uniformierten Beamtin, an deren linkes Handgelenk sie angekettet war, »mir ist kalt. Könnten wir vielleicht ein Stück nach vorn, in die Sonne, gehen?«

»Ich habe Anweisung, hier mit Ihnen zu warten«, entgegnete die Frau, ohne sie anzuschauen.

Wie lange es wohl noch dauern würde? Die ganze Situation war unwirklich. Erika Konrad neigte den Kopf zur Seite und zog die Schulter hoch, bis sie das Ohr berührte. Sie wußte nicht, was sie tun würde, wenn die Sache hier vorbei war. Ihr Kopf neigte sich zur anderen Schulter.

Kriminalhauptkommissar Heinrich Priesske kam auf sie zugestapft. Seine üble Laune wehte ihm voraus wie eine Fahne.

»Frau Konrad«, bellte er sie an, »meine Leute suchen jetzt seit drei Stunden. Meine Geduld ist am Ende. Wenn Sie uns etwas sagen wollen, dann tun Sie es jetzt.«

»Ich habe den Kopf dort ins Wasser geworfen«, wiederholte sie und zeigte auf die Stelle, auf die sie heute schon mindestens zehnmal gezeigt hatte.

Der Kommissar kickte wütend einen Kiefernzapfen

fort, der neben seinem Schuh im Sand lag. »Ich warne Sie. Wenn Sie uns einen Bären aufbinden, kriegen Sie Ärger, daß Sie nicht mehr wissen, wo vorn und hinten ist. Das verspreche ich Ihnen.«

Erika Konrad zuckte die Achseln. Mit der freien Hand fuhr sie sich über die Gänsehaut am Oberarm. »Vielleicht hat ein Hund den Kopf weggeschleppt. Sie sehen doch, wie viele Hunde hier überall sind.«

Heinrich Priesske knurrte etwas Unverständliches. Vom See her machte der Froschmann aufgeregte Zeichen.

Ohr abgebissen. Halbes Ohr abgebissen. Der Gedanke summte in Kyras Kopf wie eine gefangene Wespe. *Es konnte nicht sein. Sie konnte sich an nichts erinnern. Bestimmt wollten die Jungs sie nur verarschen.*

Sie starrte auf den Bildschirm. Wie zu erwarten, war die Pressekonferenz völlig für die Katz gewesen. Bullen-Schulz, der sturste aller sturen Polizeisprecher, hatte wieder einmal sein Lieblingsspiel, »*Ich weiß etwas, was ihr nicht wißt*«, gespielt. Immerhin war aus gut bezahlter – und damit hinreichend verläßlicher – anderer grüner Quelle durchgesickert, daß Erika Konrad ihren Mann nicht nur geköpft, sondern anschließend auch noch wie eine Besessene den Tatort geputzt hatte. *Wenn Frauen zu sehr morden …*

Kyra klemmte sich eine Zigarette in den Mund und legte los. So zügig es mit drei angeknacksten Fingern ging, hackte sie die Greuelgeschichte um ein betrogenes Eheweib, einen geköpften Zeitungsmogul und eine große Flasche Ajax in den Computer.

Es klopfte.

»Jaha«, brummte Kyra, ohne vom Bildschirm aufzublicken. Sie drehte sich erst um, als hinter ihr eine vertraute Stimme losgrantelte.

»Wenn du das nächste Mal abhaust, kannst du mir wenigstens –« Franz blieb der Rest des Satzes im Halse stecken. »Jessasmarantjosef, was, was – ist passiert?«

»Der alten Konrad ist die Sicherung durchgebrannt.«

Franz kam hastig auf sie zu. »Ich will wissen, was *dir* passiert ist.«

»Das ist jetzt nicht so wichtig. Aber ist es nicht vollkommen unfaßbar, daß –«

»Kyra, sag mir auf der Stelle, wer das getan hat.« Er blieb vor ihr stehen, unentschlossen, ob er die Frau mit dem lila-blau-grünen Gesicht, in dem ein halber Schneidezahn fehlte, anfassen durfte oder nicht.

»Willst du großer Bruder spielen und dem Kerl eins auf die Nase hauen?« Kyra musterte den ein Meter siebzig kurzen Mann und grinste. »Würd ich dir von abraten.«

»Welches Schwein war das?« Franz senkte seinen Schädel, als wolle er ihn dem unbekannten Schwein auf der Stelle in den Bauch rammen.

»Hör mal zu.« Kyra tippte ihm mit ihrem bandagierten Fingerpaket vor die Brust. »Man hat nicht jeden Tag die ebenso hehre wie heikle Aufgabe, einen Artikel darüber zu schreiben, wie der eigene Chefredakteur von seiner Gattin geköpft wurde. Wieso gehst du nicht an deinen Schreibtisch zurück, rezensierst brav deine *Elektra* zu Ende und holst mich in einer Stunde zum Mittagessen ab. Dann können wir über alles reden.«

»Kyra, ich –«

Sie hatte ihm längst wieder den Rücken zugedreht. »In einer Stunde.«

Das Ding vom Grunde des Sees war geborgen. Schlammtriefend lag es auf der Plane, die zwei Polizeibeamte am Ufer ausgebreitet hatten.

Erika Konrad blinzelte gegen die steile Mittagssonne.

Sie mußte verrückt geworden sein. Umstandslos geradeheraus himmelschreiend verrückt. Sie konnte das Ding zwar nicht sehen, aber sie hatte die Rufe der Polizisten gehört. Sie hatten den Kopf gefunden. Sie hatten den Kopf im Grunewaldsee gefunden.

Die Baumkronen über ihr begannen sich zu drehen. Schneller. Und immer schneller. Erika Konrad mußte lachen. *Feuerkreis, dreh dich. Feuerkreis, dreh dich.* Sie tanzte und lachte, wie sie als kleines Mädchen getanzt und gelacht hatte. Sie trug keine Handschellen mehr. Sie war nicht mehr an die stinkende, schwitzende Polizistin gekettet. Sie war frei. Niemand konnte ihr mehr etwas anhaben. Auch nicht das Fallbeil, das jetzt herabsauste, die Sonne auslöschte und einen Sternenhimmel explodieren ließ.

Erika Konrad stieß einen Schrei aus und sank in Ohnmacht.

Die Beamtin warf einen Blick zu den Kollegen und Vorgesetzten, die sich unten am Seeufer versammelt hatten. Keiner hatte etwas gesehen. Sie hängte den Schlagstock an den Gürtel zurück und ging in die Knie, um die Frau zu untersuchen, die noch immer mit ihrem schlaffen rechten Handgelenk an sie gefesselt war.

Schweigend standen die Polizisten um die Plane herum.

»Scheiße«, sagte Heinrich Priesske und sprach damit aus, was alle dachten. »Scheiße.« Auch wenn der Kopf, der vor ihnen lag, so zerfressen und aufgeschwemmt war, daß sich keine genaueren Züge mehr erkennen ließen, war eines klar: Es war der Kopf einer Frau.

Kyra stach ihre Gabel in den Pfifferling, der sich unter einem welken Salatblatt versteckt hatte. Gestern nacht hatte sie die Finger auf dem Mullbett schick gefunden, jetzt begann sie die ewige Linkshänderei zu nerven. »Franz, wie du siehst, bin ich aber noch am Leben. Und

wenn du mir noch einmal sagst, daß ich den *Crime-Scheiß*
lassen und ins Feuilleton zurückkommen soll, steh ich auf
und gehe.«

»Gut. Ich sage keinen Ton mehr.« Franz griff in den
Brotkorb. Beleidigt biß er in einen Baguettering. »Wenn
es neuerdings zu deinem Lebensglück dazugehört, dich
von irgendwelchen Arschlöchern verprügeln zu lassen–«

»Schluß!« Kyra schrie, daß sich die Leute in der Nach-
barschaft umdrehten. Es war so ein schöner, sonniger Tag.
Alle saßen draußen, an den Tischen, die das Café *Morgenstern* auf den Promenadenstreifen in der Mitte des Linden-
Boulevards gestellt hatte.

Kyra schob ihre schwarze Sonnenbrille auf die Nasenspitze. »Franz. Es rührt mich ja, daß mein zerdetschtes
Auge dich mehr beschäftigt als die Tatsache, daß unser
Chefredakteur einen Kopf kürzer gemacht wurde. Aber
trotzdem würde ich mich lieber über letzteres unterhal-
ten.«

»Bitte.« Achselzuckend säbelte Franz ein neues Stück
von seinem Tafelspitz.

Kyra schob ihren Teller weg und steckte sich eine Zigarette an. »Kannst du dir wirklich – ich meine *wirklich* –
vorstellen, wie die alte Konrad die Axt schwingt und dem
Alten die Rübe abhackt?«

»Was weiß ich, wozu Frauen imstande sind.«

Kyra schaute dem blauen Dunst nach, den sie in Richtung Autoabgase schickte. Träge glitzernd floß der Haupt-
stadtverkehr rechts und links an ihnen vorbei.

»Erika Konrad in der Rolle der Klytämnestra – so eine
groteske Fehlbesetzung würde sich ja nicht mal die Staatsoper leisten«, sagte sie.

»Du hast doch gestern erst gesehen, was für Strickliesel
zu Mörderinnen werden.«

»Ja. Ich meine, nein. Die alte Becker hat in der tiefsten

Scheiße gelebt. Daß die völlig ausrasten kann, leuchtet mir ein. Aber doch nicht diese gelangweilte höhere Gattin in ihrer Zwei-Millionen-Villa.«

»Weißt du, was du machen würdest, wenn dich einer dreißig Jahre lang nach Strich und Faden bescheißt?« Obwohl auch Franz seine Sonnenbrille aufhatte, konnte Kyra seinen Blick spüren.

»Ich würde mich nicht dreißig Jahre lang bescheißen lassen.« Sie schnippte ihre Zigarette in den Kies. »Was ist eigentlich dran an den Gerüchten, daß der Alte zuletzt was mit unserem politischen Blond hatte?«

»Ihre Vorstellung bei der Konferenz heute morgen war ziemlich überzeugend.«

Kyra blies ein Lachen durch die Nase. »Ich vermute mal, ihre Vorstellung auf der Couch muß noch viel überzeugender gewesen sein. Ich sehe nicht, warum der Alte sie sonst eingestellt haben könnte.«

Franz blickte von seinem letzten Rest Tafelspitz auf. »Reicht es dir nicht, dich zu prügeln? Mußt du auch noch stutenbissig werden?«

»Du wirst mir jetzt nicht erklären, daß Fräulein Jenny Mayer eine begnadete Journalistin ist.«

»Sie ist nicht so schlecht, wie du behauptest.«

»Franz, du enttäuschst mich. Ich dachte, wenigstens bei dir würden sich lange blonde Beine nicht aufs Gehirn schlagen.«

Franz beendete sein Mittagessen, indem er seine Serviette einmal kurz über den Mund zog, zusammenknüllte und auf den Teller warf. Er lehnte sich zurück und faltete die Hände über dem Bauch.

»Was ist eigentlich mit Konrad und dir gewesen?«

»Wie bitte?« Kyra verschluckte sich an ihrem Weißwein.

»Erzähl mir nicht, daß der Alte nicht hinter dir hergewesen ist.«

»So ein Blödsinn.« Hustenanfall.

»Und was war dann das bei seinem Sechzigsten? Als ihr Arm in Arm im Park verschwunden seid.«

»Ich bin niemals *Arm in Arm* mit Konrad irgendwohin verschwunden«, bellte Kyra und faßte sich an die Kehle.

Franz lächelte. Ein tristes Löwenlächeln. »Ach. Und du bist auch niemals zerzaust und barfuß von irgendwoher zurückgekommen.«

»Scheiße.« Kriminalhauptkommissar Heinrich Priesske rollte den Sektionsbericht, den ihm seine Sekretärin vor wenigen Minuten ins Büro gebracht hatte, zusammen und prügelte damit auf seinen Schreibtisch ein. »Scheiße, Scheiße, Scheiße! – Törner«, brüllte er durch die offene Tür in den Nachbarraum.

»Bringen Sie mir sofort die Konrad her«, kommandierte er, sobald sich die Nasenspitze seines Untergebenen zeigte. »Dollitzer hat eben seinen Bericht rübergeschickt. Es ist, wie ich gesagt habe. Diese Frau hat uns von vorn bis hinten verarscht. Jetzt werden die Samthandschuhe ausgezogen.«

Törner schaute seinen Vorgesetzten unbehaglich an. »Ich fürchte, das geht nicht.«

»Warum?« Das Wort zischte durch den Raum wie eine Granate.

»Der Arzt meint, daß Frau Konrad einen mittelschweren Nervenzusammenbruch erlitten hat.«

»Das ist mir scheißegal.« Der Kriminalhauptkommissar knallte beide Handflächen auf den Tisch. »Der soll sie ruhigspritzen oder sonstwas mit ihr anstellen. Wenn er sie nicht in der nächsten Stunde wieder flott gemacht hat, kriege ich einen dreifachen Nervenzusammenbruch. Sagen Sie das diesem verdammten Weißkittel.«

»Alles zur Zufriedenheit?« Geduldig hatte der hübsche Kellner an der Fußgängerampel ausgeharrt, bis ihr grünes Licht ihm erlaubte, den Verkehrsstrom, der den Bürgersteig vorm *Morgenstern* und die Mittelinsel trennte, zu durchqueren.

»Jawohl«, sagte Kyra überschwenglich. »Alles bestens.«

»Bloß habts ihr hier keine Ahnung, wie man einen anständigen Kren zum Tafelspitz macht«, brummte Franz mit verschränkten Armen.

»Hatte der Herr etwas zu beanstanden?« erkundigte sich der Kellner besorgt.

Kyra antwortete, bevor Franz den Mund ein zweites Mal öffnen konnte. »Vergessen Sies einfach. Der Herr hat immer was zu beanstanden.«

Der hübsche Kellner lächelte zurück und begann, sich die schmutzigen Teller auf den Arm zu laden. Seine lange weiße Schürze leuchtete in der Sonne. »Wünschen die Herrschaften vielleicht noch einen Kaffee oder einen Grappa oder –«

»Espresso und Grappa«, bestätigte Kyra. Sie warf Franz einen fragenden Blick zu. Er nickte beleidigt. »Also dann: zweimal das Ganze.«

»Sehr wohl.« In elegantem Bogen entfernte sich der Kellner vom Tisch.

Franz stieß wütend die Luft aus. »Jessas, wo haben die diesen geleckten Schnösel her. *Wünschen die Herrschaften einen Kaffee*«, äffte er ihn nach. »Warum kann man in Berlin keine echten Kellner bekommen, sondern immer nur dieses Studententheater.«

Kyra schaute versonnen zur Fußgängerampel, wo der Kellner stand und wartete. »Aber er ist doch so schön.«

Franz beugte sich über den Tisch. »Ich sags dir. Dieser Strizzi da letzte Nacht hat dein Hirn erwischt.«

Kyra lachte leise. Sie konnte sich schon gar nicht mehr daran erinnern, wie sich das Leben ohne den österreichischen Brummbären angefühlt hatte. Schade, daß sie keinen Artikel über ihn schreiben konnte. Die richtige Überschrift hätte sie schon gehabt: *Der Minnegrantler.*

Der Kellner kam zurück. Schwungvoll verteilte er die Kaffeetassen und Grappagläser auf dem Tisch. Kyra bedankte sich mit einem doppelten Augenaufschlag.

»Entschuldigen Sie«, sagte er plötzlich und klang gar nicht mehr wie lange weiße Schürze, »dürfte ich Sie einen Moment stören? Es ist mir wirklich unangenehm, aber ich habe da ein Problem, und vielleicht können Sie mir weiterhelfen?«

Kyra steckte sich eine Zigarette an. Genüßlich blies sie den Rauch in seine Richtung. »Vielleicht.«

Trotz seines dunkel gepflegten Teints sah man den Kellner erröten. »Sie arbeiten doch beim *Berliner Morgen.* Und ich – also ich studiere Germanistik, und letzten Monat, da habe ich Herrn Konrad bei einer Veranstaltung im Literaturhaus kennengelernt, und da hat er mir versprochen, daß ich ein Praktikum bei Ihnen im Feuilleton machen könnte.« Er wurde noch eine Nuance röter. »Und ich weiß jetzt eben nicht, jetzt, wo er – wo er – ob er das mit dem Praktikum schon in die Wege geleitet hat.«

Kyra war nicht sicher, ob Lächeln-durch-abgesplitterte-Schneidezähne-hindurch auch im Handbuch der Verführerin stand, aber irgendwie fühlte es sich gut an.

»Ich werd mich mal umhören«, versprach sie und berührte den Reißzahn mit ihrer Zungenspitze.

»Das würden Sie wirklich für mich tun? Das wäre ja riesig nett.«

»Tja. So bin ich eben.«

»Oh, danke. Vielen Dank. Ich darf Sie dann also demnächst noch mal auf die Sache ansprechen?«

»Dürfen Sie.«

»Mensch, das ist jetzt wirklich eine Riesenerleichterung für mich. Danke. Danke.«

Eine Sekunde lang glaubte Kyra, er würde sich bücken und sie auf den Mund küssen, aber dann schulterte er doch nur sein Tablett und verschwand in Richtung Fußgängerampel.

»So ein netter Junge«, sagte sie.

»Kyra.« Franz krächzte vor Panik. »Du wirst diesem Hupfer doch nicht im Ernst ein Praktikum verschaffen wollen.«

Jetzt erst bemerkte sie den verschmauchten Zigarettenstummel, der immer noch zwischen ihren Fingern steckte, und ließ ihn fallen.

»Wie sagt ihr in Wien? *Was a Mann schöner is als a Aff is a Luxus?*« Sie blinzelte Franz an. »Aber findest du nicht auch, daß Luxus etwas Wunderbares ist?«

Zurückgelehnt, die Sonne im Gesicht, verfolgte Kyra, wie sich der Kellner mit weichem Hüftschwung durch den Verkehr schlängelte. Sie stellte sich vor, wie sie ihm nachging, von hinten Schürze, Hose, Hemd vom makellosen Körper riß, ihn auf eine heiße Motorhaube legte und vögelte, bis der Lack Blasen schlug.

»Franz.«

Der kleine Mann hockte da und schabte mit seinem Löffel grimmige Muster in den Kaffeesatz.

»Franz. Sag mal, traust du mir eigentlich zu, daß ich einem Kerl das Ohr abbeiße?«

Er blickte mürrisch auf. »Wie sollte ich nicht.«

»Nein. Im Ernst. Glaubst du wirklich, ich könnte jemandem ein Ohr abbeißen?«

»Was ist los. Hast du gewettet?« Kyras unsicherer Ton stimmte ihn versöhnlicher.

»Bitte, Franz, ich, ich – die Jungs heute morgen, die haben gemeint, ich hätte Freddy gestern das halbe Ohr weggebissen.« Die Wespe summte wieder in ihrem Kopf.

»Na und. Dieses Schwein hätte verdient, daß du ihm den Schwanz gleich mitabgebissen hättest.«

»Franz.« Kyra nahm die Sonnenbrille ab. Ihre Augen brannten. »Das ist kein Scherz.«

»Jessas, Kyra.« Er faßte sich in den dünner werdenden Haarschopf. »Es freut mich ja, daß du plötzlich menschliche Regungen zeigst. Aber laß sie an jemandem aus, der menschliche Regungen auch verdient.«

Kyra sah durch ihn hindurch. »Es geht doch gar nicht um Freddy«, sagte sie leise. »Was mich beunruhigt, ist – ich kann mich an absolut nichts erinnern. Nichts. Völliges Schwarz.«

»Chef. Ich glaube, wir haben sie.« Kommissar Törner stürmte aufgeregt ins Büro. »Hier.« Er legte seinem Vorgesetzten einen zweiseitigen Computerausdruck vor. »Wie Sie vermutet haben.«

Heinrich Priesske überflog die Zeilen.

»Paßt alles bestens«, kommentierte Törner die stumme Lektüre seines Vorgesetzten. »Kriminelles Umfeld. Mit sechzehn abgehauen. Hausbesetzerszene. Zweimal verhaftet. Und hier.« Er zeigte auf eine Stelle in der Mitte des Textes. »Goldenes Motiv.«

Heinrich Priesske warf das Papier auf den Tisch. »Gute Arbeit, Törner«, stellte er sachlich fest. »Sind die Kollegen schon informiert? Die sollen sich die Kleine mal vornehmen.«

»Ich wollte auf Ihre Zustimmung warten«, gab Törner ebenso sachlich zurück.

Der Hauptkommissar knüllte das Papier des Schokoriegels, den er gerade gegessen hatte, zusammen. Er öffnete die Faust und ließ die Kugel fallen. »Sie können die Kollegen losschicken.«

Eine zweite Serie Flaschen donnerte in den Glascontainer. Kyra stöhnte, tastete nach dem Kissen, das in der anderen Hälfte ihres Bettes lag, und zog es über den Kopf. Der Wut nach zu urteilen, mit der die Flaschen geworfen wurden, war es das Balg aus dem Seitenflügel. Wahrscheinlich hatte Mami den Kleinen wieder einmal in den Hof geschickt, weil sie nicht wollte, daß er mitansah, wie Papi sie auf dem Küchentisch fickte. Kyra war noch nicht dahintergekommen, ob das Balg die Flaschen deshalb so donnerte, weil es auch nicht mitanhören wollte, wie Papi Mami fickte, oder weil es wütend war, daß es nicht zugukken durfte.

Seufzend schob Kyra das Kopfkissen beiseite. Vom Zahnarzt, der ihrem Schneidezahn eine provisorische Krone aufgesetzt hatte, war sie direkt nach Hause gefahren und ins Bett gekrochen. Der ungewohnte Nachmittagsschlaf war ihr nicht bekommen. Sie fühlte sich noch geräderter als zuvor.

Kyra schloß die Augen und versuchte, das Bild des Kellners wiedererstehen zu lassen. Sie hatte von ihm geträumt. Etwas banal Unerotisches. Aber unglaublich schön war er gewesen. Merkwürdig, daß sie einen so schönen Menschen getroffen hatte. Normalerweise traf sie nur häßliche Menschen.

Es klingelte an der Tür. Zeugen Jehovas, Nachbar ohne Salz oder Feierabendvergewaltiger, ging Kyra die verschiedenen Möglichkeiten durch. Keine erschien ihr attraktiv genug, um aufzustehen. Es klingelte noch einmal. Heftiger. Vielleicht war es Freddy, der mit einem roten Rosenstrauß gekommen war, um sich bei ihr zu entschuldigen. Oder mit seinem Ohr, um ihr damit endgültig das Maul zu stopfen.

Ächzend rollte sich Kyra aus dem Bett, griff nach dem Kimono, der an der Türklinke hing, und schlurfte in den Flur.

»Ja«, fragte sie durch die Tür hindurch.

»Ich bins.«

Es dauerte eine Weile, bis Kyra die massiven Schlösser geöffnet hatte. Sie schloß immer alle drei Schlösser ab. Nicht, weil sie Furcht vor Einbrechern hatte, sondern weil es ihr das gute Gefühl gab, in einer gefährlichen Stadt zu leben.

»Störe ich?« Etwas verlegen stand Franz auf dem Teppichstück, das als Fußabstreifer diente.

Kyra gähnte. Sie schüttelte sich, daß ihre braunen Haare flogen.

»Habe ich dich geweckt?« Franz warf einen Blick auf Kyras nackte Beine, der nicht nur besorgt war. »Das tut mir leid. Das wollte ich nicht.«

»Erzähl mir nix. Du hast nichts mehr gehofft, als mich aus dem Bett zu holen. – Komm schon rein.« Sie wickelte den kurzen Kimono etwas ausschnittsärmer und ging in die Küche. »Willst du was trinken? Whisky ist alle.«

Franz folgte ihr bis an die Küchenschwelle. »Was trinkst du?«

»Bislang gar nix. Das ist nämlich das eigentlich Gesunde am Schlafen. Daß man in der Zeit nix trinkt.« Sie riß ihren Mund nochmals zu einem gewaltigen Gähnen auf und verschwand hinter der Kühlschranktür.

Die Bierdose kam zu plötzlich und zu steil angeflogen, als daß Franz eine ernsthafte Chance gehabt hätte, sie zu fangen.

»Jessas, verzeih, ich bin so ungeschickt, ich –« Umständlich kroch er der geplatzten Dose hinterher, die unter dem Küchentisch sprühte wie ein leckes Rohr.

Kyra winkte ab. »Vergiß es. Kannst du noch draus trinken, oder willst du eine neue?«

»Geht eh schon, geht eh schon«, sagte Franz hastig und klopfte sich den Staub von der Hose.

»Komm«, Kyra stieß ihm mit dem Ellenbogen in die Rippen. »Laß uns ins Schlafzimmer gehen. Wenn du sowieso nur zum Spannen hergekommen bist, kann ich mich auch wieder hinlegen.«

Sie fegte den Kleiderberg von dem roten Samtstuhl, der in der Ecke des Schlafzimmers stand, und stellte ihn neben das Bett. Mit einem behaglichen Seufzer ließ sie sich auf die Matratze sinken und streckte sich aus. Sie zog die Dekke bis unter die Nase.

»Und was jetzt? Erzählst du mir eine Gute-Nacht-Geschichte?«

Franz lächelte sie zögernd an. »Ich – ich wollte mich entschuldigen. Für heute mittag. Daß ich nicht begriffen habe, daß dir die Sache mit dem Ohr ernst war.«

Kyra runzelte die Stirn und griff nach der Zigarettenschachtel, die auf der Bettkante lag. »Ach was. Wenn ich mit mir am Tisch gesessen hätte, hätt ich auch nicht gemerkt, daß es ernst war.«

»Nein. Du mußt das nicht herunterspielen. Es war dumm von mir. Dumm und unsensibel.«

»Franz, ich bitte dich. Wenn du unsensibel bist, was bin ich dann? Godzilla?« Sie blies eine lange Rauchschwade aus.

»Du – du bist die wunderbarste Frau, die ich jemals getroffen habe.«

Die Zigarette fiel auf das Kopfkissen. Kyra schoß in die Höhe. »Franz. Um Himmels willen. Versprich, daß du mich nie wieder so erschreckst.«

»Kyra.« Ein Blick aus tiefbraunen Augen. »Diesmal ist es mir ernst.«

»Und was soll aus diesem Ernst werden, wenns fertig ist?«

»Jessas, Kyra, sei doch nicht so stur. Als ich dich da heute in deinem Büro hab sitzen sehen, mit dem zer-

matschten Auge und den blauen Flecken und dem rausge-
schlagenen Zahn, da – da – ich mußte dir einfach mal
sagen, was ich für dich empfinde.«

»Na, das hast du ja jetzt erfolgreich getan.« Wütend
rubbelte Kyra an dem kleinen Brandfleck auf ihrem Kopfkissen. »Sonst noch was?«

»Du kannst mir nicht verbieten, daß ich mir Sorgen um
dich mache.« Franz rutschte vom Stuhl auf die Bettkante
hinüber. Seine Hand tändelte um ihren Hals herum und
verfing sich in ihrem Nacken. »Es ist gefährlich, was du da
tust.«

Kyra erstarrte. In Zeitlupe nahm sie die Zigarette von
den Lippen. »Franz«, sagte sie. »Ich glaube, was du gerade
tust, ist viel gefährlicher.«

»Ihr Mann war nicht betrunken. Ihr Mann wurde nicht
Sonntag, sondern Samstag nacht ermordet. Ihrem Mann
wurde der Kopf nicht mit einem Beil abgehackt.«

Erika Konrads Augen waren zwei dunkle Löcher. Bei
jedem Wort, das Heinrich Priesske ihr entgegenbrüllte,
zuckte sie zusammen. Sein Gesicht kam so nahe, daß sie
seinen Atem riechen konnte. *Schokolade.* Der Kommissar
hatte *Schokolade* gegessen.

»Ihrem Mann wurde der Kopf mit einem Messer abgetrennt.«

Sie schrie. Und hielt sich die Ohren zu.

Priesske packte sie. »Hören Sie endlich auf mit dem
Theater.« Er schüttelte sie. »Frau Konrad. Sie wissen ganz
genau, wer Ihren Mann umgebracht hat.« Zornig ließ er
sie los.

»Nein! Nein!« Erika Konrad zog das Wasser in der Nase
hoch. Eifrig verrieb sie den Rotz, der ihr über die Oberlippe gelaufen war. Ihre Augen hatten zu flirren begonnen
wie zwei Bildschirme nach Sendeschluß. »Herr Kommis-

sar. Sie müssen mir glauben. Ich war es. Es ist einzig und allein meine Schuld.« Sie warf sich zu Boden und umklammerte seine Beine. »Meine Schuld. Meine Schuld. Meine Schuld.«

Mit einem leichten Tritt befreite sich Heinrich Priesske von ihrem Griff. Er ging zu Kommissar Törner, der soeben den Verhörraum betreten hatte. Die beiden Männer wechselten einige unverständliche Worte. Erika Konrad schluchzte in den Bodenbelag aus Linoleum hinein.

Die Verachtung war in Siegerlächeln übergegangen, als Heinrich Priesske erneut auf sie zukam. Sein Zahnfleisch glänzte im Neonlicht. »Frau Konrad«, sagte er freundlich. »Frau Konrad. Wollen Sie uns nicht ein wenig von Ihrer Tochter erzählen?«

Ihre Füße tappten über den nackten Steinboden. Als sie vor einem halben Jahr in das alte Kutscherhaus eingezogen war, hatte sie als erstes sämtliche Holzdielen herausreißen und Marmorfliesen verlegen lassen. Alles außer Marmor machte sie krank.

Obwohl das Thermometer noch immer zweiunddreißig Grad anzeigte, war der Boden kühl. Dem Stein waren die Temperaturen, die draußen herrschten, egal. So egal, wie sie ihr selber waren. Kein Schweißtropfen befleckte das weiße Chiffonkleid, das ihren Körper von den schmalen Schultern bis zu den Knöcheln umfloß.

Sie ging an den Kühlschrank und öffnete die Tür. Blaues Licht ergoß sich über ihre Füße. Sie lachte. Immer, wenn sie im Dunkeln eine Kühlschranktür öffnete, mußte sie lachen. Es erinnerte sie an den letzten Griechenlandurlaub mit Vater. An das häßliche Hotelzimmer in Delphi, in dem sie zehn Tage gewohnt hatten. Die Neonlampe an der Decke war gräßlich gewesen, und deshalb hatten sie, wenn sie von ihren Tagesausflügen spät zurückgekehrt waren, das Zim-

mer stets im Dunkeln betreten. Und dann hatten sie im blauen Licht des offenen Kühlschranks gesessen, Frappé getrunken und Homer rezitiert. ANDRA MOI ENNEPE, MUSA, POLYTROPON, HOS MALA POLLA –

Sie lachte und holte eine Dose Eistee aus dem mittleren Kühlschrankfach. Die restlichen Dosen verschob sie so, daß wieder eine gleichmäßige Ordnung entstand. Unordnung konnte sie nicht ertragen. Mit Dose und Strohhalm setzte sie sich auf den Küchentisch und ließ die Beine baumeln.

Am letzten Abend, bevor sie sich in die schmalen Hotelbetten schlafen gelegt hatten, hatte Vater sie an den Schultern gefaßt und gesagt: »Kind. All diese Idiotenväter, die stolz darauf sind, mit ihren Söhnen am Lagerfeuer zu sitzen. Ich bin so glücklich. Daß ich eine solche Tochter habe.«

Ihr Blick verlor sich in dem blauen Kühlschranklicht. Sie setzte den Strohhalm ab. PALLAD' ATHENAIEN KYDREN THEON ARCHOM' AEIDEIN –

Sie schloß die Augen. Ein Lächeln schlüpfte in ihr Gesicht. Ihre Lippen bewegten sich von selbst.

> *Pallas Athene, die ruhmvolle Göttin, will ich besingen,*
> *Eulenäugig, vieles beratend, spröde im Herzen,*
> *Züchtige Jungfrau, Städtebeschirmerin, mutig zur*
> > *Abwehr*
> *Ist sie, Tritogeneia, die Zeus, der Berater, erzeugte*
> *Selbst aus seinem erhabenen Haupt, zum Kampfe*
> > *gewaffnet*
> *Golden und ganz voll Glanz.*

Sie legte den Kopf in den Nacken und stieß einen langgezogenen Seufzer aus. Sie war glücklich. So rund und eben und glücklich wie ein Ei.

Als sie die Augen wieder öffnete, fiel ihr Blick auf die Mayonnaisetuben in der Kühlschranktür. Kraft. *Kraft war gut. Kraft würde sie in dieser Nacht brauchen.*

Sie schraubte eine der Tuben auf, drückte sich einen Strang direkt in den Mund, schraubte die Tube zu, strich das Ende glatt und klappte den Falz um. Einmal. Zweimal. Immer Ordnung halten.

Sie leckte sich über die Lippen. Mayonnaise war gut, wenn man aufgeregt war. Dennoch würde sie dem Sog, der vom offenen Kühlschrank ausging, nicht mehr lange widerstehen können.

Ohne es zu merken, quetschte ihre Hand die Dose zusammen. Ein Schwall Eistee schwappte über ihr weißes Kleid. Sie sprang auf und schleuderte die Dose in die Spüle. Mit blitzenden Augen starrte sie auf den Fleck, der sich in das zarte Chiffongewebe gesogen hatte. Sie mußte das Kleid wechseln. Unmöglich konnte sie das, was sie vorhatte, in einem befleckten Kleid tun!

Sie rannte ins obere Stockwerk und riß die Tür zu der ehemaligen Abstellkammer, die ihr Kleiderschrank war, auf. Der Steinkauz, der auf einem Balken gedöst hatte, flatterte in die Höhe. Srrt, srrt, fauchte ihr der erschreckte Vogel entgegen.

»Alex, verschwinde«, sagte sie, »du hast hier drinnen sowieso nichts zu suchen.« Hastig schritt sie die zwei Reihen makellos weißer Kleider und Anzüge ab, die in der Kammer hingen. Sie schlüpfte aus dem befleckten Kleid, warf es in die Ecke und zerrte ein neues vom Bügel. Mit heftigem Flügelschlag rauschte der Steinkauz an ihr vorbei und verschwand in dem dunklen Dachgewölbe. Schneller noch, als sie die Treppen hinaufgeeilt war, rannte sie in die Küche zurück.

Kurz vor dem Kühlschrank fiel sie in einen gemesseneren Schritt. In ihrem Kopf begann es zu surren. Ja. Ja. Ja.

*Ich dürste nach deiner Schönheit! Ich hungre nach
deinem Leib; nicht Wein noch Äpfel können mein
Verlangen stillen. Was soll ich jetzt tun?*

Es war Zeit. Sie konnte nicht länger warten. Vor dem Kühlschrank kniete sie nieder.

*Nicht die Fluten noch die großen Wasser können dies
brünstige Begehren löschen. Ich war eine Göttin, und
du verachtetest mich, eine Jungfrau, und du nahmst
mir meine Keuschheit. Ich war rein und züchtig, und
du hast Feuer in meine Adern gegossen.*

Langsam streckten sich ihre Hände nach der großen weißen Plastiktüte auf dem untersten Rost. Behutsam zog sie
den runden Gegenstand an sich und streifte die Hülle von
ihm ab. Sie lachte, als zwei Augen über den Tütenrand
linsten.

»Hallo«, sagte sie leise. Sie packte den Kopf am dünnen
Haarschopf und zog die restliche Tüte mit einem Ruck
weg. Ihr Lachen plätscherte in hellen Kindersopran hinüber:

*Oh Haupt! Sonst schön gezieret
Mit höchster Ehr und Zier.
Jetzt aber höchst schimpfieret,
Gegrüsset seist du mir.*

Sie küßte die Stirn, dann nahm sie den Kopf und ging zu den
fünf weißen Eimern, die am Ende der Küche standen. Glas.
Metall. Papier. Kunststoff. Restmüll. Sie trat auf das Pedal
des vierten Eimers, knüllte die Plastiktüte zusammen und
warf sie hinein. Sorgfältig ließ sie den Deckel zurückklap-
pen.

Erika Konrad erhob sich von ihrem stinkenden Zellenbett. Eine magere Frau, deren Kleid die Knochen sinnlos teuer umflatterte, stand in der Tür und winkte sie zu sich. Es war das Versagen, gekommen, sie endgültig zu holen. Erika Konrad verzog den Mund. Sie hätte es ahnen können. Das Versagen war eine Frau.

Sie drehte der Erscheinung den Rücken zu und hängte sich mit ganzer Kraft an das Bettlaken, das sie vor wenigen Minuten am Fenstergitter festgeknotet hatte. Mühsam richtete sie sich wieder auf. Das Laken hielt, doch das Fenster war niedrig. In Büchern hatte sie viel gelesen über Menschen, die versucht hatten, sich an niedrigen Fensterkreuzen zu erhängen. Wie unendlich qualvoll diese Art des Sterbenwollens war. Sie stellte sich an die Wand und zwang ihre zitternden Beine, sie noch einen letzten Moment zu tragen. Mit der Würde einer Königin legte sie die beiden freien Zipfel des Lakens um ihren Hals und verknotete sie unter ihrem Kinn.

Sie blickte starr auf die grüne Stahltür. Die Erscheinung hatte zu wabern begonnen wie ein Flaschengeist.

»Isabelle«, sagte Erika Konrad, und ihre Stimme war schon tot, »vergib mir. Ich kann dir nicht mehr helfen.«

Sie gab ihren zitternden Beinen nach, und alles, was sie jemals in Büchern gelesen hatte, zerstob zu Hohn und Spott. Der harte Knoten traf ihren Kehlkopf wie eine Faust. Sie wollte würgen, husten, doch ihre Kehle war so zugeschnürt, daß nicht einmal mehr ein Schluchzen hindurchpaßte. *Zwei Minuten*, dachte sie, *zwei Minuten.*

Tränen schossen in ihre Augen. Ihre Hände krampften sich in das Lieblingskleid, das sie seit zwei Tagen und einer Nacht trug. Sie hatte Angst, ihre Hände würden sie verraten, sie betete, ihre Hände mögen abfallen, bevor sie an den Knoten griffen, um ihn zu lockern. Ihre Lunge begann zu brennen. Ihr Herz loderte auf. Das Blut in ihrem Hals drückte, als wolle es herausplatzen. Ihre Hände zuckten. Alle Reste an Lebendigkeit, die ihr in dreiundfünfzig Jahren Leben geblieben waren, versammelten sich unter dem Knoten und brüllten.

Die grüne Stahltür verschwand hinter dem Tränenschleier, der sich immer dichter über ihre Augen zog. Mit aller Kraft, die sie jemals besessen hatte, buhlte Erika Konrad um den Tod. Sie ließ ihre Beine sinnlos nach vorn gestreckt, die Schenkel leicht geöffnet, die Arme kraftlos zuckend. Sie war schön. Sie war nicht jung, aber sie war noch schön. *Komm, lieber Tod, und mache*, flehte eine Stimme, von der sie selbst nicht mehr wußte, woher sie kam.

Und in der Sekunde, in der sie endlich das Bewußtsein verlor, durchzuckte Erika Konrad ein phantastischer Stolz. Sie hatte gesiegt. Sie war keine Versagerin. Einmal war sie stark geblieben bis zum Schluß.

»Wen suchen Sie?« Die Frau war jung, höchstens fünfundzwanzig. Ihr blasses Gesicht verschwand hinter einem Wust grüner Rastalocken.

»Frau Isabelle Konrad.« Der kleinere der beiden Uniformbeamten hatte seinen Fuß in die Tür gestellt.

Das Mädchen zupfte an dem Silberknopf in seinem linken Nasenflügel. »Konrad? Konrad kenn ich nich.«

»Sie ist aber unter der Adresse hier gemeldet.«

»Hm.« Sie kratzte sich mit ihrem nackten Fuß an der Wade. »Ach so. Isi meinen Sie. Ja, die hat mal ne Zeit hier gewohnt. Ist aber schon lange her. Keine Ahnung, wo die sich jetzt rumtreibt.«

»Sie haben keinen Anhaltspunkt über den Verbleib von Frau Konrad?«

Das Mädchen wickelte sich zwei grüne Strähnen um den Finger und lächelte den größeren der beiden Beamten an. »Was wollen Sie denn von der?«

»Darüber darf ich Ihnen keine Auskunft geben.«

»Ach so. Verstehe. Muß ja was Wichtiges sein.« Sie zuckte mit den spitzen Schultern, die aus ihrem weißen Feinripp-Herrenunterhemd herausstachen. »Nee. Also tut mir echt leid, daß ich Ihnen da nicht weiterhelfen kann. Aber, wenn Isi hier mal wieder vorbeischaut, sag ich ihr auf jeden Fall Bescheid.« Sie schaute vom Gesicht des kleineren Beamten zu seinem Fuß und wieder zurück. »Könnte ich dann zumachen?« Sie lächelte entschuldigend. »Ich hab da nämlich was auf dem Herd stehen.«

Das Bett war frisch bezogen. Die beiden Dreifüße rechts und links vom Kopfende blakten zufrieden. Auf einem Giebelbalken hoch unter dem Dach hockte der Steinkauz und blickte hinab. Die Flammen tanzten in seinen schwefelgelben Augen.

Leise summend saß sie auf den weißen Laken, die Hände nach hinten abgestützt, und wiegte den Kopf zwischen ihren Knien. Sie ließ ihm Zeit. Alle Zeit, die ein kluger Kopf brauchte, um eine Frau gründlich zu studieren, von vorn nach hinten und wieder zurück.

Kühl und fest lagen seine Ohren an den Innenseiten ihrer Schenkel. Er war schöner, als sie ihn in Erinnerung gehabt hatte. Mit dem Bart und der beginnenden Glatze sah er fast klassisch aus. Vielleicht hätte der Bart noch ein bißchen länger sein können. Aber seine Temperatur war ideal. Die drei Tage im Kühlschrank waren ihm gut bekommen. Jetzt war er so kalt und weiß, wie er es als Kopf schon immer hätte sein sollen.

Sie beugte sich nach vorn und küßte ihn auf die Stirn. »Du bist doch auch froh, daß wir so lange gewartet haben«, flüsterte sie ganz nah an seinem Gesicht. Er roch nur wenig. Und das nicht einmal unangenehm. Nach Fisch und Honig.

Sie öffnete die Schenkel und ließ ihn in die Laken plumpsen. Andächtig fuhr sie über den schwachen rostroten Abdruck, den sein angeschnittener Hals auf das Leinen gestempelt hatte. Viel Blut besaß er nicht mehr. Mit roten Fingern malte sie Linien auf den weißen Stoff zwischen ihren Brüsten. Heute wußte sie, daß andere Kinder Fingerfarben gehabt hatten. Sie hatte nie mit Fingerfarben malen dürfen. Immer nur Buntstifte. Ihre Hand tänzelte bettauswärts. »Messer, Gabel, Scher und Licht ...«

In Reih und Glied funkelten die chirurgischen Instrumente, die sie beim Fachversand bestellt hatte.

Sie schloß die Augen. Der Druck in ihrem Schädel war gewaltig gestiegen. Die Bilder mußten raus. Schädel sprengen oder raus. Viele Monate waren vergangen, seitdem sich die winzigen Gerstenkörner in ihrem Kopf eingenistet hatten. Viele Monate, in denen sie gewachsen und gewachsen waren, bis sie jeden anderen Gedanken verdrängt hatten.

Ihre Finger zitterten, als sie den Kopf wieder zwischen ihre Schenkel klemmte, das erste Skalpell vom Tisch nahm, es oberhalb des rechten Ohrs ansetzte und in frontalem Bogen zum anderen Ohr hinüberzog. Mühelos drang die Klinge durch die Haut. Es war wie bei den Kalbs- und Schweinsköpfen, mit denen sie geübt hatte. Und doch war es ganz anders. Viel schöner. Ihre Finger beruhigten sich. Mit einem zweiten Messer begann sie die Kopfhaut vom Schädelknochen zu lösen.

»Zeit zum Ausziehen«, sagte sie, als ihr die Haut ausreichend gelockert erschien, und wie man einer Puppe ein zu enges Kleid über den Kopf zerrt, zog sie ihm das Fleischhemd über die Ohren.

Es war sonderbar. Sie hätte schwören können, daß ihr jemand zwischen die Beine gefaßt und sie gezupft hatte. Sie lauschte in sich hinein. Das Zupfen war weg, aber ein komisches Gefühl war geblieben. Wie wenn die Nase lief.

Sie faßte sich unter das Kleid. Zwischen ihren Beinen rotzte es. Nachdenklich verrieb sie den Schleim. Eine normale Erkältung war es jedenfalls nicht, normale Erkältungen kannte sie, und die fühlten sich anders an. Es mußte ein Unterleibskatarrh sein. Sie hatte noch nie einen gehabt, aber sie hatte schon davon gehört. Tatsächlich war alles zwischen ihren Beinen geschwollen. Dumm, daß sie ausgerechnet jetzt krank wurde. Aber egal.

Sie seufzte und legte ihre Wange an das blanke Schädeldach.

»Begreifst du jetzt, warum wir warten mußten«, flüsterte sie, »um ein Haar hättest du alles verdorben.« Sie strich über die blutige Maske, unter der seine Gesichtszüge verschwunden waren. Als er sie letzten Samstag angefaßt und sie ihm gesagt hatte, er müsse noch viel mehr als sein Jackett ausziehen, um ihr nahekommen zu können, hatte er gelacht und sein Hemd aufgeknöpft.

Sie küßte den nackten Knochen. Der Druck in ihrem Kopf war verschwunden. Sie verspürte eine Nähe, wie sie sie noch nie in der Gegenwart eines anderen Körpers verspürt hatte. Sie fühlte sich leicht und schwebend wie ein Luftballon. Der Unterschied zwischen »im Kopf« und »draußen« war aufgehoben. So wie sie die Innenseite seiner Stirnhaut zur Außenhülle gemacht hatte, würden alle ihre Bilder Wirklichkeit werden. Sie war eine Göttin. Und Göttinnen phantasierten nicht, Göttinnen arbeiteten in Fleisch und Blut.

Ein neuerlicher Anfall ihres Unterleibskatarrhs warf sie auf die Laken zurück. Sie wußte nicht, war es derselbe Dämon, der zwischen ihren Beinen zupfte, oder war es ein anderer, jedenfalls hörte sie klar und deutlich sagen:

Spalte den Schädel und schlürfe das Hirn!

*Sie vergaß das Zwischenbeingezupfe und setzte sich kerzen-
gerade. Schädelspalten ja. Hirnschlürfen nein. Sie mußte
sich in acht nehmen. Schon viele hatten göttlich begonnen
und als Hirnschlürfer geendet. Nicht nur ihr Held Tydeus,
der sich damals bei der Schlacht vor Theben fast die Un-
sterblichkeit erkämpft hatte und dann verreckt war, weil er
Menalippos ins Hirn gebissen hatte. Auch Ugolino hatte es
erwischt. Erst großer Graf von Pisa und dann seinen eigenen
Kindern die Hirnschalen leergefressen.*

*Sie griff nach der Knochensäge. Der Kopf war ihrem
Schutz unterstellt, sie war verantwortlich, daß seinem
Hirn nichts zustieß. Also Vorsicht, Vorsicht. Zielsicher
setzte sie die Säge zum Tonsurschnitt an. Bloß nicht zu
tief gesägt. Hinterhauptsbein, Scheitelbein, Stirnbein und
auf der linken Seite lateinisch zurück. Os frontale, Os
parietale, und als sich der Kreis hinten beim Os occipitale
geschlossen hatte, wechselte sie zu Hammer und Meißel.*

Du Sisera. Ich Jaël.

*Mit federnden Schlägen trieb sie den rostfreien Stahl in
seine Schuppennaht hinein.*

> *Gepriesen sei sie unter den Frauen! Sie griff mit
> ihrer Hand den Pflock und mit ihrer Rechten den
> Schmiedehammer und zerschlug Siseras Haupt und
> zermalmte und durchbohrte seine Schläfe.*

*Atemlos hielt sie inne und wischte sich den Schweiß von
der Stirn. Was redete sie da? Nicht zerschlagen und zermal-
men und durchbohren. Schützen, bewahren, lieben. Nichts
als Zärtlichkeit war sie in dieser Nacht.*

*Sie legte den Hammer aus der Hand, um sich zu beruhi-
gen.*

Stirne blutet sanft und dunkel,
Sonnenblume welkt am Zaun,
Schwermut blaut im Schoß der Fraun;
Gottes Wort im Sterngefunkel!

Es ging ihr wieder besser. Noch ein paar sanfte Schläge, dann hatte sie es geschafft, sein Schädeldach gab endlich nach. Es knackte spröde, und was sie sah, raubte ihr den Atem.

Es war das Schönste, das sie auf der ganzen Welt jemals gesehen hatte.

Sie stöhnte. Wieder hatte ihr der Dämon zwischen die Beine gegriffen, und diesmal hatte er nicht einfach nur gezupft, sondern war tief in ihren Unterleib hineingekrochen und zog heftig. Sie faßte sich zwischen die Beine. Nun gut, wenn der Dämon Tauziehen spielen wollte, dann spielte sie eben mit.

Ihre Augen wurden feucht, als sie mit der freien Hand das Hirn berührte. Es war so schön, so wunderschön, wie es dort in seiner Schale lag, von Spinnwebenhaut und weicher Hirnhaut – »pia mater!« – liebevoll bedeckt.

Gehirne: kleine, runde; matt und weiß.
Sonne, rosenschössig, und die Haine blau
                                        durchrauscht.

Vor Glück kullerten ihr ein paar Tränen übers Gesicht. Sie war im Märchen. Sie war das Mädchen mit den Zaubernüssen. Sie war das Mädchen, dem die Götter die vierte Nuß, die Nuß aus ihrem heiligen Garten selbst, geschenkt hatten.

Der Dämon knurrte böse, als sie ihn dort unten sich selbst überließ, aber sie brauchte jetzt beide Hände. Vorsichtig griff sie zwischen Hirn und Knochen in die Schädelbasis hinein, ruckelte ein wenig an Nerven und Blutbahnen und hob das Hirn heraus. Zitternd schmiegte es sich an ihre Handflächen.

Sehen Sie, in diesen meinen Händen hielt ich sie,
hundert oder auch tausend Stück; manche waren
weich, manche waren hart, alle sehr zerfließlich;
Männer, Weiber, mürbe und voll Blut.

Sie ließ sich samt Hirn auf den Rücken fallen, hielt es mit gestreckten Armen in die Höhe, wie man eine kleine Katze in die Höhe hält, warf es in die Luft, klatschte in die Hände, lachte und fing es wieder auf. Nie, nie, nie würde sie es an die Wand werfen wie diese dumme Königstochter. Sie drückte es an sich. Hirn an Hirn. Endlich konnten sie sich lieben. Befreit von allem, was sie getrennt hatte. Sie hatte schon immer so eine Ahnung gehabt, aber jetzt erst fühlte sie es sicher: Sie war Hirn. Reines Hirn. Von Kopf bis Fuß.

Der Dämon war in ihrem Unterleib auf ein unbekanntes Glockenarsenal gestoßen und läutete Sturm. Der leere Kopf krachte auf den Steinboden.

Sie preßte eine Hand zwischen ihre Beine. Ihr ganzer Körper vibrierte von dem Geläut. Konnte man an Unterleibskatarrhen sterben? Ganz fest drückte sie das Hirn an sich. Ungewollt glitt ihre Hand in den Spalt hinein, der die linke von der rechten Hälfte trennte. Sie erstarrte.

»Fissura longitudinalis«, beschwor sie sich, »Fis-su- ... lon-gi-tu-...«, während ihre Finger in Schleim und Blut versanken. Und obwohl es in ihrem Kopf immer schneller wirbelte, war es dort gleichzeitig ganz still und schwarz geworden.

Die Handvoll Hirn hatte sie in Höhen getragen, in denen der menschliche Geist nichts mehr zu suchen hatte.

II

Nach tagelangen Kämpfen hatte *Zarah* gesiegt. *Erwin* war nichts anderes übriggeblieben, als den Sommer einzupakken und sich über den Mittelmeerraum zurückzuziehen.

Zähneklappernd stand Kyra in der langen Schlange vor Robert Konrads Grab und wartete darauf, ihrem toten Chefredakteur die letzte Ehre und eine Handvoll Sand zukommen zu lassen.

Noch war sie zu weit vom Grab entfernt, um sehen zu können, was sich in den vorderen Reihen tat. Was schade war, denn am Grabesrand spielten sich immer die interessantesten Szenen ab. Sie erinnerte sich an die Beerdigung des ostdeutschen Großdichters im vorletzten Winter, bei der es von gemeinsam geleerten Whiskyflaschen über gemeinsam gerauchte Zigarren bis hin zu gemeinsam befleckten Bettlaken kaum etwas gegeben hatte, was die hinterbliebene Damenwelt nicht auf den Sarg geworfen hätte. Der Preis für die beste *Graveside-Comedy* war allerdings an den unbekannten jungen Mann gegangen, der sich die Designer-Brille von der Nase gerissen, sie dem toten Erleuchter hinterhergeschleudert hatte und blind durch die Friedhofsreihen davongewankt war.

Die Schlange bewegte sich langsam vorwärts. Einige schwarze Rücken weiter, unter großem Hut, sah Kyra ein bekanntes Blond hervorleuchten. Sie mußte grinsen. Ein paar Jungs aus der Sportredaktion hatten mit ihr gewettet, daß sich Jenny Mayer zur Beerdigung die Haare schwarz färben würde. Die Flasche *Pommery* hatten sie verloren. Es mußte Jenny zu sehr gekränkt haben, daß ihr

Geliebter die letzte Reise nun doch gemeinsam mit der Gattin antrat.

Bis zuletzt war unklar gewesen, ob Erika Konrad Seite an Seite mit ihrem Mann beerdigt werden würde. Doch selbst die Polizei hatte mittlerweile Zweifel daran geäußert, daß Erika Konrad ihren Mann ermordet hatte. Für Kyra hatte sie sich mit ihrem Selbstmord als Gattenmörderin disqualifiziert. Gattenmörderinnen hängten sich nicht auf. Gattenmörderinnen saßen im Gefängnis, bereuten dreimal täglich brav, was sie getan hatten, und waren stolz darauf. Wenn überhaupt gehörte der Strick um den eigenen Hals ins Repertoire der Kindsmörderinnen.

Inzwischen hatte sich Kyra weit genug vorgearbeitet, um Blick auf den Grabesrand zu haben. Steife Menschen in steifen Anzügen übten den letzten Kotau. Allen voran Doktor Olaf Wössner. Eine Sekunde lang glaubte Kyra, ihr neuer Chefredakteur würde dem alten hinterherspringen. Wenn sie das hilflose Auf und Ab seiner Schulterblätter und die vors Gesicht geschlagenen Hände richtig deutete, weinte er. So viel Emotion hätte sie dem steifen Germanisten gar nicht zugetraut. Er war eines dieser journalistischen Fliegengewichte, die vom Laufstall direkt in die Universität und aus der Universität direkt in die Zeitung gestolpert waren. Einer von denen, die durch die Welt staksten, als ob ihnen schon die Mami die Pampers mit dem Bügeleisen am Arsch angedampft hätte. Mit ihm an der Spitze blickte der *Berliner Morgen* in eine freudlose Zukunft.

Kyra reckte den Kopf, um noch besser sehen zu können. Die Stunde des politischen Blonds war gekommen. Jenny Mayer faßte sich an den Hals, entknotete ihr Hermès-Tuch und ließ es über der rechten Grabhälfte wehen. Abschied à la Loreley. Kyra hatte Gerüchte gehört, daß der Alte sie in den letzten Wochen zugunsten einer neuen

Praktikantin kaltgestellt hatte. Sollte es stimmen, ließ sie sich den großen Witwenauftritt jedenfalls nicht verderben.

Niemand stand in Grabesnähe, der nach echter Konradscher Verwandtschaft ausgesehen hätte. Merkwürdige Familie. Keine Schwestern? Keine Onkels? Oder war ihnen die ganze Geschichte zu peinlich? Mindestens eine Konrad-Tochter mußte existieren, von ihr hatte der Alte manchmal erzählt. Herzlose Brut. Obwohl. Kyra schloß die Augen. Sie erinnerte sich, wie sie selbst an einem kalten verregneten Januarmorgen an einem offenen Grab gestanden hatte. Im schwarzen Mantel. Mit schwarzen Wildlederstiefeln. Und um sie herum lauter besorgte Erwachsene, die sie mit ihren widerlich warmen Händen angetatscht hatten. »Wenn wir irgend etwas für dich tun können – wenn du irgend etwas brauchst –«

Kyra spürte eine leichte Berührung auf der Schulter. Sie öffnete die Augen. Die Längsseite an Robert Konrads Grab war freigeworden.

Der Anblick der zwei gleichen Kisten, die dort unten stumm und schwarz nebeneinanderlagen, war deprimierend. Fast so deprimierend wie der Anblick von streng parzellierten Ehebetten. Es wäre sicher freundlicher gewesen, die beiden in einem Doppelsarg zu bestatten. Vielleicht wären sie sich im Stadium der Verwesung noch einmal nähergekommen.

Kyra griff in die Schale mit dem Sand und ließ eine Prise auf den rechten Sargdeckel rieseln. Außer Jenny Mayers Hermès-Tuch entdeckte sie in der Grube nur weiteren Sand und Blumen. Keine rosa Teddybären. Keine Diamantcolliers. Keine Tagebücher. Irgend etwas mußte der Alte doch falsch gemacht haben.

Kyra öffnete ihre Handtasche. Plötzlich verspürte sie das Bedürfnis, ihm eine letzte kleine Freude zu bereiten.

»Mach es gut, alter Bock«, flüsterte sie und warf das eingeschweißte Kondom auf seinen Sarg.

Jenny Mayer stand noch immer drei Meter vom Grab entfernt. Ein dramatischer schwarzer Schleier bedeckte ihr Gesicht.

Obwohl Kyra vorgehabt hatte, schnell zu verschwinden, konnte sie sich den kleinen Abstecher nicht verkneifen. Sie streckte Jenny Mayer die Hand hin. »Mein herzliches Beileid.«

»Halt bloß den Mund.«

Kyra gestattete sich ein vorsichtiges Grinsen.

Die andere verschränkte die Arme vor der Brust. »Bist du jetzt zufrieden, wo er tot ist?«

»Beste Jenny, ich habe keinen Schimmer, wovon du redest.«

»Du verlogenes Biest. Ich weiß, was du mit Robert gemacht hast.«

»Ich?«

»Er hat es mir erzählt. Widerlich.« Ein paar Spucketropfen blieben in dem schwarzen Schleier hängen. »Wie du die ganze Zeit hinter ihm hergewesen bist.«

»Ich? Hinter ihm her?« Kyras Grinsen wurde sarkastisch.

»Und wie du ihn an seinem Geburtstag in den Park gelockt hast –«, noch mehr Tröpfchen fingen sich in dem schwarzen Spritzschutz, »– und ihn dann mit einem Messer bedroht hast und gesagt hast, du würdest ihn abstechen, wenn er es nicht auf der Stelle mit dir treibt.«

Eigentlich hatte Kyra sich vorgenommen, in den nächsten Wochen keine Schlägerei mehr anzufangen. Und eigentlich hielt sie es für unsportlich, Hühnern wie der Mayer eine runterzuhauen. Aber es gab Situationen, da waren gute Vorsätze und Überzeugungen egal.

Es klatschte heftig. Der schwarze Hut segelte vom Kopf der Blondine und landete einige Meter weiter im Kies.

Jenny Mayer stieß einen Schrei aus. Ihre Hand zuckte ein paarmal in Kyras Richtung, landete aber schließlich doch nur vor ihrem eigenen Mund.

»Das wird dir noch leid tun.« Ihr Kinn kräuselte sich häßlich. Sie blickte Kyra mit rot unterlaufenen Augen an, bückte sich nach dem schwarzen Ufo und stöckelte davon.

Kyra schaute ihr aufmerksam nach. Sie wollte ganz genau sehen, wie Jenny Mayer unbeschadet den Friedhof verließ. Nicht, daß ihr später wieder irgend jemand erzählte, sie hätte der Schnepfe ein Ohr abgebissen.

»Frau Berg?«

Alarmbereit drehte Kyra sich um. Aber es war kein Zeitungsritter, der vor ihr stand und die Schmach rächen wollte, die sie seiner Dulcinea angetan hatte. Es war eine ziemlich abgerissene junge Frau, die sie nie zuvor gesehen hatte.

»Kann ich mal einen Moment mit Ihnen reden?« Trotzig lächelnd fuhr sich das Gör durch den grünen Rastaschopf. »Ich bin Isabelle Konrad.«

»Bier«, sagte Franz Pawlak zu der Rothaarigen hinter dem Tresen und kletterte auf den Barhocker.

Das Süßholzgeraspel bei der offiziellen Trauerfeier zu Ehren seines toten Chefs hatte ihm dermaßen gelangt, daß er sich die Beerdigung geschenkt hatte und von der *Akademie der Künste* schnurstracks in den Tiergarten marschiert war. Dort war er so lange herumgelaufen, bis er restlos durchgefroren und deprimiert gewesen war. Und wie immer, wenn er restlos durchgefroren und deprimiert war, hatte er beschlossen, in den Puff zu gehen. Er hatte sich die *BZ* gekauft und war unter der Rubrik *Diverses* auf folgende Anzeige gestoßen:

»Neu! Drei Zuckerschnecken in Tiergarten –
Danny griffig, Biggi stark behaart, Evi naturheiße Nym-
phe – erwarten Sie rund um die Uhr in gepflegter Atmo-
sphäre.«

Franz schaute sich in dem Laden um. Offensichtlich
war er der einzige, der dem Ruf der Anzeige gefolgt war.
Mit der *gepflegten Atmosphäre* mußten die rotbefransten
Lampenschirme und die nagelneuen Resopal-Polyester-
Sitzgruppen gemeint sein. Aus zwei Lautsprechern du-
delte deutscher Schlager. Von den *Zuckerschnecken* war
weit und breit nichts zu sehen.

Es gab Puffs, die waren einfach nur schäbig. Erster
Höllenkreis. Dann gab es Puffs, die waren schäbig, obwohl sie neu waren. Zweiter Höllenkreis. Und schließlich
gab es Puffs, die waren schäbig, neu und ausgestorben.
Das war so schlimm, daß es mit Hölle schon gar nichts
mehr zu tun hatte.

In der hintersten Sitznische, wo der Durchgang zu den
Zimmern zu sein schien, entdeckte Franz einen Mann. Er
hockte über einen Stapel Papiere gebeugt und hackte un-
geduldig auf seinen Taschenrechner ein. Der Chef des
Hauses rechnete.

Franz hatte sich gerade zu dem Entschluß durchgerun-
gen, aufzustehen und es bei den *grenzenlosen Polenmo-
dellen* zwei Straßen weiter zu versuchen, als die Rothaarige
ihm das Bier vor die Nase knallte. Er machte den Mund
auf und wieder zu. Es war ja doch alles egal.

Halbherzig trank er einen Schluck von dem schlampig
gezapften *Schultheiss*. Er hoffte, die Zuckerschnecken würden alles andere ebenso schnell zapfen, auf daß er diesen
Ort schleunigst verlassen konnte. Grimmig wischte er sich
den Schaum vom Bart.

»Na, Bärchen, ham wir uns das Fell bekleckert?« Eine
spindeldürre Schwarzhaarige war in dem Glasperlen-

Durchgang aufgetaucht und stakste den Tresen entlang. *Danny griffig* konnte sie kaum sein, und das Alter von *Evi naturheiße Nymphe* hatte sie eindeutig hinter sich.

Franz klammerte sich fester an sein *Schultheiss*. Warum konnte das Leben niemals ein kleines bißchen nett zu ihm sein? Warum bescherte es immer ihm die *Biggis stark behaart*?

Mit einem knappen Hinternkick schwang sich die Schwarzhaarige auf den Barhocker neben ihm. Auch wenn Franz es sich noch nicht eingestehen wollte – in seiner Hose merkte es auf angesichts der Eleganz, mit der Biggi das steile Sitzgerät eingenommen hatte.

»Unser Bärchen ist doch nicht zum Biertrinken hergekommen?« gurrte sie und strich ihm um den Bart. »Ich glaub, ich weiß, was unser Bärchen will.« Sie lachte laut. »Stimmts, du bist ein ganz ein vernaschtes Bärchen?«

Franz entwand sich ihrem Griff. »Willst du was trinken?« fragte er, bevor sie auf die Idee kam, ihren weinroten Spaghettiträgerfummel auszuziehen, einen Zipfel anzuspucken und ihm damit den Mund abzuwischen. War er *Winnie-the-Pooh* oder was? Warum, oh warum nur, mußten sich immer die verhinderten Kinderkrankenschwestern auf ihn stürzen? Die aufmunternde Wirkung, die Biggi in seinem Lendenbezirk gehabt hatte, war dahin.

»Schamm-pann-ja«, hauchte sie ihm ins Ohr, »aber nur, wenn du mittrinkst.«

Er wandte sich schroff ab. »Verarschen kann ich mich auch alleine.«

Es dauerte eine Weile, bis Biggis auf nett frisiertes Hirn begriff. Ihr Lächeln verschwand, als hätte es ein plötzlicher Windstoß weggefegt. Sie sprang vom Barhocker.

»Hey, du Spinner«, schrie sie Franz an, »vielleicht kannste dir ja dann auch alleine einen blasen.«

Sie reckte trotzig das Kinn und drehte sich auf dem Absatz um.

»Komm, ich hab das nicht so gemeint.« Franz faßte sie am Arm. Sie war wirklich dünn. Und die starke Behaarung mußte sich auf Zonen beschränken, die man noch nicht sah. »Ich kauf dir einen Champagner.« Jetzt, wo Biggi wütend war, gefiel sie ihm schon viel besser. Er machte der Rothaarigen, die die Szene gelangweilt verfolgt hatte, ein Zeichen.

»Schampanja hamwer nur flaschenweise«, klärte diese ihn auf und bückte sich nach dem Kühlschrank.

Franz atmete tief durch. Doch Biggi hatte sich schon wieder neben ihn geschwungen und zupfte ihn verschwörerisch am Bart. »Hab ich doch gewußt, daß mein Bärchen kein Geizkragen ist.«

Er nickte stumm. Falls er nachher noch einen einzigen Pfennig in der Tasche haben sollte, würde er zur *Zweiten Hand* gehen und dort eine Anzeige aufgeben: »*Schwanz – dumm, aber lieb – billig zu verkaufen!*«

»Hat der Herr irgendwo Anlaß für ne Beschwerde?«

Franz und seine neue Freundin Biggi, der es trotz Barhocker gelungen war, sich halb auf seinen Schoß zu schieben, drehten simultan die Köpfe.

»Ach, woher denn, Freddy«, flötete sie und drückte sich noch enger an Franz heran, »du siehst doch, daß wir uns ganz schnucklig verstehen.«

Franz machte den Mund auf – und nicht mehr zu. Es kam ihm vor, als ob der Barhocker in die Knie gesackt wäre. Der Zuhälter war das Größte und Breiteste, was er seit langem gesehen hatte. Das Gräßlichste und Gemeinste aber war sein angefressenes linkes Ohr.

»War echt cool, wie du der Tussi eine gelangt hast.« Mit Löffel und Gabel gleichzeitig schaufelte Isabelle Konrad den Berg Spaghetti in sich hinein, den ihr der Friedhofs-Italiener vor wenigen Sekunden hingestellt hatte.

Kyra trank von ihrem *Chianti*. Das Gör fraß, als ob es seit achtundvierzig Stunden nichts zu essen bekommen hätte. Schwer zu glauben, daß diese grüngefärbte Promenadenmischung die Tochter von Robert und Erika Konrad sein sollte.

»Ich hab Sie vorher bei der Beerdigung gar nicht gesehen.«

»Mann, hör doch mit dem albernen *Sie* auf.« Isabelle Konrad lachte. Die Spaghetti hingen ihr rechts und links zum Mund raus. »Na klar haste mich nich gesehen«, mampfte sie. »Meinste etwa, ich stell mich ans Grab von meinen Alten und laß mir von diesen Zeitungswichsern die Hand drücken?«

»Verstehe.« Kyra steckte sich eine Zigarette an. »Die vornehme Zurückhaltung könnte nicht zufällig damit zu tun haben, daß die Polizei hinter dir her ist?«

»Wie meinstn das?« Zum ersten Mal, seitdem sie den Teller vor sich hatte, unterbrach die Konrad-Tochter ihr Fressen. Sie schaute Kyra mißtrauisch an.

»Man hört Gerüchte. Daß die Polizei eine neue Lieblingsverdächtige hat.«

»Wenn du auf der Suche nach ner heißen Story bist, muß ich dich leider enttäuschen. Ich hab 'n wasserdichtes Alibi.« Sie begann wieder zu fressen. »Was meinste, wie sich die Bullen da schon drüber geärgert haben.«

Kyra bestellte einen zweiten *Chianti*. »Lebst du hier in Berlin?«

»Nö, schon lange nich mehr.« Die Grüne fieselte die Rastasträhne, auf der sie während der letzten Bissen mitherumgekaut hatte, aus dem Mund. »Das war auch mal wieder so 'n richtiger Scheiß. Weil, als ichs erste Mal abgehauen bin, mit sechzehn, da war mein Alter ja noch der

Boß vom *Magazin*. Klar, daß ich da nich in Hamburg bleiben konnte, also nix wie ab nach Berlin. Na ja, und kaum hatte ichs mir hier gemütlich gemacht, SO 36, besetztes Haus und so, da ist diese blöde Mauer gefallen. Den Rest kennste ja. Dann ist das losgegangen mit diesem Hauptstadt-Scheiß und *Neues Berlin* und so, und da wars ja klar, daß es nicht mehr lange dauern konnte, bis mein Alter auch hier auftaucht. Der ist überall aufgetaucht, wos ne Chance gab, *Mister Wichtig* zu spielen.« Sie rülpste. »Und da bin ich wieder nach Hamburg zurück. Wo sollste in diesem Scheißland schon hingehen.«

»Und an dem Wochenende, an dem dein Vater ermordet wurde, warst du natürlich auch in Hamburg.«

Isabelle Konrad ließ Gabel und Löffel sinken. »Sag mal, was solln diese blöde Fragerei? Ich dachte, du wärst cool.«

Kyra grinste. »Und ich dachte, du hättest die nette Dame von der Zeitung angequatscht, weil du ihr was erzählen willst.«

»Ich hab dir doch total viel erzählt.«

»Aber nicht das Richtige.«

»Mann, geh mir nich auf die Eier.« Die Grüne warf ihr Besteck auf den Teller und schob ihn weg. »Ich brauch jetzt noch 'n Wein.«

»Erst, wenn du mir erzählt hast, was du von mir willst.«

»Ü-ich?« Sie klimperte mit den Wimpern, die erfreulicherweise nicht grün gefärbt waren. »Von dir? Ich hab mehr so den Eindruck, du willst was von mir.«

»Kleine, für die Alzheimer-Nummer bist du noch 'n bißchen jung. Du hast vorhin mich angequatscht, also was willst du.«

»Gar nix.« Sie zuckte mit den spitzen Schultern. »Nix Bestimmtes. Ich hab bloß deinen Artikel gelesen. Den du über meine Alten geschrieben hast. Und da dacht ich: Die Frau ist okay. Die kapiert was.«

»Was kapier ich denn?«

»Na, das mit meiner Mutter. Das mit dem Kurzschluß, der bei Frauen immer erst so spät kommt, daß sie dann total durchknallen. Jahrelang Scheiße fressen, Maul halten, und dann irgendwann machts so gewaltig *bumm*, daß sich alle die Augen reiben.« Sie fischte die restlichen dreieinhalb Spaghetti von ihrem Teller. »Sag mal, glaubst du eigentlich wirklich, daß es meine Mutter war?«

»Was glaubst du?«

»Ich weiß nich. Irgendwie kann ichs mir nicht vorstellen. Trotz Kurzschluß und so. Meine Mutter ist einfach nich der Typ dafür.«

»Warum?«

»Puh. Wie soll ich das erklären.« Sie wischte sich die Saucenfinger in den Haaren ab. »Meine Mutter ist eben das geborene Opfer. Die war doch nur glücklich, wenn sie den Eindruck hatte, irgendwer tut ihr Unrecht. Warum soll sie dann ausgerechnet den umbringen, der ihr am meisten Unrecht getan hat. Ich mein: Das macht doch keinen Sinn.« Isabelle Konrads Blick ging in die Ferne. »Ich bin sicher, die hat auch geglaubt, daß ich den Alten umgebracht habe. Deshalb hat sie sich aufgehängt.«

»Warum?« Kyra versuchte, die Grüne nicht aus ihrer redseligen Trance zu reißen. »Wegen der Familienschande?«

»Quatsch. Sie hat wohl gedacht, sie müsse ihre *Kleine* mal wieder schützen.« Isabelle legte den Kopf in den Nakken, schüttelte die grüne Mähne und stöhnte. »Oh Gott, ich seh das richtig vor mir. Dieses Theater, das meine Mutter bei den Bullen abgezogen haben muß. Große Szene, Gesicht total verrotzt wie – wie bei der, der die Kinder alle weggestorben sind, und die dann so viel geflennt hat, daß sie zu Stein wurde, wie hieß die noch?«

»Niobe.«

»Ja klar, Niobe. Genauso war meine Mutter drauf. Und dazu immer diese Arie: *Es ist alles meine Schuld, alles ist meine Schuld.*«

»Hatte sie einen besonderen Grund zu glauben, daß du deinen Vater umgebracht hast?«

Isabelle schaute Kyra an. Sie grinste. »Dreimal darfste raten.«

Ihr Grinsen wurde breiter, als Kyra nichts sagte. »Ich weiß auch nicht mehr, wann das losging. Muß gewesen sein, als ich so ungefähr zwölf war. Plötzlich ist Mami der böse, böse Verdacht gekommen, daß Papi mit ihrer kleinen Isabelle Dinge treibt, die er mit ihr nicht treiben sollte.«

»Und?« Kyra griff nach einer neuen Zigarette. »Hat er?«

Isabelle zuckte die Achseln. »Natürlich Quatsch. Meine Mutter hat das erfunden. Für sich. Irgendwann ist sie dahintergekommen, daß der Alte fremdgeht wie Bolle. Diese blonde Zicke, der du vorhin eine gelangt hast – genau auf solche hat er gestanden. Na ja. Und da hat sich meine Mutter dann das mit mir ausgedacht. Einfach nur mit Jüngeren beschissen werden, das war ihr zu – zu normal, zu billig. Wenn der Alte aber in Wahrheit keine Praktikantinnen, sondern ihre eigene Tochter bumste, dann hatte das was Tragisches. Dann konnte sie die große Mutter-Nummer abziehen. Mit *Kind, wir fliehen* und all dem Scheiß. In Wirklichkeit hat sie sich nicht mal getraut, ihm zu widersprechen, wenn er mir das Taschengeld gesperrt hat. Am nächsten Morgen mir heimlich nen Hunderter zustecken, ja. Aber denkste, die hätte meinem Vater gegenüber auch nur ein einziges Mal das Maul aufgemacht?«

Isabelle Konrad zupfte wütend an einem Faden, der aus ihrer Lederjacke hing. Sie biß sich auf die Unterlippe und schaute tapfer an Kyra vorbei. »Ich glaube, das war das, was mich an meiner Mutter am allermeisten genervt hat, dieses Schuld-Ding«, sagte sie nach einer Weile. »Meine

Mutter mußte sich immer für irgendwas – und am besten an irgendwas richtig Schlimmem – schuldig fühlen. Hat ihr wohl hintenrum so ne Art perverses Machtgefühl verschafft. Ich hab da lang drüber nachgedacht. Weil: Schuld an was kann man ja nur sein, wenn man die Macht gehabt hätte, es zu verhindern. Also besser schuld an jedem absurden Scheißdreck sein, als sich eingestehen, daß man an gar nix schuld ist. – Weil man nämlich gar nicht die Power hat, an irgendwas schuld zu sein.« Sie wischte sich mit dem dreckigen Zeigefinger eine Träne von der Backe. »Und wie isses bei dir? Hast du noch ne Mutter?«

Die Stimme schnurrte. »Ich glaub, unser Bärchen hat lange keinen Honig mehr geschleckt, stimmts? Wir haben da ein ganz ein hungriges Bärchen.«

Franz schloß die Augen. *Feigling, Feigling, Feigling.* Wie eine schwarze Katze lag der dichte Pelz über seinem Gesicht und nahm ihm die Luft. Er packte Biggis Schenkel und preßte sie gegen seine Ohren. Nichts mehr hören. Nichts mehr sehen. Nichts mehr denken.

Kyra. Kyra.

Er stieß seine Nase und Zunge tiefer in sie hinein.

»Hey, nicht so wild. Du tust mir weh.«

Das Ohr. Das Ohr! Er wurde den Anblick dieses Ohrs nicht los. Warum hatte er dem Kerl keine reingeschlagen. Mit beiden Fäusten hätte er ihm seine dreckige Zuhältervisage polieren sollen. Und wenn es nicht anders gegangen wäre, Gott, dann hätte er ihm wenigstens das restliche Ohr abbeißen sollen. Seine verdammten Zähne in dieses verdammte Ohr hineinhacken sollen, tiefer und tiefer, immer und immer wieder, bis es nur noch ein einziger Blutmatsch –

»Scheiße, du Spinner, hör sofort damit auf!«

Kyra knallte wütend auf die Hupe.

»Echt cool, die Karre.« Isabelle Konrad klopfte anerkennend aufs rote Blech der Giulia.

»Kannst du mir mal Feuer geben? Irgendwo im Handschuhfach muß noch ein Feuerzeug sein.« Kyra ließ den Zigarettenanzünder, der jegliches Zünden verweigert hatte, in die Ablage neben dem Steuerknüppel fallen. Teil Nummer dreihundertneunundzwanzig, das in diesem Wagen den Geist aufgegeben hatte.

Isabelle Konrad beugte sich mit dem brennenden Feuerzeug weit über sie.

»Paß doch auf, ich sitz am Steuer!«

»Sorry. Ich habs nich so mitm Autofahren.« Die Grüne lehnte sich wieder zurück. Es gelang ihr, zehn Sekunden gar nichts zu tun, bevor sie nach dem kaputten Zigarettenanzünder griff. »Ganz schön antik, das Ding.«

»Baujahr sechsundsechzig.« Kyra wollte allein sein.

Der grüne Quasselfrosch sollte endlich die Klappe halten.

»Wow. Dann ist die Karre ja fast so alt wie du.«

»Genauso alt.« Kyra schaute angestrengt auf die Straße. Ein Opel versuchte sich von der Nachbarspur hereinzudrängen. Jemanden einspuren zu lassen war eine Schwäche, die man sich im Berliner Straßenkampf nicht leisten konnte.

»Nee, ehrlich? Du bist erst einunddreißig?«

»Wichser!« Kyra schlug aufs Lenkrad und zeigte dem Opel, dem es nun doch gelungen war, sich zwischen sie und den Mercedes zu quetschen, den Mittelfinger.

»Aber du hast dir die Karre doch nicht extra deswegen gekauft? Ich mein: wegen dem Baujahr? Mein Alter, der hatte nämlich auch so ne Macke. Ewig war der hinter irgendsonem vierundzwanziger Portwein her.«

»Ich habe mir das Auto gar nicht gekauft. Meine Mutter hat es gekauft. – Um sich für meine Geburt zu belohnen.«

»Cool.« Isabelle versuchte, ihre DocMartens-Kloben aufs Handschuhfach zu heben. Nach zwei Versuchen sah sie ein, daß mehr als Knie hochziehen bei den räumlichen Verhältnissen einer Giulia nicht drin war. »Und als du achtzehn geworden bist, hat sie das Ding dann dir überlassen? Meine Alten haben bei meiner Geburt auch jede Menge Sparbücher und so 'n Scheiß angelegt.«

»Meine Mutter hat mir den Wagen überlassen, als ich sechzehn geworden bin«, sagte Kyra frostig. Die Grüne sollte aufhören, ihr den letzten Nerv zu rauben.

»Du hattest schon mit sechzehn ne Karre? Ist dein Alter Boss vom ADAC?«

»Ich hab keinen Alten.«

Isabelle Konrad lachte. »Hats deine Mutter so wild getrieben, daß sie nicht wußte, von wem du bist, oder war sie eine von denen, die finden, daß 'n Kind besser ohne Vater groß wird?«

Kyra warf ihre brennende Zigarette aus dem Fenster. »Letzteres.«

»Und wieso hat sie dir die Kiste zum sechzehnten geschenkt? Fand sie das auch cool?«

»Sie ist gestorben.«

»Oh.« Die Grüne schaute Kyra mit großen Augen an. »Deshalb hattest du vorhin keinen Bock, über deine Mutter zu reden.«

Kleine Flaute im Dialog, angefüllt mit Berliner Straßenlärm.

»Mann, das ist ja echt mal 'n Zufall«, fing Isabelle Konrad wieder an. »Da latschen wir uns über den Weg und sind beide arme Waisenkinder.«

Kyra brummte etwas, das sich gegen den Krach von draußen nicht durchsetzen konnte.

»Wie isses denn bei dir passiert? Ich mein: Wie ist deine Mutter gestorben?«

Kyra gab Gas, um eine Ampel noch im ersten Rot zu erwischen. »Ist es okay, wenn ich dich da vorn an der Ecke rauslasse?«

»Hab ich jetzt was Falsches gesagt?« Isabelle Konrad schaute Kyra verwirrt an.

»Ich hab nur auf die Uhr geguckt. Und mir ist eingefallen, daß ich noch was erledigen muß.«

»Ach so. Ja. Immer im Einsatz.« Die Grüne blinzelte zum Fenster raus. »Wo sind wir denn hier?«

»Da vorn kommt die Clayallee.«

»Clayallee ist okay, da kann ich zum Wildpfad ja fast laufen.«

»Du wohnst im Haus von deinen Eltern?« Kyras Augenbrauen rutschten nach oben.

»Na klar.« Isabelle grinste. »Muß mir ja mal 'n bißchen näher angucken, was ich so erben werde.«

Kyra fuhr rechts ran. Sie schaute die Grüne nicht an. »Also dann.«

»Also dann. War schön, daß ich dich getroffen hab.« Isabelle Konrad boxte gegen ihre Schulter. »Und –«, Kyras Hand öffnete sich und blieb auf der Schulter liegen, »– wär schön, wenn ich dich irgendwann mal wieder sehen könnte.«

Sie war schon ausgestiegen, als sie sich noch einmal in den Wagen zurückbeugte. »Hey, Frau Journalistin, so ne armen kleinen Waisenkinder müssen immer zusammenhalten.«

Er war ein feiner alter Herr. Das spürte sie sofort. Wie er dort bei den Bücherkisten stand und in den alten Leinenbänden blätterte.

Sie wanderte unauffällig einmal um ihn herum. So ein

feiner alter Mann. Mit Glatze und langem weißen Bart. Was für ein Glück, daß sie ihn getroffen hatte. Sie mußte lächeln. Natürlich war es kein Glück im Sinne von EUTYCHIA, *glücklicher Zufall. Nein. Dieser Mann war auserwählt. Und das machte sie glücklich. So rund und eben und glücklich wie ein Ei.*

Achtlos schlug sie eine schäbige alte Ausgabe der »Olympischen Oden« auf. Sie hatte gar nicht zu hoffen gewagt, daß die Götter ihr so schnell ein zweites Hirn schicken würden. Aber es war gut, daß sie es getan hatten, ein Zeichen, das spürte sie jetzt. Vor einigen Tagen hatte die merkwürdige Unruhe wieder begonnen. Zuerst hatte sie es gar nicht wahrhaben wollen, daß da in ihrem Kopf wieder etwas wuchs. Sie war sogar so dumm gewesen und hatte versucht, es mit Kopfschmerztabletten abzustellen. Als ob sich die Bilder mit Kopfschmerztabletten abstellen ließen! Gar nichts konnte sie abstellen, wenn sie erst einmal angefangen hatten zu wachsen. Das wußte sie nun. Und damit mußte sie sich abfinden. Die Bilder kehrten zurück. Nichts von wegen »einmal-und-nie-wieder«.

Einnisten. Wachsen. Schädelsprengen oder raus. – Das war der ewige Kreislauf. Und welche Rolle ihr in diesem ewigen Kreislauf zukam, das hatte sie jetzt erkannt.

Der alte Herr hatte sein Buch bezahlt. Hastig schlug sie den Pindar zu und stellte ihn ins Regal zurück.

»Isabelle war den ganzen Abend und die ganze Nacht bei mir. Hier in Hamburg.« Die aschblonde Frau verschränkte die Arme vor der Brust. Obwohl sie um die Augen herum einen müden Zug hatte, war klar, daß es nicht leicht sein würde, sie einzuschüchtern. Eine selbstbewußte Frau, die mit beiden Beinen in den Vierzigern stand.

»Ja. Ja. Das hamse uns letzte Woche auch schon erzählt. Wollense uns heute nicht zur Abwechslung mal erzählen,

wies wirklich war?« Der Kommissar kratzte sich schlechtgelaunt am Ohr.

»Isabelle war die ganze Nacht bei mir.«

»Frau Krüger«, sagte der andere Beamte sanft. »Sie
wissen, daß Sie sich strafbar machen.« *Guter Bulle – Böser
Bulle* auf hanseatisch.

»Seit wann ist es strafbar, die Wahrheit zu sagen?«

»Ja. Aber ist es die Wahrheit, die Sie uns sagen?« Der
Gute Bulle schaute sie sorgenvoll an.

»Weiß Ihr Vorgesetzter eigentlich, daß Sie Ihre Nächte mit
zwanzig Jahre jüngeren Frauen verbringen?« *Böser Bulle.*

»Was soll das? Wollen Sie mich erpressen?«

Guter Bulle: »Frau Krüger. Sie haben meinen Kollegen
falsch verstanden. Wir wollen nur verhindern, daß Sie
wegen dieser Angelegenheit großen Ärger bekommen. Ärger, den Sie vermeiden könnten.«

»Isabelle war die ganze Zeit bei mir.«

»So. Und wie erklärense sich dann, daß wir 'n Zeugen
haben, der Isabelle Konrad an besagtem Samstag abend in
Berlin gesehen hat.«

»Dieser *Zeuge* lügt.« Ella Krüger blieb ruhig.

»Es handelt sich um eine Zeugin.«

»Und zwar um 'n ziemlich frischen, ziemlich steilen
Zahn, wenn ich genau sein soll.« Der *Böse Bulle* grinste.

»Sparen Sie sich Ihre billigen Tricks.« Der Satz kam zu
schnell. Zu heftig.

»Das tut mir jetzt aber leid, wenn wir Ihnen da was
Neues gesagt haben«, setzte der *Böse Bulle* zufrieden
nach. »Aber ich dachte mir, Sie wüßten, mit wem sich
Isabelle in Berlin rumtreibt. Wo Sie beide doch so 'n enges
Verhältnis haben.«

»Isabelle war die ganze Nacht bei mir«, wiederholte die
Frau und sah den *Bösen Bullen* mit ruhigen grünen Augen
an.

»Homberg« stand in sauber eingravierten Buchstaben auf dem Messingschild neben der Klingel. Kein »Familie Homberg«, kein »Josef und Maria Homberg«, sondern einfach nur »Homberg«.

Sie mußte den Hals verrenken, um zwischen den dichten Koniferen hindurch den Eingang des Bungalows sehen zu können. Ihr Homberg schloß gerade die Tür auf. Zwischen den ganzen anderen Villen hier nahm sich sein Häuschen ziemlich bescheiden aus. Aber das machte nichts. Sie legte den Kopf schief und lauschte. Kein Bellen oder Rufen ließ darauf schließen, daß ihn drinnen jemand erwartete. Und auch er schien niemanden begrüßen zu wollen.

Sie schlenderte langsam an dem niedrigen Koniferenzaun entlang. Conifer, conifera, coniferum − *Zapfen tragend. Abwesend rupfte sie einige Nadeln aus. Sicher lebte ihr Homberg allein. So ein feiner alter Herr mußte einfach allein leben. Konnte sein, daß er früher einmal verheiratet gewesen war, aber dann war seine Frau schon lange tot. Die Götter würden ihr bestimmt nicht einen so feinen alten Herrn schicken und ihn dann in Gemeinschaft leben lassen.*

»Und Sie sind wirklich nicht von der Zeitung? Weil so nen Zeitungsschweinen hab ich nämlich nix zu sagen.«

»Sehe ich vielleicht aus wie ein Zeitungsschwein?« Kyra lächelte die Frau, die graubesockt im Türrahmen lehnte, herzlich an. »Ich bin eine Freundin von Isabelle. Ich mache mir Sorgen, daß sie wieder mal gewaltig in der Scheiße steckt.«

»Gibts irgendnen Tag, an dem Isi nicht gewaltig in der Scheiße steckt?« Der Anfall von Freundlichkeit dauerte nur kurz. »Woher kennen Sie Isi denn?«

»Aus Hamburg. Sie ist eine Zeitlang bei mir untergekrochen, als sie damals wieder weg ist aus Berlin.«

»Sie sind die aus der Hafenstraße?« Die Sockenfrau klang plötzlich beeindruckt.

Kyra nickte. Ernsthaft, wie es einer Hardcore-Hausbesetzerin zukam. Manchmal war es gut, wenn man kaputte alte Lederjacken nicht wegwarf, sondern im Keller zum Schimmeln aufbewahrte. »Also. Lassen Sie mich jetzt rein?«

»Na logo.« Die Frau öffnete die Tür. Kyra folgte ihr durch einen fliederfarben gestrichenen Flur mit weißen Stuckverzierungen.

»Mensch, ihr habt ja richtig was draus gemacht.« Kleine Freundlichkeiten unter Hausbesetzerinnen.

Die Sockenfrau schaute Kyra glücklich an. »War auch Streß und Maloche ohne Ende. Aber dir muß ich ja nicht erzählen, was das fürn Kampf ist, bis du in so nem besetzten Haus endlich legal gemacht wirst. – Wohnst du jetzt auch innem legalisierten Haus?«

»In Hamburg haben die Schweine doch alles plattgemacht. So easy wie bei euch hier in Berlin wars bei uns mit dem Legalisieren nicht.« Kyra blickte die Sockenfrau an. Respekt verschaffen, ohne Waffen.

Die andere nickte. »Am besten, wir gehen hinter ins Gemeinschaftszimmer.«

»Wie viele seid ihr hier?«

»In dieser Wohnung vier. Aber weißt du, eigentlich verstehen wir uns nicht als WG. Wir sind ne ganze Hausgemeinschaft. Fünfunddreißig Frauen.«

»Fünfunddreißig Frauen«, wiederholte Kyra. Und hoffte, daß die andere ihr Krächzen für Bewunderung hielt.

»Magst du was trinken? Aber Alkohol gibts bei uns nicht. Ich hab vorhin grad kalten Früchtetee gemacht.«

»Danke. Ich brauch nichts.«

Kyra setzte sich in einen der Korbsessel, die in unregelmäßiger Runde beieinander standen. Sie versuchte sich vorzustellen, wie die Grüne hier in Ökowollsocken zusammen mit vierunddreißig anderen Frauen in Ökowollsocken hockte und die Vorzüge und Nachteile des kollektiven Menstruierens diskutierte.

»Hat Isi lange bei euch gewohnt?«

»Puh, wart mal«, die Sockenfrau legte die Stirn in Falten und hakte den rechten Zeigefinger um den linken. »Also ich denk, das war so um Neunzig rum, als Isi zu uns gekommen ist. Da hatte sie vorher schon vielleicht so zwei Jahre oder so innem besetzten Haus in Kreuzberg gewohnt. Und als das hier im Prenzelberg losging, ist sie rübergekommen. Und dann, ich weiß nicht, also ich würd mal sagen, daß sie vielleicht so Dreiundneunzig wieder abgehauen ist.«

Kyra nickte. »Ja, das kann hinkommen.« Der *Berliner Morgen* war im Januar Dreiundneunzig gegründet worden.

»Welches Haus in der Hafenstraße war denn eures?«

»Nummer drei. Also das, was vorher mal Nummer drei gewesen war.« Kyra fluchte stumm. Wie überaus nützlich wäre es gewesen, sich vorher im Archiv noch einmal über die Einzelheiten des Hamburger Häuserkampfs informiert zu haben.

»Das gelbe? Gleich, wenn man in die Hafenstraße reinkam, links? So 'n bißchen kenn ich das ja. Weil: Wir sind mal 'n paar Tage rübergefahren, so aus Solidarität.«

»Hast du Isi in letzter Zeit gesehen?« Entschiedener Themenwechsel.

Die Sockenfrau zog die Knie an und wurschtelte sich auf ihrem Sessel in einen halben Schneidersitz hinein.

»Nö. Als Isi nach Hamburg zurück ist, haben wir von ihr nicht mehr viel mitbekommen. Am Anfang hat sie sich noch 'n paarmal hier blicken lassen, aber dann auch nicht mehr.« Die Sockenfrau legte den Finger an den Mund.

»Aber jetzt, wo du so fragst, könnte sein, daß ich Isi vor 'n paar Wochen hier in Berlin gesehen hab. Nachts vorm SO 36. Da hab ich auf der anderen Straßenseite ne Frau gesehen, wo ich dachte, *Mensch, das ist doch Isi.* Aber wie ich rüberkam, war sie weg.«

»Kannst du dich genauer erinnern, wann das war?«

»Also paß mal auf, das muß an dem Abend gewesen sein, wo im SO die Jane-Bond-Party war. Und die Jane-Bond-Partys sind immer am dritten Freitag im Monat, also muß es am – warte: ja, am achtzehnten gewesen sein.«

Kyra biß sich auf die Zunge, um nicht *heureka* zu brüllen. Robert Konrad war in der Nacht vom neunzehnten auf den zwanzigsten Juli ermordet worden.

Die Sockenfrau schaute sie besorgt an. »Du fragst das alles wegen diesem Mord, nicht?«

Kyra nickte. »Die Bullen glauben, daß Isi was damit zu tun hat.«

»Was?« Die Sockenfrau quietschte. »Das ist doch echt mal wieder das allerletzte. Dieses alte Schwein hat Isi ihr ganzes Leben verpfuscht, und die Bullen haben jetzt nix Besseres zu tun, als Isi weiterzuterrorisieren.«

Tiefer Blick unter Hausbesetzerinnen. »Würdest du deine Hand dafür ins Feuer legen, daß Isi nichts mit der Sache zu tun hat?«

»Mensch, aber das ist doch überhaupt nicht die Frage.« Die Sockenfrau fuchtelte erregt herum. »Ich mein: Ich fänds, glaub ich, gar nicht so schlecht, wenn Isi dieses Schwein selbst abgestochen hätte. Nicht, daß du mich jetzt falsch verstehst, ich bin total gegen Gewalt, aber du weißt ja selbst, wie sehr Isi durch 'n Wind ist. Wegen all dem, was sie mit diesem Schwein durchgemacht hat.« Sie beugte sich vor. »Wenn du mich fragst: Der Typ hat bekommen, was er verdient hat.«

Kyra wiegte viel- und nichtssagend den Kopf. »Hat Isi

früher dir gegenüber schon mal so was angedeutet – daß sie es dem Alten heimzahlen will?«

»Nee. Isi doch nicht. Die verdrängt das alles doch total. Wir haben 'n paarmal versucht, sie zu der Mißbrauchs-gruppe zu schicken, die die Frauen ausm vierten Stock jeden Donnerstag machen, aber Isi hat sich über die immer nur lustig gemacht. *Vaterficker* hat sie die genannt.«

Kyra mußte grinsen.

Die Sockenfrau faltete ihre Beine neu. »Du hattest ja offensichtlich mehr Kontakt zu Isi in letzter Zeit. Meinst du, daß sie jetzt mit all dem besser umgeht?«

»Ich weiß nicht.« Kyra zuckte die Achseln. »Eigentlich dachte ich, schon. Aber jetzt, wo das mit dem Vater pas-siert ist ...«

»Ich fänds total wichtig für Isi, wenn sie endlich gelernt hätte, ihre Emotionen rauszulassen.«

»Hatte sie in der Zeit, wo sie hier war, irgendwelche Gewaltausbrüche?«

»Nö. Ich mein, du kennst Isi ja. Immer Riesenklappe, läßt sich von keinem was gefallen. Also aggressiv schon. Aber so richtig gewalttätig – ich mein, klar, daß es beim Häuserkampf manchmal 'n bißchen härter zuging, da hat Isi sicher auch mal was geworfen, aber ansonsten – nö.« Die Sockenfrau kratzte sich am großen Zeh. »Obwohl, an ein Mal kann ich mich erinnern, wo Isi total ausgeflippt ist. Das war, als ihre Mutter hier plötzlich aufgetaucht ist und sie zurückholen wollte.«

»Erika Konrad war hier?«

»Kann sein, daß die Erika hieß, weiß ich jetzt nicht mehr. Ich kann mich nur noch erinnern, daß die beiden sich tierisch angeschrien haben. Wir sind dann rein ins Zimmer, weil wir haben echt gedacht, die bringen sich gleich um.« Die Sockenfrau nickte bei der Erinnerung. »Aber eigentlich wars damals eher die Mutter, die total

ausgerastet ist. Als wir da ins Zimmer reinkamen, da hatte
die gerade Isi an den Haaren gepackt und ihren Kopf so
total fies nach hinten gebogen. Also ganz dicht war die
nicht. Und Isi hat eigentlich nur geschrien wie ne Raub-
katze.«

Kyra zupfte nachdenklich an ihrem Muttermal. *Mutter-
Tochter-Drama. Und am Schluß der Vater tot?*

Die Sockenfrau stützte das Kinn auf die Hände. »Du
machst dir Sorgen um Isi, stimmts?«

Kyra nickte abwesend.

»Darf ich dir nochmal ne persönliche Frage stellen. Isi
und du – ich mein: Wart ihr zusammen?«

Kyra schaute die Sockenfrau entsetzt an.

»Entschuldigung, hat mich nur interessiert, weil ich hab
mich nämlich schon gewundert. Als ich Isi gekannt hab,
da hat sie immer nur auf Frauen gestanden, die schon ’n
bißchen älter waren.«

Er war ein elender Versager. Ein Wicht. Ein Abtritt. Das
feigste Stück Scheiße, das sich auf diesem verdammten
Planeten herumtrieb.

Franz lachte, damit er sein Heulen nicht hörte. Die
Flasche, die er eben noch an der Tankstelle gekauft hatte,
war halb leer.

Ein echter Mann, der trinken kann.

Er torkelte durch den Flur. Seine Hose, die er sich wie
alle anderen Kleidungsstücke vom Leib gerissen hatte,
schleifte ihm an einem Bein hinterher. Er verfing sich in
dem Stoff, stolperte und mußte sich mit beiden Armen an
der Wand abstützen. Der Whisky in der Flasche gluckste.

Er war Dreck. Miesester Dreck, nicht einmal wert, daß
Kyra ihn von ihren Absätzen kratzte.

Als er aufblickte, starrte er dem Dreck mitten ins Gesicht. Er klatschte sich auf den Bauch. *Waschlappen. Wi-*

derlicher Waschlappen. Immer wieder boxte er in das weiße Fett hinein, das zitternd Wellen schlug. Wozu hatte er diesen käsigen Körper? Damit sein Schwanz nicht in der Luft hing?

Er brüllte auf. Die Flasche zersplitterte an der Flurkommode. Glashagel und Whiskyregen gingen auf seine Füße nieder. Alles, was in seiner Faust blieb, war ein Flaschenhals voll Zacken. *Flaschenhals voll Zacken.* Er betrachtete ihn genau. *Zack.* Der Verräter mußte bestraft werden. Auch wenn er jetzt so scheinheilig zwischen seinen Beinen schaukelte, als habe er von *Aufstand* noch nie etwas gehört. Er holte aus.

Im letzten Moment schloß Franz die Augen.

»Was meinst du, soll ich es wieder tun?«

Seit jener Nacht war der Unterleibskatarrh nicht mehr zurückgekommen. Ein paarmal, wenn sie sich an das erinnert hatte, was geschehen war, hatte sie gemeint, einen Anflug davon zu verspüren, aber so richtig war er nicht mehr ausgebrochen. Vielleicht war es mit Unterleibskatarrhen wie mit Windpocken: Damals hatte Vater ihr erklärt, daß sie diese Krankheit nun nie wieder bekommen könne. Aber Windpocken waren eine Kinderkrankheit, und dieses ganze »Einmal-und-nie-wieder« gehörte in die Kindheit. Im Erwachsenenleben gab es das nicht mehr. Da gab es nur noch das Immer-wieder, Immer-wieder. Und ihr Unterleibskatarrh war ganz bestimmt eine Erwachsenenkrankheit.

»Ich denke, ich soll es tun, aber ganz sicher bin ich nicht. Kannst du mir nicht ein Zeichen geben?«

Der Steinkauz legte den Kopf schief und schaute sie unverwandt an.

»Warum behältst du deine Weisheit immer für dich?« Sie zuckte die Achseln. *»Komm, wir gehen runter. Abendes-*

sen.« Sie klopfte auf ihre Schulter, und der Vogel flatterte von seinem Balken herab. Er pickte sie am Ohr.

»Damit hilfst du mir auch nicht weiter, du Dummer, du.« Sie streichelte über den runden, braun-weiß gemusterten Kopf, der sich an ihre Schläfe schmiegte, und knipste das Licht in der Schlafkammer aus.

Als sie unentschlossen in der Küche stand, wurde ihr klar, daß sie gar keinen Hunger hatte. Aber die Eule war von ihrer Schulter geflogen und hüpfte auf der Kiste mit dem Mäusevorrat herum.

»Weg da, Alex, du brauchst dir gar nicht einzubilden, daß ich dich da selber ranlasse. Mehr als eine bekommst du nicht.«

Sie scheuchte den Vogel von der Kiste herunter, hob den Deckel an und angelte eins der lebenden Tierchen am Schwanz heraus. Alexander sträubte das Gefieder und kekkerte los.

»Halt den Schnabel. Habe ich dir jemals etwas weggegessen?«

Sie warf die Maus in seine Richtung, und bevor das Tierchen unter den Kühlschrank fliehen konnte, war Alexander ihm mit drei großen flügelschlagenden Sprüngen gefolgt und hatte es gepackt. Er ließ es einige Sekunden quietschen, dann schloß er seine schönen gelben Augen und holte zum Nakkenbiß aus. Vorsichtshalber hackte er noch zweimal hinterher. Als sich die Maus nicht mehr regte, schob er sie in seinen Fängen zurecht, schaute argwöhnisch nach rechts und links und flog mit seiner Beute auf den Küchenschrank.

Der alte Brehm hatte recht, mußte sie unweigerlich denken. Der Steinkauz war ein allerliebstes Geschöpf, das unser aller Zuneigung verdiente. Obwohl sie Alexander jetzt schon so oft beim Mäusefangen zugesehen hatte, war sie immer noch fasziniert. Athene noctua. Er machte seinem lateinischen Namen alle Ehre.

90

Und sie? Was war mit ihr? Machte sie ihrem Namen irgendwelche Ehre?

Unruhig begann sie in der Küche umherzutigern. Was, wenn ihr Homberg nun doch nicht alleine in dem Haus wohnte? Wenn es doch irgendeine lästige Frau Homberg gab? Oder eine Krankenschwester, die sich um ihn kümmerte? Morgen würde sie Gewißheit haben, aber bis morgen war es noch so schrecklich lange hin.

Die Götter mochten es nicht, wenn man an ihnen zweifelte, das wußte sie, trotzdem ging sie in das Zimmer mit dem Kachelofen, zog das Telefonbuch, Band A – H, aus einer Schublade hervor und schlug es auf.

»Homberg, Kurt« fand sie unter der Adresse, zu der sie ihm heute mittag gefolgt war. Kurt hieß er also. Homberg gefiel ihr besser. Sie würde ihn weiterhin so nennen.

Mit klopfendem Herzen griff sie zum Telefon und wählte die siebenstellige Nummer. Es klingelte einmal, es klingelte zweimal, es klingelte dreimal, und als sie schon aufgeben wollte, nahm er endlich ab.

»Homberg?« Seine Stimme klang weise. Weise und etwas matt.

»Entschuldigen Sie die Störung, aber könnte ich bitte Ihre Tochter sprechen?«

Am anderen Ende der Leitung gab es eine irritierte Pause. »Ich habe keine Tochter.«

»Oh, entschuldigen Sie, dann ist es wohl Ihre Frau.«

Sie hörte ihn leise lachen.

»Sie schmeicheln einem alten Mann, aber ich bin seit fünf Jahren Witwer.«

»Dann ist es vielleicht eine Studentin, die bei Ihnen wohnt?«

»Was soll das? Ich weiß nicht, wovon Sie reden.« Die Stimme klang jetzt ein bißchen ärgerlich. »Hier wohnt keine Frau. Keine junge, keine alte, gar keine. Ich

fürchte, ich kann Ihnen nicht weiterhelfen. Leben Sie wohl.«

Sie drückte den Hörer an ihre Brust. »Doch, mein Homberg«, flüsterte sie in die gekappte Leitung, »du hast mir geholfen. Sehr sogar.«

. . .

»Das ist ja hocherfreulich, daß Sie den weiten Weg in den fünften Stock noch gefunden haben.« Doktor Olaf Wössner legte beide Arme auf die Lehnen des massiven Lederthrons, den er von Robert Konrad geerbt hatte, und lächelte sauer.

Kyra hockte vor seinem Schreibtisch wie ein zur Unzeit geweckter Nachtvogel, dessen gesamte Konzentration der schwierigen Aufgabe galt, nicht von der Stange zu fallen.

»Was gibts?« Ihre Stimme klang wie Schmirgelpapier. Sie hatte grauenvoll geschlafen in der letzten Nacht.

»Jenny Mayer war heute morgen bei mir.«

»Und?« Sie gähnte. Vielleicht war es auch ein Stöhnen. »Hattet ihr Spaß miteinander?«

»Ich bitte Sie, solche Scherze zu unterlassen.«

Kyra blinzelte ihn verwirrt an. Sie konnte sich einfach nicht daran gewöhnen, daß Olaf Wössner sie – wie alle anderen ehemaligen Duz-Kollegen – siezte, seitdem er zum Chefredakteur aufgestiegen war.

»Dieser Vorfall gestern auf dem Friedhof war ein Skandal.«

Kyra zuckte mit den Achseln.

»Wie kommen Sie dazu, auf der Beerdigung unseres verstorbenen Chefredakteurs eine handgreifliche Auseinandersetzung vom Zaun zu brechen.«

»Mein Gott, die soll sich mal nicht so haben. Das war doch gar nix. Die hat noch nicht erlebt, wie es ist, wenn ich

eine *handgreifliche Auseinandersetzung vom Zaun bre-
che.* – Würd ich mir übrigens patentieren lassen, die For-
mulierung.«

Wössner schnaubte ärgerlich. »Das hier ist Berlin und
nicht Texas. Ich habe das starke Gefühl, daß Sie in letzter
Zeit jeglichen Maßstab verlieren.«

Mit spitzen Fingern faßte er nach der Zeitung, die bereits aufgeschlagen auf seinem Tisch lag. Kyra erkannte,
daß es der *Morgen* vom vorletzten Mittwoch war.

»*Blut und Bodenreiniger*«, las er laut vor. Er ließ das
Blatt sinken. »Sind Sie der Ansicht, daß dies ein adäquater
Titel für den Bericht über die Todeshintergründe unseres
ehemaligen Chefredakteurs ist?«

»Natürlich bin ich das. Sonst hätte ich ihn ja nicht
gewählt.«

»Ihr Hang zu Outriertem ist mir schon länger bekannt,
aber diesmal sind Sie einen Schritt zu weit gegangen. –
*Stellen Sie sich vor, Sie haben gerade Ihren Mann ge-
köpft*«, deklamierte er weiter. »*Was tun Sie als nächstes?
Versuchen Sie, die Leiche verschwinden zu lassen? Greifen
Sie zum Telefon, um die beste Freundin um Hilfe anzu-
flehen? Rufen Sie die Polizei? Nein. Nichts von alledem.
Sie greifen zu Ajax und Scheuerlappen und beginnen zu
putzen.* – Was soll das?« Angewidert ließ er die Zeitung
auf seinen Schreibtisch fallen.

»Das ist der wunderbare Anfang eines wunderbaren
Artikels.«

»Darüber kann man sehr geteilter Meinung sein.«

»Findest du« – Kyra fing den pikierten Blick auf, den
Wössner ihr zuwarf – »finden Sie es nicht eine hochspan-
nende Frage, wieso eine Frau, die gerade ein gewaltiges
Blutbad angerichtet haben soll, als nächstes einem Putz-
rausch verfällt?«

»Es ist irrelevant, ob ich diese Frage spannend finde,

jedenfalls sind die Spekulationen, die Sie in diesem Artikel anstellen, vollkommen haltlos.«

»Wieso?«

»Ich halte es nicht für nötig, das hier jetzt im Detail zu diskutieren, aber Ihre Überlegungen, was sich aus dem Umstand, daß Erika Konrad den Tatort gereinigt hat, für die Frage weiblicher Selbstdomestizierung im späten zwanzigsten Jahrhundert ablesen läßt, erscheinen mir äußerst windig.« Er fingerte noch einmal nach dem Blatt des Anstoßes. »*Erika Konrad hat das Wohnzimmer, in dem sie ihren Mann geköpft hat, mit ›Ajax‹ gereinigt. Werden künftige Hausfrauen ihre Bäder mit ›Medea‹ schrubben?*« Er pfefferte die Zeitung wieder weg. »Das ist doch purer Schwachsinn, wie Sie in diesem ganzen Artikel die Antike bemühen.«

Kyra zupfte nachdenklich an ihrem Muttermal. »Ich hätte Konrads Putzanfall natürlich auch im Zusammenhang mit dem Menstruationstabu deuten können. Hätte Ihnen das mehr eingeleuchtet?«

»Frau Berg, Sie hatten einen reinen Informationsartikel über die Ermordung Robert Konrads zu schreiben. Und sonst gar nichts.«

Kyra klatschte beide Hände auf die Armlehnen ihres Designer-Stühlchens. »Mein Gott, sei doch nicht so grauenvoll borniert.« Diesmal war ihr Wössners Blick egal. »Ich denke, was wir hier machen, soll ein neuer *Hauptstadt-Journalismus* sein. Da kann man einen Artikel, in dem es um Mord und Totschlag geht, nicht mit ›*Vergangene Nacht wurde im Berliner Stadtteil Zehlendorf…*‹ anfangen.«

»Mit dergleichen Kinkerlitzchen gefährden Sie den Ruf unserer Zeitung.«

»Wenn wir überhaupt einen Ruf haben, dann den, ein wenig origineller zu sein als die anderen Schnarchblätter in dieser Stadt.«

»Originalität heißt nicht, die Prinzipien eines seriösen Journalismus über den Haufen zu werfen.«

»Hör mir auf mit *seriös*! Wenns nach dir ginge, würden wir hier doch alle wie im neunzehnten Jahrhundert schreiben.«

Wössner schnaubte. Kyra fauchte. Der Schlagabtausch ging weiter, bis beide nur noch dasaßen und' sich restlos genervt anstarrten.

Der Doktor holte ein letztes Mal Luft. »In Zukunft geht kein Artikel von Ihnen in den Satz, den ich nicht vorher auf meinem Schreibtisch gesehen habe. Ist das klar?«

»Ja, bitte?«

Jenny Mayer blickte den fremden Mann im olivgrünen Sommermantel, der vor ihrer Tür stand, unfreundlich an. Die blonden Haare hatte sie locker hochgesteckt, sie trug verwaschene Jeans und ein T-Shirt der *University of California at Los Angeles.*

»Frau Mayer? Guten Tag, Kriminalhauptkommissar Priesske. Ich würde Ihnen gern ein paar Fragen stellen.«

Sie wischte sich mit dem Handrücken über die verschwitzte Stirn. »Geht es um Robert Konrad?«

Der Kommissar nickte.

»Kommen Sie rein.«

Sie ging voraus in ein großes Wohnzimmer. Und ließ den Kommissar zunächst den Blick aufs Brandenburger Tor genießen, den man von allen Fenstern aus hatte.

»Grandios, nicht?« kommentierte sie. »Allerdings ist die Aussicht auch das einzige, was an dieser Wohnung grandios ist. Letzten Herbst bin ich hier eingezogen, und anfangs war ich von dem Gedanken, in einer Edel-Platte in der Wilhelmstraße zu wohnen, völlig begeistert, aber inzwischen bereue ich es nur.« Sie blies eine blonde Strähne, die sich gelöst hatte, aus dem Gesicht. »Den ganzen Morgen bin ich schon damit beschäftigt, diese elenden Kacheln im Bad neu zu verkleben. Jeden Tag kommen zwei von den Dingern runter. Irgendwann werde ich noch beim Baden erschlagen. – Setzen Sie sich doch.« Sie deutete auf ein elegantes rotes Sofa.

Heinrich Priesske nahm Platz.

»Möchten Sie etwas trinken? Kaffee? Oder Tee?«

»Nein. Danke. Machen Sie sich keine Umstände.«

»Ich habe noch Kaffee warmgestellt.«

»Gut, dann nehme ich gern einen.«

Jenny Mayer ging zu der Einbauküche, die durch einen Tresen vom Wohnzimmer getrennt war.

»Milch und Zucker?«

»Nein, danke. Schwarz.«

Sie reichte dem Kommissar die Tasse und setzte sich selbst auf ein futuristisch flaches, lindgrünes Polstermöbel. Die nackten Füße zog sie seitlich an. Wie sie dort saß, erinnerte sie entfernt an die *Kleine Meerjungfrau* in Kopenhagen.

»Sie wollten mit mir über Robert Konrad reden? Gibt es da noch irgendwelche Unklarheiten? Ich dachte, es wäre erwiesen, daß seine Frau ihn ermordet hat.«

Heinrich Priesske trank einen Schluck und stellte die Tasse auf dem gläsernen Couchtisch ab.

»Ich würde gern etwas erfahren über das Verhältnis, in dem Sie zu dem Verstorbenen standen.«

Jenny Mayer dachte einen Augenblick nach. »Wahrscheinlich hat es keinen Sinn, lange um den heißen Brei herumzureden. Die anderen in der Zeitung haben Ihnen sicher bereits erzählt, daß Robert Konrad und ich eine Affäre hatten.« Sie lächelte. »Es ist schwer, solche Dinge in einem solchen Betrieb geheimzuhalten.«

Der Kommissar nickte vielsagend mit dem Kopf. »Gab

es in letzter Zeit irgendwelche Schwierigkeiten? Hatten Sie Streit?«

»Nein. Wieso?« Jenny Mayer lüpfte eine perfekt gezupfte Augenbraue.

»Robert Konrad hat Ihnen gegenüber nicht angedeutet, daß er die Affäre beenden möchte?«

Sie lachte schroff. »Hat Ihnen das diese Kuh aus dem Lokalteil erzählt?«

Heinrich Priesske blickte sie fragend an.

»Kyra Berg. Unsere Spezialistin für Verleumdung und üble Nachrede.«

»Nein. Mit einer Frau Berg habe ich nicht gesprochen.« Der Kommissar holte ein kleines ledergebundenes Buch aus der Innentasche seines Mantels und machte eine Notiz.

»Robert Konrad und Sie haben sich also bis zum Schluß gut verstanden«, resümierte er nüchtern.

»*Gut verstanden* ist, glaube ich, nicht der richtige Ausdruck.« Jenny Mayer lächelte den Kommissar wehmütig an. »Wir haben uns geliebt. Wirklich geliebt.«

»Was soll ich mit ihm machen? Erwürgen? Erdolchen? Erschießen?« Kyra stand bei Franz im Zimmer und stieß heftige Rauchschwaden aus.

»Kopf ab«, brummte Franz. Er saß am Schreibtisch und wühlte in seinem Chaos. Der kleine Mann sah nicht aus, als ob er eine angenehme Nacht hinter sich gehabt hätte.

»Dieses borniertes Arschloch. ›*Frau Berg, es gibt Grundsätze menschlichen Anstandes, über die auch Sie sich nicht hinwegsetzen werden*‹«, äffte Kyra das nasale Organ ihres Chefs nach.

»Dann sei halt nicht immer so obszön.«

»Red nicht so 'n Stuß. Du hast mir ja gar nicht zugehört.«

97

Franz wühlte stumm auf seinem Schreibtisch.

»Ist irgendwas nicht in Ordnung mit dir? Du bist so komisch in letzter Zeit.«

»Nein. Nein. Alles in Ordnung.«

»Bist du sauer?«

»Wieso sollte ich sauer sein?« Er schaute sie unglücklich an.

Sie zuckte die Achseln, drückte die Zigarette in dem Aschenbecher neben der Tür aus und streckte sich. »Komm, laß uns was trinken gehen. Nach dem ganzen Scheiß hier brauch ich einen Whisky.«

»Ich kann jetzt nicht.« Franz hatte gefunden, was er gesucht hatte. »Ich muß etwas erledigen. Wir – wir sehen uns.« Mit müdem Lächeln humpelte er an ihr vorbei auf den Gang hinaus.

Kyra runzelte die Stirn. »Was hast du denn angestellt? Bist du im Suff vom Barhocker gefallen?«

»Können Sie nicht lesen?« Die Sockenfrau zeigte schlechtgelaunt auf den großen runden Sticker, der an der Wand neben ihrer Wohnungstür klebte. »*Wir müssen leider draußen bleiben*«, stand darauf. Der arme kleine Bulle, der unter dem Spruch hockte, guckte traurig.

»Gut. Gut, Frau Kretzschmar.« Kommissar Törner seufzte unhörbar. Warum bekam immer er die Renitenten ab, während sein Chef bei den Zeitungsleuten Kaffee trinken durfte. »Wir können auch im Treppenhaus miteinander reden. Wenn Ihnen das lieber ist.«

»Wir sind ne Hausgemeinschaft. Da können die andren ruhig alles mithören.«

»Es geht um Isabelle Konrad.«

Die Sockenfrau stöhnte. »Oh, Mann. Habt ihr echt nix Besseres zu tun, als euch ausgerechnet auf Isi einzuschießen?«

»Frau Konrad steckt in erheblichen Schwierigkeiten.
Es gibt Zeugen, die sie in der Nacht, in der ihr Vater
ermordet wurde, in der Nähe ihres Elternhauses gesehen
haben.«

Die Sockenfrau lachte auf. »Was? So 'n Quatsch. Da
habt ihr euch ja mal wieder die richtigen Zehlendorfer
Zeugen ausgesucht.« Sie reckte kämpferisch das Kinn.
»Isi war das ganze Wochenende bei mir.«

Ludwig Törner schaute sie skeptisch an. »Sind Sie absolut sicher, Frau Kretzschmar? Ein ganzes Wochenende
ist eine lange Zeit.«

»Mann, ich weiß, wie lang ein Wochenende ist.«

»Sie würden auch unter Eid aussagen, daß Isabelle Konrad die ganze Nacht vom neunzehnten auf den zwanzigsten Juli bei Ihnen war?«

Die Sockenfrau blickte finster. »Wenns euer Scheiß-
system so will.«

Komm schon. Mach endlich auf. Kyra rüttelte an der
schweren Holztür der Konrad-Villa. Das Einfahrtstor war
offen gewesen, doch das Töchterchen schien nicht daheim
zu sein.

Scheiße. Ein letztes Mal schwang Kyra den Messing-
türklopfer. Sie hatte ein paar dringende Fragen in Sachen Mutter-Tochter-Wrestling, die sie der Grünen stellen wollte. Aber wahrscheinlich hockte die in ihrer
fliederfarbenen Ex-WG und rätselte gemeinsam mit
der Sockenfrau über die merkwürdige Hamburger Freundin.

Kyra ging einige Schritte zurück, legte den Kopf in den
Nacken und schaute an der weißen Fassade empor. Auch
im oberen Stockwerk waren alle Fenster geschlossen.
Enttäuscht begann sie, eine Runde um die Villa herum
zu drehen. Von einer ehemaligen Hausbesetzerin hätte sie

einen liberaleren Umgang mit Riegeln und Schlössern erwartet. Sogar die Vorhänge waren zugezogen. Kyra betrat die Veranda auf der Rückseite des Hauses und preßte ihre Nase gegen die große Fensterscheibe. Wenn sie sich recht erinnerte, war hier das Wohnzimmer. Zu sehen war nichts. Die dünnen Seidenstores waren erstaunlich blickdicht.

Sie verließ die Veranda. Wie schon neulich nachts blieb ihr Blick an den Lärchen im Park hängen. Komisch, was sie immer mit diesen Lärchen hatte. So fesselnd waren fünf alte Bäume nun auch wieder nicht. Aber zu gern hätte sie gewußt, wer dieses schwachsinnige Gerücht in die Welt gesetzt hatte, sie hätte es mit dem Alten bei seiner Geburtstagsfeier im Park getrieben. Achselzuckend machte sie sich daran, die letzte Seite der Villa auf Einstiegsmöglichkeiten hin zu untersuchen.

Im Einfahrtskies knirschten Schritte. Vorsichtig spähte Kyra um die Ecke. Und hätte vor Verblüffung beinahe gequiekt.

Jenny Mayer stöckelte entschlossen auf die Villa zu.

Was um alles in der Welt wollte das politische Blond hier? Kyra hörte, wie auch sie vergebens gegen die massive Tür wummerte. Eine Verabredung mit der Grünen schien sie nicht zu haben.

Kyra holte tief Luft und schlenderte gelassen um die Häuserecke.

»Jenny«, rief sie, als habe sie sich noch nie mehr gefreut, jemanden zu sehen, »das is ja ne Überraschung.«

Die Blondine wäre vor Schreck fast aus den Stöckeln gekippt. Sie schlug beide Hände gegen die Brust. »Oh Gott, was willst du denn hier?« fauchte sie, sobald ihre Lungen wieder ein Fauchen hergaben.

»Gute Frage.«

Jenny Mayer errötete. In einer Weise, die sich mit ihrem

feuerroten Kostüm nicht gut vertrug. Der Kleidung nach war sie nicht gekommen, um Isabelle Konrad einen Kondolenzbesuch abzustatten.

»Es geht dich einen feuchten Dreck an, was ich hier will«, zischte sie.

»Hat der Alte dir die Villa vermacht?«

Jenny Mayer wurde noch eine Nuance röter. »Halt bloß den Mund.«

»Falls du mit dem Gedanken gespielt hast, dich an sein Töchterchen ranzuwerfen, wär ich an deiner Stelle vorsichtig. Es sei denn, du würdest dich gern noch von ner weiblichen Konrad ficken lassen.«

Das politische Blond warf die Mähne zurück. Sie hatte ihre Gesichtsfarbe wieder im Griff. »A propos ficken lassen«, sagte sie und lächelte zuckersüß. »Die Polizei hat sich eben nach dir erkundigt.«

Es war ein guter Platz, um jemanden zu beobachten. Hier, am Hundesee, standen viele Menschen einfach nur herum. Niemandem fiel auf, daß ihre regelmäßigen Kontrollblicke keinem Hund im Wasser, sondern einem alten Herrn auf einer Bank galten.

Sie zuckte zusammen. Eine feuchte Schnauze schnupperte an ihrer Hand. Sie zog die Arme hoch und trat nach dem Hund.

»Hey, biste bescheuert oder was!« Die Labradorbesitzerin rannte wütend auf sie zu.

»Es tut mir leid. Ich habe Angst vor Hunden«, sagte sie schnell, um zu verhindern, daß die Frau noch einmal brüllte und ihren Homberg aufschreckte.

»Das ist kein Grund, meinen Stevie zu treten.«

»Es tut mir leid«, wiederholte sie, »können Sie jetzt bitte weitergehen?«

»Mann, der Stevie tut dir doch nix. Der ist doch ganz

lieb. Siehste?« Die Frau drückte den Labrador an ihren Oberschenkel.

»Bitte!« Sie sah die Frau flehend an. »Meine kleine Schwester wurde von einem Hund totgebissen.«

»Oh«, sagte die Frau unsicher und faßte ihren Stevie am Halsband. »Na ja dann.«

Erleichtert verfolgte sie, wie die beiden abzogen. Hunde gehörten zu den gemeinsten und niedrigsten aller Geschöpfe. Nicht umsonst hatten die Griechen sie gehaßt, mit Schimpfnamen belegt und in die Unterwelt verbannt. Nur Barbaren waren imstande, Hunde zu lieben.

Sie stieß einen kleinen Freudenseufzer aus. Ihr Homberg war aufgestanden und schickte sich an, in die Richtung zurückzugehen, aus der er vorhin gekommen war.

Sie gab ihm einige Meter Vorsprung, bevor sie den langen Ast aufhob, den sie sich zurechtgelegt hatte, und ihn dem alten Mann hinterherschleuderte. Im selben Moment, in dem der Ast ihn im Rücken traf, schrie sie auf und stürmte los.

»Oh, mein Gott, haben Sie sich verletzt?« Sie bückte sich zu dem alten Mann am Boden. »Haben Sie sich verletzt?«

»Nein, ich glaube nicht.« Er blinzelte sie verwirrt an.

»Es tut mir so leid. Mein Gott, es tut mir so leid.« Ihre hellen Augen schimmerten. »Warum bin ich nur so schrecklich ungeschickt. Ich wollte den Stock doch nur dem Hund da zuwerfen.« Sie schluchzte.

Der alte Mann setzte sich schwerfällig auf. »Na, nun weinen Sie mal nicht, Kindchen. Es ist ja nichts passiert.« Er klopfte sich ein paar trockene Blätter vom Mantel.

Ihr Herz schlug schneller. Er war wirklich ein außergewöhnlich feiner alter Herr. Sie heulte heftiger. »Sind Sie auch ganz sicher? Und wenn Sie sich nun doch etwas gebrochen haben?« Sie zog das Wasser in der Nase hoch und schaute ihn an. »Meinen Sie, Sie können aufstehen? Warten

Sie, hier, nehmen Sie Ihren Stock. Aber ganz, ganz vorsichtig.«

»Ist was passiert?« Zwei ältere Damen mit Pudel blieben neugierig stehen.

Sie warf ihnen einen bösen Blick über die Schulter zu. »Gehen Sie weiter. Hier gibt es nichts zu gucken.«

Atemlos verfolgte sie, wie ihr Homberg sich mit beiden Armen auf seinen Stock stützte und aufzustehen versuchte.

»Es ginge wohl besser, wenn Sie mir ein wenig helfen würden«, keuchte er.

»Ich denke, das ist nicht so gut. Wir sollten lieber sehen, ob Sie allein hochkommen. Dann können wir sicher sein, daß Sie sich nichts gebrochen haben.«

Der alte Mann schaute sie erstaunt an, widersprach aber nicht. Seine altersfleckigen Hände, seine dürren Arme, sein blanker Kopf, sein langer weißer Bart, alles an ihm zitterte, als er sich mühsam in die Höhe hievte. Jeder Millimeter kostete ihn furchtbare Anstrengung. Noch nie hatte sie einen solchen Kampf eines Menschen mit seinem Körper beobachtet.

Sie seufzte tief, als er endlich stand. »Puh, da bin ich aber froh. Es sieht ja ganz so aus, als ob Ihnen wirklich nichts passiert ist. Oder tut Ihnen jetzt etwas weh?«

Er schüttelte stumm den Kopf. Sein Atem ging zu heftig, als daß er etwas hätte sagen können. Der Schweiß perlte ihm übers Gesicht.

»Gut schauen Sie aus«, begrüßte Kyra den hübschen Kellner.

»Fünf Tage Ibiza. Ich bin erst gestern zurückgekommen«, kommentierte er seine delikate Bräune.

Kyra nickte anerkennend. »Sieht man doch gleich, daß das kein Berlin-Braun ist.«

Auf ihrem Schreibtisch hatte die Visitenkarte des EKHK Heinrich Priesske gelegen. Da der EKHK Heinrich Priesske aber telefonisch nicht zu erreichen gewesen war, hatte sie beschlossen, erst einmal Mittagessen zu gehen.

Der hübsche Kellner stützte sein leeres Tablett auf die andere Hüfte. »Wie siehts jetzt so aus, bei Ihnen da oben?«

»Wie solls schon aussehen. Seit ein paar Tagen hockt der Neue aufm Thron. Und der muß sich und der Welt erst mal beweisen, daß er da nicht zufällig hockt. Und deshalb benimmt er sich wie das größte Arschloch in dieser an Arschlöchern nicht eben armen Branche.« Sie sah, wie der hübsche Kellner einen Moment die Brauen runzelte. *Aha. Empfindsames Gemüt.* »Ansonsten ist alles beim alten.«

»Und wer ist der Neue?«

»Wössner. War vorher Stellvertreter.«

»Olaf Wössner ist Chefredakteur geworden?« Der hübsche Kellner nahm aufgeregt das Tablett von der Hüfte. »Tatsächlich? Als ich hier an der FU angefangen habe zu studieren, da war Wössner Assistent. Ich hab mal ein Handke-Seminar bei ihm gemacht. Das war hervorragend.«

»So«, sagte Kyra. Sie räusperte sich. »Ich hab noch gar nicht in die Karte geguckt. Was gibts heute als Tagesgericht?«

»In dem Seminar habe ich auch eine Hausarbeit geschrieben. Über den Aspekt der existentiellen Einsamkeit in *Die Angst des Tormanns beim Elfmeter.* Ich glaube, Wössner hatte die Arbeit mit *sehr gut* benotet. Wenn er sich daran noch erinnert, müßte ich doch gute Karten für den Praktikumsplatz haben. Ansonsten kann ich ihm die Arbeit ja noch mal schicken. Was meinen Sie?«

»Walnußravioli. Ich nehm die Walnußravioli«, sagte Kyra und klappte die Karte zu. »Und ein Bier.«

»Selbstverständlich.« Der Germanist blinzelte irritiert. »Sofort.« Der Kellner legte die Karte aufs Tablett und verbeugte sich.

Kyra schaute ihm versonnen hinterher. Er war wirklich eine Augenweide. *Augenweide.* Was für ein komisches Wort. Als ob die Augen Kühe wären und er die Wiese, auf der sie grasen wollten. Na ja, vielleicht stimmte es in diesem Fall sogar.

Nach erstaunlich kurzer Zeit brachte er Bier und Ravioli.

»Danke«, strahlte sie extra bezaubernd. Er sah so aus, als ob ein bißchen Extrazauber nötig wäre, um sein charmantes Lächeln wieder hervorzulocken. »Übrigens. Was halten Sie vom nichtaristotelischen Du?«

Er schaute sie erschrocken an. »Ich weiß nicht, also mit Aristoteles habe ich mich in meinem Studium noch nicht näher beschäftigt −«

»War nur 'n Scherz. Ich meine, was du davon hältst, wenn wir uns duzen.«

»Ach so.« Er lächelte erleichtert. »Ja klar. Gern. Ich bin Andy.«

»Andy. Wie hübsch. Ich bin Kyra.« Sie ergriff die Hand, die er ihr hinhielt. Schade, daß sie nicht in Wien waren. Ein kleiner Kuß auf diese hübsche Hand wäre ein nettes *Amuse-gueule* gewesen.

Die Walnußravioli schmeckten überraschend angenehm. Allerdings hielt Kyra es für wahrscheinlich, daß ein Kurzschluß zwischen Seh- und Geschmacksnerven an dem günstigen Urteil beteiligt war. Wie gesagt: *Augenweide.*

»Mit dem Praktikum läßt sich bestimmt was machen«, kaute sie, als Andy das nächste Mal an ihrem Tisch vorbeikam. »Ich hab gehört, Wössner sind gerade zwei Praktikanten ausgefallen, und er sucht dringend nach geeignetem Ersatz.«

»Ehrlich?«

Es war allerliebst, Andy unter der Ibiza-Bräune erröten zu sehen.

»Ich hatte heute morgen ein Gespräch mit ihm. Er meinte, wenn ich jemand Begabten wüßte – er wäre für jeden Vorschlag dankbar.«

»Das ist ja phantastisch. Wenn Sie wollen, kann ich Ihnen meine Unterlagen gleich morgen mitbringen.« Andy sah aus, als ob er am liebsten sofort nach Hause gerannt wäre, um seine existentielle Handke-Arbeit zu holen.

Kyra lächelte ihn nachsichtig an. »Fürs erste reichts wohl, wenn du mir ein bißchen erzählst, was du gemacht hast. Studium, frühere Praktika, Stipendien und so weiter. Den üblichen Kram eben.«

»Herr Ober. Herr Ober.« Zwei Tische weiter wurde eine gereizte Stimme laut. »Würden Sie bitte auch einmal hierherkommen.«

»Ich glaube, während der Dienstzeit wird das nichts.« Kyra kramte in ihrer Handtasche. »Wann machst du heute Schluß hier?«

Er schaute auf seine Armbanduhr. »Ich denke, ich kann es einrichten, heute etwas früher zu gehen.«

Ein roter Sportwagen kam aus der Tiefgarage des *Berliner Morgen* geschossen. Ein roter Sportwagen hielt vor dem Café *Morgenstern*. Eine schöne junge Frau saß am Steuer. Ein schöner junger Mann kam aus dem Café und eilte zu der schönen jungen Frau, die am Steuer des roten Sportwagens saß. Sie beugte sich über den Beifahrersitz und öffnete ihm die Tür. Der schöne junge Mann stieg zu der schönen jungen Frau ins Auto. Beide lachten. Die schöne junge Frau gab Gas, und der rote Sportwagen schoß davon.

Das alles hatte Franz von seinem Fenster im fünften Stock nur deshalb so gut beobachten können, weil Sommer war. Und der rote Sportwagen sein Verdeck geöffnet hatte.

»Meinen Sie wirklich, wir sollten das bei Ihnen zu Hause besprechen?« Andy rutschte unbehaglich auf dem Ledersitz der Giulia herum, als Kyra den Motor abstellte und den Schlüssel aus dem Zündschloß zog.

»Was ist?« Sie schaute ihn an. »Hast du Angst, daß ich dich erwürge und vergewaltige?«

»Natürlich nicht.« Er lächelte gequält. »Aber trotzdem fände ich es besser, wenn wir in eine Kneipe gingen. Nur so wegen der Form.«

»Was denn für ne Form?«

»Wenn ich das Praktikum bekomme, dann – dann möchte ich nicht, daß man über mich redet.«

»Ich glaub, du hast da was nicht verstanden.« Kyra blinzelte ihn vergnügt an. »Der einzige Grund, warum man überhaupt ein Praktikum macht, ist, daß über einen geredet wird.«

»Klar. Aber nicht so.«

»Ach, mach dir da mal keine Sorgen«, winkte sie ab. »Die Praktikantinnen, die Konrad eingestellt hat, waren alle bei ihm daheim. Und die waren immer populär in der Zeitung.«

»Das ist ja auch was anderes«, brummte Andy.

Kyra öffnete ihre Tür. »Stimmt. Es ist hundertmal peinlicher, wenn man im Ruf steht, von Konrad flachgelegt worden zu sein, als von mir.«

»Sag mal, an mangelndem Selbstbewußtsein leidest du ja nicht gerade.« Er lachte trocken.

»Sollte ich?« Sie packte ihre Handtasche und schwang die Beine zum Wagen hinaus. »Was ist jetzt? Willst du mit mir über dein Praktikum reden oder nicht?«

Er rammte beide Hände in seine Hosentaschen und grinste. »Klar will ich.«

»Isabelle, lüg mich nicht an!« Die Frau mit den aschblonden Haaren, die zwei Tage in den Verhörräumen der Hamburger Polizei verbracht hatte, saß auf dem Konradschen Wohnzimmersofa. Sie sah blaß aus.

»Ella, ich lüg dich nicht an.«

»Wo bist du an dem Wochenende gewesen?«

»Na bei dir.« Mit großem Augenaufschlag kam Isabelle auf die Frau zu. Sie setzte ihr den Zeigefinger in den Ausschnitt und ließ ihn tiefer wandern. »Will ich doch schwer hoffen.«

»Isabelle, hör auf zu spielen. Sag mir, was du an diesem Wochenende gemacht hast.«

Isabelle Konrad ließ sich aufs Sofa fallen. »Ich freu mich so, daß du hergekommen bist«, seufzte sie und kuschelte sich in den Schoß der Freundin.

Ella Krüger versuchte es ein letztes Mal. »Isabelle, hast du etwas mit dem Tod deines Vaters zu tun?«

»Aber wie kannst du nur so was Böses von mir denken«, antwortete sie mit schmollender Kleinmädchenstimme.

Ella Krüger seufzte. »Was soll aus dir nur werden?« Abwesend strich sie durch die grünen Haare. »Wann wirst du endlich kapieren, daß du selbst die Verantwortung für dein Leben übernehmen mußt?«

»Ich bin total verantwortlich.«

Sie begann, unter den Streicheleinheiten zu schnurren.

»Die Polizei hat gesagt, es gäbe hier in Berlin eine, die du regelmäßig siehst.«

»Ich hab viele Freundinnen.«

»Isabelle, du weißt genau, was ich meine.«

»Ella, du bist doch nicht etwa eifersüchtig?« Isabelle rappelte sich hoch. Sie schaute die ältere Frau belustigt an. »Ella ist eifersüchtig, Ella ist eifersüchtig«, rief sie und warf mit einem der Sofazierkissen nach ihr.

Ella Krüger stand auf. Sie ging zu der Fensterfront und

108

nestelte an den weißen Seidenstores. »Isabelle, ich finde das nicht lustig.«

Die Jüngere folgte ihr. Zärtlich streichelte sie ihr über den Rücken. »Ich hab das nicht böse gemeint. Mmh? Du weißt doch, wie lieb ich dich hab. Warum sollte ich dich betrügen?«

»Ich glaube nicht, daß es mit uns noch lange gutgeht.« Ella Krüger blickte das Mädchen an. »Isabelle, ich – ich bin nicht gut für dich.«

»So 'n Quatsch, natürlich bist du gut für mich. Die Allerbeste.«

»Isabelle, vielleicht wäre es wirklich besser, wenn du eine jüngere Freundin hättest. Eine gleichaltrige, mit der du dich auseinandersetzen mußt.«

Isabelle trat einen Schritt zurück. »Was redest du 'n da? Findest du, daß wir nicht oft genug Zoff haben? Okay. Kannst du haben.« Sie nahm die Fäuste hoch und begann zu tänzeln. »Los, komm her. Los.« Sie boxte der anderen gegen den Arm. »Wenn du willst, daß wir uns auseinandersetzen.«

Ella Krüger lächelte. Erschöpft. »Isabelle, warum bist du nur ein solcher Kindskopf.« Sie ging zum Sofa zurück. »Ich hab einfach das Gefühl, daß es nicht richtig ist. Besonders jetzt, wo deine Mutter tot ist.«

»Sag mal, was willst du eigentlich? Bist du hergekommen, um ne große Abschiedsszene zu feiern?« Isabelle schlug wütend in die weißen Vorhänge. »Wenn du auf einmal so für gleichaltrig bist, warum fängst du nicht damit an und suchst dir erst mal ne Gleichaltrige?«

»Es geht nicht um mich, Isabelle. Es geht um dich. Ich will doch nur, daß du glücklich wirst.«

»Ach ja?« Das Mädchen zerrte an dem Stoff. »Weißt du was? Wenn du mich wirklich glücklich machen willst, dann hör auf, wie meine beschissene Mutter zu reden.«

»Und dann, dann habe ich ein Semester an der Sorbonne und an der *École Normale Supérieure* studiert. Einen Kurs bei Derrida habe ich auch belegt.« Andy machte eine irritierte Pause. »Hallo? Hörst du mir überhaupt zu?«

»Wie?« Kyra blinzelte ihn an, als ob sie ihre Sinnesorgane und deren Funktionen erst wieder mühsam zuordnen müßte. »Klar. Paris. Derrida. Sehr gut. Sonst noch was?«

Lächelnd gab er seinen Platz in der anderen Sofaecke auf und rückte in ihre Hälfte. Er legte seinen Arm um ihre Schulter und ließ seine Hand über ihr rechtes Schlüsselbein in Richtung Ausschnitt wandern. »Ich krieg das Praktikum doch«, flüsterte er ihr ins Ohr. »Nicht wahr?« Er zog sie zu sich heran.

Sie befreite sich aus der Umarmung und stand abrupt auf. »Das kann ich jetzt noch nicht sagen.« Sie ging zum Fensterbrett, griff nach der Zigarettenschachtel, die dort lag, und steckte sich eine an. »Hast du irgendwelche praktischen Erfahrungen?«

»Wie meinst du das?«

»Ob du schon mal journalistisch gearbeitet hast. Schülerzeitung, Fachschaftsblatt, Praktikum beim *Gummersbacher Tagesanzeiger*, was weiß ich.«

Er rutschte an die vorderste Kante des steifen Ledersofas und schaute sie stirnrunzelnd an. »Sag mal, hab ich dich verärgert?«

Drei kleine Qualmwölkchen kamen vom Fenster her.

»Hey, tut mir leid, wenn ich dir eben zu nahe gekommen bin.« Er machte eine hilflose Geste mit beiden Händen. »Aber du mußt zugeben, das ist alles schon ziemlich verwirrend, wie du dich benimmst. Weil, erst – erst machst du so Bemerkungen und schleppst mich ganz cool in deine Wohnung ab, und – ich meine – das ist doch klar, wie ich das verstehe.«

110

»So? Wie denn?«

»Na ja.« Sein Lächeln schwankte zwischen Selbstgefälligkeit und Verlegenheit. »Daß du was von mir willst.«

Sie lachte auf. »Und das, was ich von dir will, ist natürlich, daß du mir wie ein drittklassiger Callboy an die Titten grapschst.«

»Etwa nicht?« schoß er pampig zurück.

Kyra trank einen Schluck aus der Whiskyflasche, die sie irgendwann letzte Nacht unter dem Fensterbrett vergessen hatte. »Zieh dich aus, hock dich in die Ecke, und rühr dich nicht.«

»Das ist aber eine Überraschung.« Der alte Mann lächelte, erst ratlos, dann bewegt, als er erkannte, wer dort mit dem riesigen Blumenstrauß in seiner Tür stand. »Aber das wäre doch nicht nötig gewesen. Also wirklich nicht.«

Das Mädchen lächelte zurück. »Ein paar Blumen sind doch das mindeste, was ich Ihnen nach meiner Dummheit von heute mittag schulde. Geht es Ihnen wieder besser?«

»Ja. Ja. Ganz gut. Das ist wirklich sehr aufmerksam von Ihnen.« Der alte Homberg blickte an sich hinab. Schäbiges Hemd mit Wollpullunder, Cordhose, Pantoffeln. Er sah das Mädchen an. Sie lächelte nur weiter.

»Wollen Sie vielleicht einen Augenblick hereinkommen? Ich bin auf Besuch natürlich nicht eingestellt. Aber ich kann Ihnen einen Kaffee anbieten. Oder Tee. Oder Wein, wenn Sie möchten.«

»Gern. Kaffee. Kaffee ist gut.« Sie folgte ihm ins Haus.

»Wenn Sie sich vielleicht schon einmal ins Wohnzimmer setzen möchten —«, er stieß linker Hand eine Tür auf, »— hier ist es, ich gehe dann nur schnell in die Küche und mache den Kaffee.«

Andächtig betrat sie das Wohnzimmer. Es war ein großer dunkler Raum. Zugestellt mit häßlichen, alten Möbeln.

Aber das war nicht schlimm. Denn viele Bücher gab es hier. Sehr viele Bücher. Sie setzte sich auf das geblümte Kanapee. Und lächelte glücklich. Sie hatte sich nicht geirrt in ihrem Homberg. Den Blumenstrauß legte sie auf den Tisch, ihre große weiße Lacktasche neben sich in die Sofaecke.

Es dauerte eine Weile, bis der alte Homberg aus der Küche zurückkam. Zitternd trug er ein Tablett, auf dem eine Kristallvase, eine altmodische Porzellankanne, zwei Tassen und ein magerer Gebäckteller standen.

»Sie müssen verzeihen, daß ich Ihnen nichts Besseres anbieten kann«, sagte er, »aber meine Haushälterin kommt erst morgen wieder, und die Vorräte sind etwas erschöpft.« Umständlich stellte er das Tablett auf dem niedrigen Tischchen ab. Jede Bewegung machte ihm Mühe. Auch das Hinsetzen.

»Wenn Sie die schönen Blumen vielleicht –«

Sie griff nach der Vase. »Möchten Sie, daß ich sie an einen besonderen Platz stelle?«

»Aber nein, am schönsten ist es doch, wenn sie hier einfach auf dem Tisch stehen. Sie haben ja so einen wunderbaren Duft.«

Er beugte sich vor, um besser an den Blumen schnuppern zu können. »Wunderbar. Wirklich ganz wunderbar.« Ein wenig Blütenstaub war an seiner Nase hängengeblieben. Er merkte es nicht. »Darf ich Ihnen Kaffee einschenken?«

»Gern.« Sie rutschte an den vordersten Rand des Kanapees und hielt ihm ihre Tasse entgegen, in die er mit zitternder Hand eingoß.

Ohne davon zu trinken, stellte sie den Kaffee ab. »Haben Sie denn niemanden in Ihrer Familie, der ab und zu nach Ihnen sieht?«

»Ach.« Er seufzte. »Seitdem Roswith – meine Frau – gestorben ist, ist es ein wenig einsam geworden in diesem Haus. Sehen Sie. Das da drüben ist sie.« Er zeigte auf das

112

gerahmte Foto, das über dem Fernseher hing. »Ich habe noch einen Sohn, aber der lebt schon seit vielen Jahren in Westdeutschland. Und dort hat er ja seine eigene Familie, um die er sich kümmern muß. Da hat er für seinen alten Vater natürlich nicht mehr viel Zeit.« Er räusperte sich und hielt ihr den Teller mit dem Schachtelgebäck hin. »Hier, bitte, nehmen Sie.«

Sie verbarg ihr Lächeln hinter einem Haselnußplätzchen. Es war sehr still in dem Haus. Er hörte nicht auf, sie anzulächeln.

»Tunken Sie Ihren Keks doch in den Kaffee«, drängte er sie. »Ich mache es immer so. Dann sind sie nicht so trocken. Sehen Sie.« Er führte das aufgeweichte Gebäckstück vorsichtig zum Mund.

»Lesen Sie viel?« fragte sie.

»Oh, Sie meinen, wegen der ganzen Bücher hier.« Er schluckte hastig hinunter. Ein feuchter Krümel blieb in seinem langen weißen Bart hängen. »Früher habe ich viel gelesen. Aber jetzt, da wollen die Augen nicht mehr so recht.« Er hob resigniert die Hände. »Sie müssen wissen, ich war Bibliothekar. Fast vierzig Jahre lang. Mein ganzes Leben habe ich zwischen staubigen Regalen verbracht.« Er seufzte. »Als ich in Rente gegangen bin, habe ich zuerst gedacht, was für ein Glück, nie wieder diese muffige alte Bibliotheksluft atmen, aber dann«, er sah sie kurz an, »– Sie werden mich jetzt bestimmt auslachen – dann habe ich gemerkt, wie sehr mir meine Bücher fehlten. Und vor ein paar Jahren ergab sich eine günstige Gelegenheit, die Privatbibliothek aus einem Nachlaß zu kaufen. Daher stammen die meisten Bücher, die Sie hier sehen. Im ganzen Haus sind es fast viertausend Bände. Und jeder einzelne ist ganz genau erfaßt. Sehen Sie die Katalogkästen dort drüben? Meine Bücher sind für mich wie – wie Kinder.« Er ließ seinen Blick liebevoll an den Wänden entlangwandern, an

113

denen die Bücher – zumeist alte, gebundene Exemplare – in dicht geschlossenen Reihen bis zur Decke hinauf standen.

»Das ist gut. Das ist sehr gut, daß Sie so ein belesener Mann sind«, sagte sie ernst.

Er sah sie erfreut an. »Dann sind Sie auch eine Bücherfreundin? Das findet man unter den jungen Menschen nicht mehr oft heutzutage.«

»Lesen ist für mich das Allerwichtigste«, sagte sie ohne jegliche Ironie. »Seitdem ich vier bin, lese ich jeden Tag ein Buch.«

»Das ist nicht nett von Ihnen.« Er drohte ihr mit einem knotigen Zeigefinger. »Sie nehmen einen alten Mann auf den Arm.«

»Nein.« Sie blickte ihn aus ihren klaren, farblosen Augen an. »Mein Vater hat immer zu mir gesagt: ›Mein Kind, lies jeden Tag ein Buch, das ist das Beste, was du für deine Gesundheit tun kannst‹.«

Er lachte. »Da hat er recht gehabt, Ihr Vater. Er muß ein weiser Mann sein.«

»Ja«, sagte sie mit fester Stimme, »das ist er.« Der Keks in ihrer Hand zerbrach. Sie warf die Stücke in ihren Kaffee.

Der alte Homberg hob seine Tasse an den Mund und schlürfte zwei kleine Schlucke. Es gab ein feines Klirren, als er die Tasse wieder zurückstellte. Er faßte sich an die Stirn. »Ich alter Holzklotz. Ich habe mich ja noch gar nicht vorgestellt. Mein Gott, wie unhöflich. – Ich heiße Homberg. Kurt Homberg.« Er schaute sie neugierig an, als sie nichts sagte. »Wollen Sie mir nicht auch verraten, wie Sie heißen?«

Sie legte den Kopf schief und überlegte eine Sekunde. »Ageleie. Ich heiße Ageleie.«

»Ein schöner Name. Ich hatte mal eine Kollegin, die hieß so. Angelika Steinbrenner.«

»Nein.« Sie schüttelte den Kopf. »Nicht Angelika. Ageleie.«

114

»Ah so.« Er nickte. »Auch ein schöner Name. Ich kann
mich nicht erinnern, ihn jemals gehört zu haben. Ist es
hebräisch?«

Sie lachte. »Nein. Griechisch. Genaugenommen home-
risch.«

»Ach ja? Homer? Das ist interessant. Irgendwo da oben
muß ich die alte Tempel-Ausgabe von der »Ilias« haben.
Griechisch / deutsch. Soll ich sie Ihnen zeigen?«

Bevor sie etwas antworten konnte, hatte sich der alte
Mann aus seinem Sessel gequält und schlurfte zu den Karteikästen. »Warten Sie.« Routiniert krochen seine Finger
über die Karten. »Hombrecht, Homburg, Homer. Hier
haben wir es. Homer, ›Ilias‹, Ant 193. − ›Ant‹ steht für
Antike«, erklärte er ihr über die Schulter. »Ich habe alle
meine Bücher erst nach Gebieten sortiert und dann nume-
riert.« Mit der Karte in der Hand drehte er sich zu den
Regalen um. »Ja, es ist tatsächlich dort oben links.«

Er blickte erst zu der Leiter und dann zu ihr, die noch
immer auf dem Kanapee saß. »Würde es Ihnen etwas ausmachen, wenn ich Sie bäte, das Buch herunterzuholen? Sie
werden verstehen, daß ich mich heute nicht mehr ganz
sicher auf den Beinen fühle. − Seien Sie vorsichtig«, er-
mahnte er sie, als sie begann, im langen weißen Leinenkleid
die Sprossen hinaufzusteigen. Er stellte sich unter die Leiter. »Nicht, daß Sie mir jetzt stürzen.«

Zwei welke Hände legten sich um ihre Knöchel.

Franz blickte stur nach vorn. Er wollte die Schaufenster
nicht sehen. Weder das, was darin lag, noch die, die da-
vorstanden, und am allerwenigsten sich selbst. Ginge es
nach ihm, dürften Läden nur entspiegelte Schaufenster-
scheiben einsetzen, denn so konnte man keine einzige Ein-
kaufsmeile zurücklegen, ohne dem ständigen Terror des
Seitenblicks unterworfen zu sein. Aber sicher hatten Kon-

sumstrategen herausgefunden, daß sich der Mensch noch immer am besten mit sich selbst locken ließ, und hatten deshalb den Ladenbesitzern diese Spiegelfassaden empfohlen. Erst drehte der flanierende Narziß den Kopf, um sich zu bewundern, dann fiel sein Blick wie zufällig auf die Schuhe, Gesichtscremes und Anzüge, die dahinter waren, dann entdeckte er wieder sich, wie sein eigenes Bild diese Dinge bereits überlagerte, und schließlich ging er in den Laden und kaufte.

Es sei denn, er sah aus wie Franz Pawlak. Der kleine Mann lachte grimmig auf.

Das Gehen tat weh, aber das verschaffte ihm nur masochistische Genugtuung. Nachdem die Wunde nicht aufgehört hatte zu bluten, war er letzte Nacht mit dem Taxi in die Notaufnahme gefahren und hatte sie nähen lassen. Der Arzt hatte keine weiteren Fragen gestellt. Wahrscheinlich war er Schlimmeres gewohnt als einen volltrunkenen Mann, der versucht hatte, sich mit einem abgeschlagenen Flaschenhals selbst zu kastrieren, und dabei nur seinen Oberschenkel erwischt hatte.

Franz hatte die Friedrichstadtpassagen erreicht. Die meisten der Ladenflächen standen noch leer, aber einige der Geschäftsketten, die bereits im Westen zwanzig Filialen unterhielten, hatten für alle Fälle auch hier einen Ableger angesiedelt. Franz schaute kurz nach rechts und links, ob ihn jemand beobachtete, und schlüpfte durch die automatischen Schiebetüren.

»Ude sethen, Menelae, theoi makares lelathon-to –«

Mit steifem Rücken saß sie auf dem Kanapee, die Knie zusammengepreßt, und hielt das vergilbte Buch in ihrem Schoß. Dám-da-da, dám-da-da, dám-da-da, dám-da-da, dám-da-da, dá-dá. Als sei es der selbstverständlichste Sing-

sang der Welt, liefen ihr die griechischen Hexameter von
den Lippen.

»– ATHANATOI, PROTE DE DIOS THYGATER AGELEIE –«

»Ageleie«, wiederholte der alte Homberg hingerissen,
»Ageleie, das muß etwas Herrliches bedeuten. Ist es der
Name einer Blume? Ja, bestimmt ist es der Name einer
wunderschönen Blume.« Er schaute sie verzückt an.

Sie blickte nur kurz von ihrem Buch auf.

»– HE TOI PROSTHE STASA BELOS ECHEPEUKES
AMYNEN.«

»Es ist so wunderbar, wie Sie das lesen. Auch wenn ich es
nicht verstehe, könnte ich Ihnen die ganze Nacht zuhören.«
Er seufzte selig.

»– HE DE TOSON MEN EERGEN APO CHROOS, HOS HOTE
METER –«

»Würde es Ihnen etwas ausmachen, wenn ich mich
neben Sie setzte? Ein klein wenig Griechisch habe ich
seinerzeit auf dem Gymnasium ja auch gelernt. Ich würde
zu gern sehen, ob ich wenigstens den Buchstaben noch
folgen kann. Ja?« Freudezitternd stand er aus seinem
schweren Ohrensessel auf.

»Hoppla. Oooh.« Er lachte. »Mein Gott, bin ich heute
ungeschickt.« Er hatte sich fallen lassen, zu knapp neben
sie, so daß sein rechter Oberschenkel auf ihrem linken
gelandet und er quer über das Kanapee gekippt war.

»– PAIDOS EERGE MYIAN, HOTH' HEDEI LEXETAI
HYPNO –«

Sie hörte nicht auf zu lesen. Ein fader Geruch strömte in
ihre Nase.

Er rappelte sich auf. »Ah, das ist schön. Das ist schön«,
seufzte er und beugte sich über das Buch in ihrem Schoß.

»– AUTE D'AUT'ITHUNEN, HOTHI ZOSTEROS OCHEES –«

Hinter ihrem Rücken tastete sich sein Arm langsam die
Sofalehne entlang. »Das hier, das da vorne, das ist doch ein

Xi?« *Er rückte noch etwas näher.* »Oder nennt man dieses Zeichen nicht Xi?« *Er stach mit einem Finger auf das Papier.* »O-O-OXY-OXYBEN – *nein* – OXYBELES«, *entzifferte er,* »dieses Wort muß OXYBELES heißen, habe ich recht?« *Er zappelte vor Aufregung. Ein feiner Speichelfaden rann aus seinem Mund.*

Während sie immer weiter las, fuhr ihre Rechte in die große weiße Lacktasche.

»*An welcher Stelle sind Sie denn*«, *quengelte er,* »zeigen Sie mir doch, an welcher Stelle Sie gerade sind.«

Sie hielt inne. »Das kann ich Ihnen nicht zeigen«, *sagte sie leise.* »Sie halten Ihre Hand darüber.«

Etwas an ihrem Tonfall ließ ihn wegrücken.

»*Aber?*« *Er lächelte sie verwirrt an.* »Wie können Sie es dann lesen, wenn es unter meiner Hand ist?«

Ihre Augen brannten, als sie von dem Buch aufblickte.

»*Stürmend traf das Geschoß den festanliegenden*
Leibgurt –«

rezitierte sie ihm auf deutsch ins Gesicht.

»*Sieh, und hinein in den Gurt, den künstlichen, bohrte*
die Spitze.
Auch in das Kunstgeschmeide des Harnisches drang
sie geheftet –«

Der alte Mann zog die Hand von der Buchseite zurück. Wort für Wort entstanden die Verse, die sie ihm entgegenschleuderte.

»*– Und nun ritzte der Pfeil die obere Haut des*
Atreiden –«

*Ihr rechter Arm machte eine leichte Bewegung. Sämtliche
Muskeln waren gespannt.*

*»Mein Gott, dann können Sie das alles – auswendig?« Er
starrte sie mit offenem Mund an.*

*»– Daß ihm sogleich verströmte das dunkelnde Blut
aus der Wunde –«,*

bestätigte sie und stieß ihm den Dolch in den Hals.

»Nehmen Sie einen schulterbreiten Stand ein. Führen Sie
die Hanteln langsam mit gestrecktem Arm nach oben bis
Schulterhöhe, dann wieder langsam senken. Zwanzigmal
wiederholen. Wechsel. Achten Sie darauf, daß während
der ganzen Übung der Rücken gerade und die Knie leicht
gebeugt bleiben!«

Franz legte das Buch auf den Tisch, bückte sich und
ergriff die beiden Hanteln, die er bei *Karstadt Sport* gekauft hatte. Obwohl die Anleitung empfahl, sämtliche
Übungen vor dem Spiegel durchzuführen – angeblich um
Haltungsfehler zu korrigieren –, hatte er alles, was geeig-
net war, ihm sein entwürdigendes Treiben vor Augen zu
führen, aus dem Wohnzimmer verbannt. Den Fernseher
hatte er mit dem Bildschirm zur Wand gedreht, und sogar
seine geliebte Graphik von Penck hatte er abgehängt, weil
der Glasrahmen zu sehr spiegelte. Lieber hätte er sich die
Augen ausgekratzt als mitanzusehen, wie er in schwarzem
T-Shirt und Boxershorts dastand und seinen fünfundfünf-
zig Jahre lang verschonten Körper sinnlos schindete.

*Heben. Senken. Heben. Senken. Ausatmen. Einatmen.
Ausatmen. Einatmen.*

Er war nie beim Militär gewesen. Nicht, weil er Pazifist
war, sondern weil er dieses tumbe *Und-eins-und-zwei*
nicht ertragen konnte. Nie hätte er geglaubt, daß er eines

Tages die Verlängerung des Kasernenhofs mit anderen Mitteln betreiben würde.

Beugen. Strecken. Beugen. Strecken. Rechts. Links. Rechts. Links.

Er haßte es. Mit jedem Tropfen seines Schweißes, mit jeder Faser seiner Muskeln haßte er es. Aber was blieb ihm anderes übrig, solange sich die Strizzis und Schnösel zu Rambos trainierten und die Dame seines Herzens sich mit Strizzis und Schnöseln einließ.

Einen irren Moment lang hatte er geglaubt, ihr doch noch zu entkommen. Auf allen vieren war er bis in die Mitte des Wohnzimmers gekrochen, dann war sie aus der Küche zurückgekehrt.

»Was?« schrie sie. »Was? Jetzt stirb doch endlich!«

Er drehte ihr sein Gesicht zu. Sein Bart war schwarz vor Blut. Plóp-plop-plop, plóp-plop-plop – tropfte es auf den Boden. In seinen blutblinden Augen stand nur noch eine einzige Frage: Warum?

Statt einer Antwort holte sie aus. Er hatte keine Kraft mehr, sich wegzudrehen, sich einzurollen, die geringste Geste des Überlebenswillens war ihm zuviel. Er ließ sich einfach auf den Bauch fallen. Sollte sie ihn stechen, wohin sie wollte. Ihr Messer konnte ohnehin keine Stelle mehr finden, an der es nicht zuvor schon gewesen wäre.

Es gurgelte in seinen Eingeweiden, als ihm der Dolch erneut zwischen die Schulterblätter fuhr.

»Was ist los mit dir«, keuchte sie, »willst du deine blutige Seele denn niemals aushauchen?« Sie drehte die Klinge in seinem Rücken, zog sie heraus und stieß sie tiefer in sein Kreuz. Sie konnte nicht mehr sagen, wie oft sie schon zugestochen hatte. Am Anfang hatte sie noch mitgezählt, aber dann hatte sich der Alte erstaunlich gewehrt, und sie hatte schneller zustechen müssen. Zum ersten Mal in ihrem

Leben schwitzte sie. Es war ein komisches Gefühl. Wie
wenn der ganze Körper weinte. Sie biß die Zähne aufein-
ander.

Pallas Athene, die ruhmvolle Göttin, will ich besingen –

Endlich hatte sie seine Leber getroffen. Schwarz floß es ihr
entgegen. Ihre Arme schmerzten. Inzwischen mußte sie
beide Hände zu Hilfe nehmen, um das Messer wieder aus
seinem Rücken herauszubekommen. Sein Fleisch hielt die
Klinge fest, als könne es damit weitere Stiche verhindern.
Sie zerrte und riß. Außer ihrem Keuchen und dem Schmat-
zen der Wunden, wenn sie den Stahl doch wieder hergeben
mußten, wurde es allmählich still. Seine Eingeweide hatten
ausgegurgelt. Stumm hingen sie auf das Parkett.

Sie erhob sich. Mit triefender Hand wischte sie sich über
die Stirn. Zwei Schweißtropfen lösten sich und zogen helle
Spuren in den Blutfilm, der auf ihren Wangen zu trocken
begann. Die Vase war umgekippt, die weißen Lilien lagen
über den Boden verstreut.

»Ageleie ist kein Blumenname, du Dummkopf«, sagte sie
leise. »Ageleie heißt Beutemacherin.«

Fünfzehn – sechzehn – siebzehn –

Kyra würde ihn ansehen. Kyra würde auf ihn zukommen. Schlank, groß, schön auf ihn zukommen. »Franz«,
würde sie sagen, »Franz, meine Güte, schaust du gut aus.«
Und würde ihn anfassen.

– achtzehn – neunzehn – zwanzig –

Alles durfte sie mit ihm machen. Was sie nur wollte.
Wenn sie nur wollte.

– einundzwanzig – zweiundzwanzig – dreiundzwanzig –

Er würde schön und stark sein. Sie würde schön und
stark sein. Alles würde schön und stark sein.

Sein linker Arm begann zu zittern.

– vierundzwanz – fünfundzw – sechsund –

Ohne sich in einem Spiegel zu sehen, wußte Franz, wie rot sein Gesicht war. Häßlicher als jeder Truthahn. Er war eine Witzfigur. Eine Witzfigur, die gerade dabei war, sich zu einer noch größeren Witzfigur zu machen.

Die Hanteln krachten auf den Boden.

»Alles hast du kaputtgemacht«, sagte sie traurig. »Alles.«

Kurt Homberg schaute sie aus der flachen Silberschale, in die sie seinen Kopf gesetzt hatte, entgeistert an.

Sie hatte keine Lust zu tanzen, so wie sie für Robert Konrad getanzt hatte. Der Zeitungsmann war leichte Beute gewesen. Ganz brav hatte er sich in seinem Wohnzimmer auf den Couchtisch gelegt und die Augen geschlossen, als sie ihm gesagt hatte, es gäbe eine Überraschung. Sie hatte nur einen einzigen Schnitt machen müssen. Glatt und sauber. Die leichte Beute hatte ihren Sinn leicht gemacht. Aber jetzt ging es ihr gar nicht gut.

Sie setzte sich an den Küchentisch und blätterte in der »Ilias«, die sie aus der Wohnung des Bibliothekars mitgenommen hatte. Die meisten Seiten waren blutverklebt. Schade, es war eine schöne Ausgabe, die sie noch nicht besaß. Sie schlug das Buch zu und schob es neben die Silberschüssel.

Ihre Kopfhaut brannte wie schon lange nicht mehr. Sie streifte sich die dunkelblaue Baskenmütze ab, die sie an Hombergs Garderobe gefunden hatte, und kratzte sich. Sie schnupperte. Die Mütze stank nach Mottenpulver. Angeekelt ließ sie sie fallen. Dann überlegte sie es sich anders, hob sie wieder auf und stülpte sie Homberg über die Glatze. Eine kleine Sekunde mußte sie lächeln, doch die Trübsal kehrte gleich wieder zurück. Sie stützte das Kinn in beide Hände und schaute ihn an.

»Alles hätte so schön werden können«, sagte sie. »Wir hätten noch einen schönen Abend verbracht, du hättest mir noch ein wenig von deinen Büchern erzählt, ich hätte dir weiter vorgelesen, und dann, wenn der richtige Augenblick gekommen wäre, hätte ich dir ganz sanft die Kehle durchschnitten. Von hinten. Du hättest gar nichts gemerkt«, fügte sie leiser hinzu. Sie begann zu weinen. Immer schneller stiegen die Schluchzer aus ihrer Brust.

»Warum hattest du so heißes Blut? Warum konntest du dich nicht beherrschen?« Sie faßte ihn an beiden Ohren und schüttelte ihn. Die Baskenmütze fiel von seinem Kopf. »Du hättest mich nicht anfassen dürfen. – Hörst du? – Warum hat dir dein Hirn nicht gesagt, daß du mich nicht anfassen darfst?« Sie schlug mit der flachen Hand in die Blutlache, die sich am Boden der Schüssel gebildet hatte.

»Alles wäre so schön geworden«, flüsterte sie, während ihr zum zweiten Mal an diesem Tag sein Blut übers Gesicht lief, »alles wäre so gut geworden.«

. . .

Sie war im Himmel. Und nackt. Irgend jemand hatte ihr alle Kleider gestohlen. Sie griff nach einer Wolke, um sich zu bedecken, aber so sehr sie auch zerrte, die Wolke wollte sich nicht bewegen lassen. Als sie genauer hinsah, entdeckte sie, daß es die Sonne war, die die Wolke an einem Zipfel festhielt. *Liebe Sonne*, sagte sie, *ich begreife, daß auch du dich bedecken möchtest, aber schau, du bist so groß und heiß, und ich bin so nackt und friere. Laß mir die Wolke.* Die Sonne lachte ihr ins Gesicht.

Kyra schlug die Augen auf. Das plötzliche Licht stach wie Nadeln. Maunzend rollte sie sich auf den Bauch und vergrub ihr Gesicht im Kopfkissen. Hell. *Go to hell.* Warum hatte sie Idiotin den Vorhang offengelassen.

Und warum feierte die Sonne ausgerechnet heute Come-back.

Sie hatte einen widerlichen Geschmack im Mund. Katerfäulnis. Fröstelnd fingerte sie nach der Bettdecke. Wo war sie stehengeblieben? Sie versuchte sich in ihren Traum zurückzufädeln. Die Sonne hatte sie ausgelacht. Sie hatte die Sonne gebeten, die Wolke loszulassen, und die Sonne hatte sie ausgelacht.

Mit der Unbeirrbarkeit der Halbschlafenden zerrte Kyra an der Decke. Sie streckte den Arm aus, um die Gegnerin wegzudrücken. Sie war gar nicht so heiß, wie sie erwartet hatte. Nur warm und ein wenig verschwitzt. Sonderbar. Sie wäre nie auf die Idee gekommen, daß die Sonne schwitzte.

Ihr Körper hatte Blei getankt, aber ihr Hirn begann zu begreifen, daß mit der Sonne etwas nicht stimmte. Mit demselben harten Schmerz, mit dem man aus drei Metern Höhe auf Betonboden prallt, wurde Kyra wach. Es dauerte noch einige Sekunden, bis der Schock ihre Fingerspitzen erreicht hatte und ihre Hand von dem feuchten Ding zurückzuckte.

Ihr Herz trommelwirbelte, als wolle es eine Anstellung in der Zirkuskapelle. Kaum traute Kyra sich umzudrehen.

In der anderen Hälfte ihres Bettes lag ein Mensch. Sein entblößter Rücken glänzte vor Schweiß. Sie biß ins Kopfkissen, um den Schrei zu ersticken. Es dauerte einige weitere Trommelwirbel, bis sie sich bereit fühlte, dem unbekannten Bettobjekt über die Schulter zu schauen. Es war der hübsche Kellner.

Kyra ließ sich ins Kissen zurücksinken. Was um alles in der Welt machte der Kellnerknabe in ihrem Bett? Das letzte, an das sie sich erinnern konnte, war, daß sie ihn gestern abend nach zwei Flaschen *Cabernet* und einer albernen Diskussion über Männer und Frauen vor die Tür gesetzt hatte. Warum lag er jetzt neben ihr?

Verzweifelt kramte sie in ihrer Erinnerung. Alles hörte an der Stelle auf, an der sie ihm im Treppenhaus hinterhergebrüllt hatte, er solle sich sein Praktikum in den Arsch schieben.

Himmel, was hatte sie vergangene Nacht angestellt? War sie dem Knaben hinterhergerannt und hatte ihn an seinen dunkelbraunen Locken in ihr Bett geschleift? Hatte sie ihn auf den Knien ihres Herzens um einen Fick angefleht? War er aus freien Stücken zurückgekehrt, um ihr zu sagen, daß sie die Liebe seines Lebens war? Irgendwo in ihrem Scheißhirnkasten mußte die Antwort doch gespeichert sein.

Sie blickte sich im Zimmer um. Die Beweislage war klar. Es sei denn, der Junge hatte die hübsche Angewohnheit, sich jeden Abend die Gummimütze überzustülpen und in den Schlaf zu wichsen.

Ihr erster Sex in diesem Jahr. Und sie konnte sich an nichts erinnern. Ein flaues Gefühl machte sich in ihr breit. Letzte Woche das Ohr, jetzt der Siebenundneunziger Home-Porno. Wie viele Filmrisse durfte eine Frau von einunddreißig Jahren produzieren, um noch als zurechnungsfähig durchzugehen?

Während sie fieberhaft in ihrem Schädel herumtappte, betrachtete sie den Fremdkörper an ihrer Seite. Sein Rücken hob und senkte sich in regelmäßigen Abständen. *Was hatte sie mit diesem Mann gemacht?* Ein Schweißrinnsal sickerte zwischen seinen Schulterblättern hinunter. Es roch. Abgestanden. Nach Lust und Leben. Das Laken neben ihm war feucht.

Sie spürte das Würgen rechtzeitig, um die Hand vor den Mund zu schlagen und ins Bad zu rennen.

»Verdammt.« Das Entsetzen ließ Kriminalkommissar Törner, ohnehin kein Blut-Strotz, weiter erblassen. »Verdammt.«

Der Körper, der in der Mitte des Zimmers lag, hatte nichts Menschliches mehr an sich. Aus der Küche drangen die spitzen Schreie der Haushälterin, die vor einer Stunde den alten Mann in seinem Blutbad entdeckt hatte.

»Gott.« Törner massierte sich mit beiden Händen das Gesicht. *Warum konnte ihm das hier nicht sein verdammter Chef abnehmen? Warum fand diese sinnlose Tagung über Verbrechensprävention ausgerechnet heute statt?*

Die Männer vom Erkennungsdienst hatten mit der Arbeit begonnen. Vor dem roten Hintergrund wirkten sie in ihren weißen Schutzanzügen wie Schneeflocken. Das Bild erinnerte ihn an den Kinderfilm, den er neulich mit seiner Tochter gesehen hatte, wo die ganzen Zellen, Hormone und was den menschlichen Körper sonst noch antrieb, mit Menschen dargestellt worden waren. Die Männer vom Erkennungsdienst waren die weißen Blutkörperchen, die in dem Kreislauf geschäftig zirkulierten. Und das einzige rote Blutkörperchen lag am Boden, aus der Bahn geworfen, zertreten, im eigenen Saft verendet.

Ludwig Törner rieb sich die Augen. Er mußte aufpassen, daß er sich nicht selbst aus der Bahn werfen ließ.

Er ging zu Dollitzer, dem Rechtsmediziner, der neben der Leiche kniete und gerade das langfühlerige Thermometer aus ihrem After zog. Wenn man am Tatort Gefahr lief, die Nerven zu verlieren, war es immer gut, sich an den Rechtsmediziner zu halten. In Gegenwart des Rechtsmediziners wurde noch die entstellteste Leiche zu etwas, das sein Grauen verlor, etwas, über das man vernünftig reden konnte.

Törner räusperte sich. »Können Sie schon etwas sagen?«

»Leichenliegezeit zwischen achtzehn und vierundzwanzig Stunden, Todeseintritt wahrscheinlich durch Verbluten. Möglicherweise auch Luftembolie durch eröffnete Gefäße am Hals«, antwortete Dollitzer, ohne von seiner

Arbeit aufzuschauen. Er war der älteste amtierende Rechtsmediziner in Berlin. Törner würde den alten Eisbären mit
dem weißen Bart und freundlichen Gemüt vermissen, wenn
dieser nächstes Jahr in Ruhestand ging.

»Da hat es einer aber ganz genau wissen wollen«,
brummte Dollitzer. Es klang beinahe anerkennend. Er
hatte das Thermometer abgewischt, in seinen Tatortkof-
fer zurückgelegt und untersuchte den Rücken der Leiche.
»Achtzig Stiche sind das mindestens.«

Törner spürte, wie sich sein Magen zusammenkrampf-
te. Er atmete tief durch.

»Erkenntnisse über das Tatwerkzeug?«

*Nicht aufhören zu reden. Vernünftig zu reden. Was dort
vor ihm lag, war nicht der namenlose Horror, sondern es
gab eine Erklärung, eine vernünftige Erklärung für alles.*

»Auf den ersten Blick würde ich sagen: Die Stiche wurden mit einem Messer beigebracht, Klinge zweischneidig,
glatt. Der Kopf wurde wohl gleichfalls mit einer glatten
Klinge abgetrennt. Höchstwahrscheinlich postmortal. Sehen Sie, die Wundränder sind nur schwach unterblutet.
Aber mit Sicherheit kann ich das natürlich erst nach der
Leichenöffnung sagen.«

*So einfach war das. Zweischneidige, glatte Klinge. Min-
destens achtzig Mal zugestochen. Kopf glatt abgetrennt.
Den Rest klärt die Leichenöffnung. Nichts, was die Grenzen des Verstandes sprengte. Nichts, vor dem man davon-
rennen müßte.*

Törner wandte sich ab.

Keine zwei Wochen war es her, daß er schon einmal vor
einer geköpften Männerleiche gestanden hatte. Dort war
alles so weiß und sauber gewesen. Aber die Villa hatte ja
auch reichen Leuten gehört. Und Erika Konrad war tot.
Und Isabelle Konrad war wo? Und –

»Schauen Sie mal.« Die Stimme des Rechtsmediziners

riß ihn aus seinen Gedanken. »Der arme Kerl muß sich tapfer gewehrt haben. Starke Abwehrverletzungen an beiden Händen.«

Dollitzer hatte die rechte Hand des Toten geöffnet. Die Handflächen waren wild zerschnitten. Und in diesen wild zerschnittenen Handflächen lag etwas kleines Goldenes. Törner bückte sich, um es besser erkennen zu können. Es war ein Kettenanhänger. Die goldene Eule blickte ihn aus starren Augen an.

III

»Küß die Hand, gnädige Frau.«

Kyra wirbelte auf ihrem Schreibtischstuhl herum. »Ja, grüß dich. Wars schön in Wien?« Sie stand auf und drückte Franz einmal kurz an sich. Mehr als einmal kurz war bei Männern mit Vollbart nicht drin. Einen Moment kam es ihr vor, als ob er irgendwie anders aussähe als sonst. Aber wahrscheinlich lag das nur daran, daß sie ihn drei Tage nicht gesehen hatte.

»Ja, ja. Alles beim Ewigen.« Er schnaufte, stellte seine Reisetasche ab und rieb sich die rechte Schulter. »Und hier? Auch alles in Ordnung?«

»Mehr als das.« Kyras Bäckchen glühten schöner als der Watzmann in der Abendsonne. »Es gibt die zweite Leiche.«

»Oh nein.« Franz faßte sich an die Schläfe. Mit Verve strich er eine Haarsträhne zurück.

»Die Bullen versuchen zwar noch, alles abzustreiten, aber es sieht schwer danach aus, als ob diejenige, die den Alten abgemurkst hat, ein zweites Mal zugeschlagen hätte.«

Franz reckte das Kinn, fuhr sich über den Bart und schaute Kyra erwartungsvoll an.

»Diesmal hat es einen pensionierten Bibliothekar erwischt.«

Sorgfältig klopfte Franz ein paar Fusseln vom Revers. »Und woher weißt du, daß es sich um dieselbe Mörderin handelt?«

Kyra hatte ihn gar nicht richtig angesehen. Ihre Augen

suchten schon wieder etwas auf dem Schreibtisch. Sie machte die klassische Kopf-ab-Geste. »Beide Male dasselbe. – Dir ist der Name Homberg nicht zufällig über den Weg gelaufen? Kurt Homberg. Hat in der Stabi gearbeitet.«

Franz seufzte ergeben. »Ich wüßte nicht, daß ich näheren Kontakt zu Angestellten der Staatsbibliothek pflege.«

»Du treibst dich da doch ständig rum.«

»Muß ich deshalb wissen, wie die Bibliothekare heißen?«

»Ein Photo hab ich leider nicht.« Kyra legte den Kopf schief. »Aber eigentlich eine gute Idee. Könnte ich mich mal drum kümmern. Auch wenn dieser Wössner-Wichser es mich wieder nicht drucken läßt.«

»Dir ist wirklich nicht mehr zu helfen.« Franz blickte traurig an sich hinab. »Meinst du, du hättest trotz deiner intensiven Ermittlungstätigkeit Zeit, mit mir einen Kaffee zu trinken?«

Kyra schaute auf die Uhr. »Das rentiert sich nicht mehr. Ich hab gleich einen Termin. – Hast du heute abend was vor?«

Er schüttelte den Kopf.

»Dann laß uns doch um sieben im *Barbarossa* treffen.«

»Willst du mich vergiften?« Er verdrehte die Augen. »Aber gut. Um sieben im *Barbarossa*.«

Kyra war unter dem Tisch verschwunden, um im Papierkorb zu kramen. »Deine Post habe ich übrigens bei dir daheim auf den Kühlschrank gelegt. War, glaub ich, nix Wichtiges dabei.«

»Danke.« Umständlich schulterte Franz seine Tasche.

»Ach, noch was.« Kyra streckte ihren Kopf unter dem Tisch hervor. »Hatte ich da am Abend vorher was Falsches getrunken, oder hab ich in der Wohnung tatsächlich ein Paar *Hanteln* gesehen?«

»Heimann, Brigitte, mit zwei n, ja, wir werden das prüfen – wie? – nein, die Belohnung wird selbstverständlich erst fällig, wenn sich der Hinweis als sachdienlich erwiesen hat – ja – ja – haben Sie vielen Dank – ganz bestimmt – auf Wiederhören.«

Kommissar Törner legte den Hörer zurück und begrüßte seinen Chef, der soeben zur Tür hereingekommen war, mit einem tiefen Seufzer. »Morgen. Wir hätten diese gottverdammte Eule nie an die Presse rausgeben sollen. Das war gerade der Dreihundertsechsundvierzigste, der mir erklärt hat, seine ehemalige Freundin würde so eine Kette besitzen.«

»Weitermachen, Törner, weitermachen.« Kriminalhauptkommissar Heinrich Priesske hängte seinen olivfarbenen Sommermantel an den Haken und holte Brieftasche, Goldkuli, Notizbuch und Dienstmarke aus der Innentasche, wie er es immer tat. Anfangs hatte Törner dieses Verhalten gekränkt, er hatte es für Mißtrauen ihm gegenüber gehalten, aber mittlerweile war ihm klar, daß sein Chef nur ein Mann mit Sicherheitsprinzipien war.

Törner verschränkte die Hände im Nacken und streckte sich. »Haben die Kollegen in Hamburg was rausgefunden?«

»Nichts. Diese frustrierte Alt-Lesbe behauptet natürlich Stein und Bein, daß sie den Kettenanhänger nie an der kleinen Konrad gesehen hat.« Priesske setzte sich an seinen Schreibtisch und ließ die Finger knacken.

»Wir solltens nochmal bei diesem Frauenhaus im Prenzelberg versuchen.«

»Und Sie glauben, daß die Ihnen diesmal was erzählen.«

»Wenn wir die Bohn hinschicken.«

»Das ist eine ausgezeichnete Idee, Törner.« Priesske lächelte hinterhältig. »So, wie ich die Kollegin Bohn kenne, wird es ihr ein Vergnügen sein, aus den Mädels was rauszukitzeln.«

Das Telefon auf Törners Schreibtisch klingelte erneut. »Nein, jetzt nicht«, knurrte er in den Hörer, »nehmen Sie den Anruf selbst entgegen.« Er zögerte, dann legte er den Hörer neben das Telefon.

»Ich weiß nicht. Sagen Sie mal wirklich, Chef.« Der Kommissar schüttelte den Kopf. »Ich kann mir einfach nicht vorstellen, daß die kleine Konrad was mit dem Mord an diesem Bibliothekar zu tun haben soll.«

»Haben Sie ne bessere Verdächtige?« brummte Priesske. Er überflog die Zettel, die sich in seiner Abwesenheit auf dem Schreibtisch angesammelt hatten.

»Ich trau Isabelle Konrad zu, daß sie ihren Vater auf dem Gewissen hat, aber warum sollte sie diesen Homberg umbringen?«

»Unser Job, das rauszufinden.«

»Ein familiäre Beziehung können wir mit hundertprozentiger Sicherheit ausschließen. Und die Kleine war in ihrer Berliner Zeit noch nicht mal angemeldet bei der Staatsbibliothek. Kein Job dort. Keine alten Nachbarschaften. Nichts, wo sich die beiden schon einmal über den Weg gelaufen sein könnten.« Törner stützte den Kopf in die Hände. »Es ist zum Wahnsinnigwerden. Alles schreit danach, daß die beiden Fälle miteinander zu tun haben, und trotzdem gelingt es uns nicht, eine vernünftige Verbindung herzustellen.«

»Weil es vielleicht gar keine vernünftige Verbindung gibt.«

Törner blickte überrascht auf. »Wie meinen Sie das?«

»Sie haben eben ganz richtig festgestellt: *Alles schreit danach, daß die beiden Fälle miteinander zu tun haben.* Aber schreit es Ihnen nicht ein bißchen zu laut? Wir haben keine Vergleichsspuren vom ersten Tatort, und Dollitzer kann uns bis heute nicht bestätigen, daß beiden Opfern der Kopf mit demselben Instrument abgetrennt wurde.«

132

»Sie meinen, bei dem Bibliothekar könnte ein Trittbrettfahrer aufgesprungen sein?« Törner kratzte sich skeptisch im Nacken.

»Es hätte nie in den Medien auftauchen dürfen, daß Konrad geköpft wurde. Das war ja geradezu eine Einladung für Spinner.«

»Ich weiß nicht. Ich weiß nicht.« Der kleinere Kommissar betrachtete seine Hände. Stumpfe Hände. »Und wenn wir es mit einem echten Serienmörder zu tun haben ...«, schob er leise hinterher.

»Gott, Törner! Sie gucken zu viele amerikanische Filme.« Heinrich Priesske schaute von seinen Zetteln auf. »Wie viele Jahre sind Sie jetzt im Dienst?«

»Siebzehn.«

»Und mit wie vielen Serienmördern hatten Sie in dieser Zeit zu tun?«

Törner dachte kurz nach. »Mit drei. Vier.«

»Sehen Sie. Und wen haben diese raren Exemplare umgebracht? Nutten. Allenfalls noch ein paar Strichjungen. Den Serienmörder, der sich auf alte Zeitungsbosse und Bibliothekare spezialisiert, den hat sich noch nicht einmal Hollywood ausgedacht.«

Hombergs ehemalige Haushälterin blickte die junge Frau, die auf ihrem Sofa saß, mit der speziellen Mischung aus Mißtrauen und Neugier an, mit der alte Damen unbekannten Besuch auf ihren Sofas anblicken.

»Frau Damaschke«, sagte Kyra und seufzte tief, »ich muß mich wirklich darauf verlassen können, daß Sie schweigen.«

»Aber natürlich können Sie das.« Um ihre Verschwiegenheit zu demonstrieren, rückte Frieda Damaschke an die vorderste Sesselkante und legte zwei Finger auf den Mund. Aus dem Neugiermißtrauen war reine Neugier geworden.

»Ich meine: wirklich schweigen. Es ist mir ernst.«

»Kind, Sie können mir vertrauen.« Sie faßte nach Kyras Hand, ließ die Hand aber sogleich wieder los, als sie den bitteren Blick auffing, den diese ihr zuwarf.

»Ich – ich bin«, Kyras Blick schwirrte hilflos durch das Zimmer, »ich bin Kurt Hombergs Tochter.«

»Nein.« Frieda Damaschke blieb der Mund offen. »Aber – aber der Herr Homberg hatte doch gar keine Tochter.« Sie rückte von der Sesselkante weg. »Das hätte ich doch gewußt.« Das Mißtrauen war wieder da. »Das hätte der Herr Homberg mir doch gesagt. Von seinem Sohn in Westdeutschland hat er mir doch auch immer so viel erzählt. Ich –«

»Frau Damaschke, Frau Damaschke – selbstverständlich hat mein Vater Ihnen nichts von mir erzählt. Niemandem hat er etwas von mir erzählt. Nicht einmal seiner Frau.«

Frieda Damaschke schaute ihre Besucherin verständnislos an.

»Kurt Homberg war mein Vater. Aber Roswith Homberg war nicht meine Mutter. – Verstehen Sie jetzt, warum ich Sie gebeten habe zu schweigen?«

»Also, das ist ja –« Frieda Damaschke rang nach Worten. »Also, das hätte ich ja im Leben nicht – Nein! Also, das kann ich einfach nicht glauben. So ein anständiger Herr, der Herr Homberg –«

»Bitte! Frau Damaschke! Glauben Sie nicht, daß das alles schon hart genug für mich ist? Ich will meinen Vater nicht verurteilen. Er – er trägt keine Schuld an dem, was geschehen ist. Meine Mutter wollte unbedingt ein Kind. Ein Kind ohne Mann. Das war eben die Zeit. Sie hat ihn hereingelegt. Ich bin ihm nicht böse. Wirklich nicht. Es ist nur – meine Mutter hat mir nie gesagt, wer mein Vater ist, ich habe dann selber angefangen nachzuforschen, und erst letzten Monat habe ich herausgefunden, daß es Kurt Homberg ist. Ich – ich wollte ihn sehen, wollte mit ihm reden, ein paarmal habe ich schon vor seiner Tür gestanden, aber dann – dann habe ich jedesmal die Nerven verloren und bin wieder gegangen. Das nächste Mal, habe ich mir immer gesagt, das nächste Mal. Und jetzt – jetzt ist es zu spät.«

»Aber, Kind! Beruhigen Sie sich. Nicht weinen«, murmelte Frieda Damaschke und brach selbst in Tränen aus. Sie griff nach der Hand der Unglücklichen, und diesmal ließ Kyra es geschehen.

»Sie müssen mir helfen«, schluchzte sie, »bitte!« Jetzt, wo ich schon nicht mehr mit meinem Vater sprechen kann, möchte ich wenigstens wissen, wie er gelebt hat. In welchem Sessel er gesessen hat, welche Bücher er gelesen hat, welche Kleider er getragen hat. Wie sein Wohnzimmer aussah.«

Es war ein gigantisches Gemetzel. Nie waren Leiber mit größerer Wucht aufeinander losgegangen. Wer Arme hatte, hob sie schützend empor, wer Beine hatte, versuchte zu fliehen. Doch kaum einer der schönen Körper hatte noch beides. Was an Muskeln geblieben war, blühte auf, als wolle es die Kraft der fehlenden Glieder ersetzen. Es ging ums nackte Überleben. Männer erschlugen Männer, Frauen erschlugen Männer. Es wurde gepfählt, gewürgt, geköpft. Die unten lagen, hatten bereits verloren, auch wenn sie noch zuckten und Augen verdrehten.

Gustav Eisenrath ließ sich auf den marmornen Altarstufen nieder. Hundertmal hatte er schon vor dem Pergamon-Fries gestanden, und dennoch erschütterte ihn der Kampf der Götter gegen die Giganten jedesmal aufs neue. Die Gewalt, die die antiken Künstler in Stein gemeißelt hatten. Die Gewalt, die die Zeit dem Stein angetan hatte. Was im Kampf unversehrt geblieben war, hatte sie zernagt, gespal-

ten, verschluckt. Sie hatte Körper in der Mitte auseinander-
brechen lassen, Giganten wie Götter entmannt, Beine und
Arme amputiert, Gesichter ausgelöscht. An vielen Stellen
waren es nur noch vereinzelte Gliedmaßen, die durch den
Raum flohen.

Gustav Eisenrath schlug sein Skizzenbuch auf. Er mußte
sich beeilen. Das Museum würde in einer Stunde schließen.

> Viele Wangen wuchsen ohne Nacken auf, und nackte
> Arme, der Schultern beraubt, irrten hin und her, und
> einsame Augen, der Stirne bar, trieben sich herum.

Dieser Satz des griechischen Philosophen Empedokles, mit
dem dieser vor über zweieinhalbtausend Jahren die Entstehung menschlichen Lebens beschrieben hatte, stand als
Motto über seiner Arbeit. Entstehung – Vernichtung, es
waren zwei Begriffe, die für den Künstler das gleiche be-
deuteten. Mit jedem Kohlestrich, den er auf das Blatt
setzte, vernichtete er tausend andere Möglichkeiten, mit
jeder Vernichtung öffnete er neuen Raum.

Eine späte Schulklasse zog lärmend in den Saal, von
Lehrern und Museumsaufsicht nur unzureichend gebän-
digt.

Gustav Eisenrath blickte ärgerlich von seinem Buch auf.
Er verstand diese jungen Menschen nicht und ihre Ignoranz, die sie allesamt, als hätten sie es im Unterricht gelernt, »Mann, ey, schon wieder Steine!« rufen ließ. Kein
Horrorfilm konnte die Gewalt zeigen, die in diesem Skulp-
turenfries eingefangen war.

Jeden Quadratzentimeter hatte er in den letzten Monaten ausführlich studiert. Und dennoch fehlte ihm der letzte
Schlüssel, der diesen Stein ganz öffnen und seine Arbeit
freisetzen würde.

Sein Kohlestift huschte immer schneller über das Papier.

136

Er begann, die lärmende Schulklasse zu vergessen. War es eine Laune des Zerfalls oder eine List der Geschichte, daß unter den mordenden Göttern vor allem die Göttinnen überlebt hatten? Während Herakles, Ares und sogar Göttervater Zeus der Zeit zum Opfer gefallen waren, schwangen Hekate, Leto, Artemis und allen voran Athene noch immer Fackel und Schild. Selbst das Gorgoneion, der abgeschlagene Kopf der Medusa, den Athene als Wehrschmuck auf ihrer Brust trug, blickte den Betrachter an, als hätte es ein allerletztes Mal die Macht zurückgewonnen, diesen zu versteinern.

Gustav Eisenrath schlug eine leere Seite auf. Er mußte die Athenegruppe zeichnen. Athene begreifen. Ein gewaltiges Dreieck aus Verzweiflung, Schmerz und Triumph wuchs auf dem Blatt. Blinde Augen flehten um Gnade, doch die Göttin kannte nur Sieg. Zwei Schwingenpaare rauschten rechts und links über das Papier, Nike, die Siegesgöttin, schwebte heran, um die große Schwester zu kränzen, während sich der Blick des geflügelten Giganten im Unendlichen brach. Seine Schwingen beschirmten seinen Schmerz, trugen ihn empor –

»Ich würde dem Alkyoneus keine Flügel malen.«

Gustav Eisenrath fuhr herum. Eine junge Aufsicht, die er hier im Pergamon-Museum noch nie gesehen hatte, stand auf der Stufe hinter ihm und blickte auf seine Skizze herab.

»Ich würde dem Alkyoneus keine Flügel malen«, wiederholte sie ruhig.

»So? Und warum nicht?« Er haßte es, beim Arbeiten gestört zu werden.

»Weil er nicht fliegen darf. Wenn er vom Boden abhebt, stirbt er.«

»Ach. Tatsächlich.«

Sie nickte heftig.

»Und warum hat der Bildhauer ihm dann Flügel gegeben?« fragte er gereizt. Er war kurz davor gewesen, die Skulpturengruppe zu begreifen, und die Flügel waren der Schlüssel, das spürte er deutlich.

Die Aufsicht kicherte. »Griechisch hat er ja wohl gekonnt. Wenn er auch sonst nicht viel Ahnung gehabt hat.«

»Ach. Und Sie haben Ahnung?« Nun legte Gustav Eisenrath den Stift doch aus der Hand und drehte sich um. Er musterte die junge Frau finster.

»Na, was meinen Sie denn, warum Athene den Alkyoneus an den Haaren packt«, fragte sie ungerührt.

Er schaute kurz zu der Gruppe, die an der gegenüberliegenden Stirnwand aufgehängt war. »Es ist bildnerisch die eindrucksvollste Lösung, die gegenläufige Linie, die entsteht, indem —«

»Unsinn«, unterbrach sie ihn. »Athene weiß genau, daß Alkyoneus nur verwundbar ist, wenn er die Berührung zur Erde verliert. Deshalb reißt sie ihn in die Höhe. Und deshalb streckt er der Erde das Bein entgegen.«

Gustav Eisenrath faßte sich nachdenklich an den Bart. »Aber wenn das so ist, warum hat ihm der Bildhauer dann Flügel gegeben?«

»Ich sagte doch: Griechisch hat er ja wohl gekonnt.«

Der Künstler blickte die junge Frau verwundert an.

»ALKYON bedeutet Eisvogel.« Sie kicherte wieder. »Ziemlich doof von Mutter Erde, ihren Sohn Eisvogel zu nennen, wenn er gar nicht fliegen darf. Was?«

Seine Gedanken verloren sich. »Tragisch. Tragisch groß«, murmelte er. »Ein Eisvogel, der sterben muß, wenn er vom Boden abhebt. Das ist groß.« Er griff erneut zum Stift.

»Sind Sie Künstler?«

»Bildhauer«, antwortete er, ohne aufzuschauen.

»Wollen Sie auch einen Altar bauen?«

Er hielt die Luft an und legte den Stift wieder aus der

Hand. »Nein«, sagte er nachdrücklich. »Ich arbeite an einem Zyklus mit dem Titel ›Zeit der Gewalt – Gewalt der Zeit‹. Und da spielt der Pergamon-Altar eine zentrale Rolle. Sonst noch Fragen? Ansonsten wäre ich Ihnen dankbar, wenn Sie mich jetzt weiterarbeiten ließen.«

Sie nickte und schaute ihm eine Zeitlang stumm zu. »Waren Sie schon mal nachts hier drinnen?«

Er sagte nichts.

Sie lächelte. »Solange Sie den Altar nicht nachts erlebt haben, werden Sie ihn nie begreifen.«

»Würden Sie mich einen Augenblick allein lassen, bitte!«

Obgleich Frieda Damaschke wußte, daß es gegen alle Polizeivorschriften verstieß, gab sie nach. Tränenfeuchten Augen konnte sie einfach keine Bitte ausschlagen.

»Aber fassen Sie nichts an. Ich bin in der Küche«, sagte sie und zog die Tür von Kurt Hombergs Wohnzimmer hinter sich zu.

Kyra begann sich umzusehen. Irgend jemand hatte die Spuren notdürftig beseitigt, dennoch war deutlich zu erkennen, wo das Blut überall hingespritzt war. Weit. Weit war es gespritzt. Auch Reste des grauen Pulvers, mit dem die Spurensicherung sämtliche fingerabdruckfähigen Flächen in dem Zimmer eingestaubt hatte, waren noch zu sehen. Ob Frieda Damaschke hier geputzt hatte? Wohl kaum. Sicher gab es für so etwas spezielle Tatortputzen.

In der Nähe der Tür hatte sich eine große Lache ins Parkett gesogen. Kyra ging in die Knie und strich über den matten Fleck. Hier mußte der alte Mann liegengeblieben sein. Ob er sich heftig gewehrt hatte? Ob er laut geschrien hatte? Wie schrie ein Mann, wenn er ahnte, daß er geköpft werden sollte? Hatte er es geahnt? Kyra schloß die Augen. Die Gabe der netten blonden Fernseh-Profilerin, am Tatort Verbrechensvisionen zu haben, schien sie nicht zu besitzen. Schade. Sie hätte es gerecht gefunden, wenn sie sich im Gegenzug zu ihren Absencen an Dinge erinnern könnte, die sie nicht erlebt hatte. Aber wann war das Leben schon gerecht?

Sie riß sich von dem Blutschatten am Boden los und fing an, das Zimmer nach Photos abzusuchen. Ein gerahmtes Bild hing über dem altmodischen Fernseher. Es zeigte eine Frau mit grauen Löckchen und rosigem Gesicht. Wahrscheinlich die verstorbene Frau Homberg. Auf einer Kommode standen weitere Photos. Sohn. Sohn. Enkelkinder. Schwiegertochter. Alte braunstichige Photos von Menschen, die gewiß schon lange tot waren. Endlich entdeckte Kyra ein Bild, von dem ein nicht mehr ganz frisches Ehepaar herablächelte. Der Mann mußte Kurt Homberg sein. Der Restauranteinrichtung nach zu urteilen, war dieses Photo in den späten Siebzigern aufgenommen worden. Aber besser als gar nichts. Kyra zog es aus dem Rahmen und steckte es in ihre Handtasche.

Auch die Bibliothek war nicht besonders aktuell. Sie schien hauptsächlich Bücher aus den Fünfzigern und Sechzigern zu enthalten. Leinen- und Papprücken mit vergilbten, eingerissenen und sorgfältig geklebten Schutzumschlägen. Selbstverständlich hatte jedes Buch eine Signatur.

Die Bücher standen dermaßen in Reih und Glied, daß es Kyra gruselte. Es war ihr nie gelungen, in ihren eigenen Bücherregalen irgendeine Sorte von Ordnung herzustellen, sei es inhaltlicher, sei es optischer Natur. Wohingegen dieser Mann seine Bücher zentimetergenau nach verfügbarem Regalplatz gekauft zu haben schien. Nirgends war auch nur die geringste Lücke zu sehen, die Bücher kippen ließ und damit den Anfang der Unordnung schuf.

Kyra ging einige Schritte von der Bücherwand zurück. Und wieder näher heran. Im obersten Regal links hatte sie doch eine Lücke entdeckt. Lücken ohne Leihschein konnten in dieser Musterbibliothek nicht sein.

Sie ging zu den Karteikästen neben dem Sofa. Alphabetische Ordnung. Aber kein Fach für Leihscheine. Ratlos schaute sie sich im Zimmer um. Nirgends lag etwas, das entfernt nach einem Buch ausgesehen hätte. Anscheinend hatten die Bullen das Zimmer gründlich durchkämmt. Aber andererseits: Warum sollten Bullen ein Buch mitnehmen?

Kyra schob die Leiter zu der Stelle, wo sie die Lücke im Regal entdeckt hatte, und kletterte hinauf. Links neben der Lücke stand Euripides, rechts daneben die *Odyssee*, dann kam Herodot. Zweifellos war sie im Griechenlager gelandet. Also fehlte ein Grieche. Aber welcher? Homer war da, die Dramatiker, Pindar und Hesiod. Alles, was das antike Herz begehrte. Kyra legte die Stirn in Falten. Sie fühlte sich wie beim *Großen Preis*.

Waren die Dramatiker alle da? – Aischylos, Sophokles, Euripides, Gesammelte Dramen, drei Bände, alles da.

Wie sah es bei Homer aus? *Odyssee*. Die *Odyssee* stand da. Aber – wo war die *Ilias*? Wo die *Odyssee* war, durfte die *Ilias* nicht weit sein. Kyra suchte das ganze Griechenlager ab. Von der *Ilias* keine Spur.

Nachdenklich stieg sie die Leiter hinunter und ging zu den Karteikästen. Was hatte das zu bedeuten? War es kindliche Freude, überhaupt auf etwas gestoßen zu sein, oder warum ließ die verschollene *Ilias* ihr Herz schneller klopfen?

Das Mädchen stand vor dem Spiegel. Seine Augen leuchteten – schön, so wunderschön. Mit den neuen Augen war sie der schönste Mensch auf Erden.

»Sag. Gefalle ich dir?«

Alex legte den Kopf schief und blinzelte.

»Gib es zu«, lachte sie. »Du bist neidisch. Ich habe jetzt viel schönere Augen als du.«

Sie begann übermütig Pirouetten zu drehen.

»Alex ist neidisch, Alex ist neidisch.«

Außer Atem ließ sie sich aufs Bett fallen. Sie fegte die dunkelblau-graue Uniform in eine Ecke. Sie war so häßlich, diese Uniform. Stinkend, häßlich und zu groß. Und was am schlimmsten war: nicht weiß. Seitdem sie sich erinnern konnte, war es das erste Mal, daß sie gezwungen war, etwas Nicht-Weißes zu tragen. Und prompt hatte sie Pickel bekommen. Sie hatte es gewußt. Von allem außer weiß bekam sie Pickel. Aber oft würde sie diese schreckliche Uniform nicht mehr anziehen müssen.

Sie schaute in die beginnende Abenddämmerung hinaus und lächelte. Bald, bald hatte sie ihren Dienst erfüllt.

»Herr Kommissar? Herr Kommissar?« Die Stimme auf dem Anrufbeantworter klang nicht, als sei sie gewohnt, mit einer Maschine zu sprechen. Es gab eine zögerliche Pause, in der mehrfach ein- und ausgeatmet wurde. »Also, ich weiß nicht, ob das wichtig ist für Sie. Aber ich wollte Ihnen nur sagen, daß der Herr Homberg eine Tochter hatte, eine Tochter, aber seine Frau wußte nichts davon, also Sie verstehen schon, und diese Tochter war bei mir, und ich habe sie – und sie hat mich so lange, bis ich sie eben – aber sie war vollkommen erschüttert von seinem Tod, und deshalb –« Wieder gab es eine Pause, in der die Frau mehrfach heftig schnaufte. »Ach ja, und links über dem Mund, da hatte sie so ein auffälliges Muttermal, fast wie ein Stern. Also, der Herr Homberg hatte das nicht, und die Frau Homberg auch nicht, also das muß sie von ihrer Mutter haben, aber ich weiß jetzt gar nicht, ob das für Sie wichtig ist. Auf jeden Fall wollte ich es Ihnen gesagt haben.«

Mirko Hönig kannte sich aus mit beschissenen Jobs. Zuletzt war er für die Sicherheit im Berliner Schienennahverkehr unterwegs gewesen. Jede Nacht hatte er sich auf zugigen Bahnsteigen um die Ohren schlagen dürfen, hatte Penner von Bänken gefegt und besoffene Randalierer aus der S-Bahn geworfen. Und in den ganzen sechs Monaten keine einzige Frau, die sich ihm hilfeschreiend an den Hals geworfen hätte. Keine einzige Vergewaltigung, bei der er im richtigen Moment hätte dazwischengehen können. Immer nur Scheiße. Und dann dieser bescheuerte Köter, der nix konnte außer Leine zerren und sabbern. Dagegen war der neue Job hier im Museum der reinste Sonntagsausflug. Rumhocken. Rundgang. Und wieder Rumhocken. Andere Leute zahlten Eintritt für so was.

'n bißchen unheimlich war es schon, mit den ganzen toten Köppen, die einen so plötzlich ausm Dunkel raus anglotzten, aber hey, er war Mirko Hönig, und Mirko Hönig war kein Hosenscheißer. Er grinste. Wenigstens stanken die Penner hier nicht und pißten einem nicht vor die Füße.

Er rülpste. Nicht wegen der Rindswurst und dem Bier, die er vor seinem Dienst noch zu sich genommen hatte, sondern einfach nur so. Machte 'n gutes Gefühl, von Zeit zu Zeit zu rülpsen, wenn man nachts alleine war. Aber er war ja nicht allein. Grinsend faßte sich Mirko Hönig an die Hose. Mit nem vollen Flachmann in der Tasche war noch keiner an Einsamkeit krepiert. »Hey, hey, hey – hier kommt der Wachmann mit dem Flachmann«, rappte er. Falco-mäßig. Mann, ey, war er froh, daß er diesen Job hier hatte. Er wußte, was ne gute Nacht wert war.

Pfeifend ging er in den nächsten Saal.

Aus Falco wurde ein richtiger Pfiff. Der Strahl seiner Taschenlampe hatte eine Frau getroffen. War zwar nur aus Stein, das Weibsbild, aber, mein lieber Mann, gut ge-

baut. War ne Scheißewigkeit her, daß er das letzte Mal auch nur annähernd so 'n Weibsbild gehabt hatte.

»Na, Süße, wie wärs.« Mirko Hönig faßte der Statue ans Knie. Die Puppe war mindestens einen Meter größer als er. Und hey – er war keiner von den Kurzen.

Mirko Hönig ließ seinen Kopf im Nacken rollen. Mike-Tyson-mäßig. Bekam man ja 'n richtig steifen Hals, wenn man der Kleinen in die Augen schauen wollte. Okay, Augenschauen war nich so wichtig. Aber trotzdem. War doch völlig bekloppt, sich so ne Riesenbraut hinzustellen, wo keiner rankam. Und dann noch auf 'n Sockel zu pflanzen. Den albernen Helm hätten sie seinetwegen auch weglassen können.

Der Lichtstrahl wanderte über die Figur. Geile Titten hatte die Steinbraut, das mußte man ihr lassen. Mirko Hönig grinste. Waren doch alles geile Böcke gewesen, diese alten Griechen. Nix als Schweinkram im Kopf. Drüben in dem andren Saal hatte er lauter Typen mit Riesenschwänzen entdeckt. So 'n Nippes wie in dem Pornomuseum von der Uhse. Nur daß die da drüben noch ne Nummer heftiger waren.

Er schaute sich um. Die andren Puppen würden ja wohl nix dagegen haben, wenn er sich die Alte hier mal 'n bißchen genauer ansah. Er kletterte auf den Sockel. Lagen gut in der Hand, die Titten. Groß, rund, hart. Dolly-Buster-mäßig. Insgesamt vielleicht 'n bißchen zu kalt, um gemütlich zu sein.

Mirko Hönig sprang wieder herunter und klopfte sich die Hände ab. Wirklich was von Sex verstanden hatten diese Griechen aber auch wieder nich. Sonst hätten sie der Puppe 'n paar ordentliche Löcher verpaßt und nich dieses blöde Faltenzeugs überall. Obwohl. Mirko fuhr mit drei Fingern in eine Längsfalte hinein. Kam gar nicht so schlecht. Wenn man da von unten reinging.

Er schaute sich um. Alles ruhig. Er lachte. Klar, Mann. Wie sollte es auch nicht ruhig sein. Waren ja alles nur blöde Steinpuppen.

Er legte die Taschenlampe auf dem Sockel ab und griff nach seinem Reißverschluß. Echt abgefahren. Er brauchte gar nicht viel nachzuhelfen, die Latte war schon voll da.

»Mann, ey, ich glaubs nich«, flüsterte er, während er den Spalt mit der Hand vorwärmte, »ich glaubs einfach nich. Ich fick ne zehntausend Jahre alte Steinbraut.«

'n bißchen Schmierstoff wär jetzt nicht schlecht gewesen, aber es ging auch so. Was 'n echter Höhlenforscher war, der kam in jeden Tunnel rein.

Mit eisernem Lendenschwung trieb er sein bestes Stück voran. Eng wars, scheißeng. Aber gut.

»Komm, komm, komm, Baby!« raunte er und packte die Statue wieder am Knie. Es wurde immer enger. Scheiße. Hatte er doch gleich geahnt, daß diese alten Griechen nur so ne mickrigen Stummelbrüder gewesen sein konnten. Aber er würde der Alten schon zeigen, was 'n Kolben war. Wär ja gelacht. Sein Atem ging immer gepreßter. Luft. Luft. Es war der Hammer.

Mirko Hönig lauschte so heftig sich selbst, daß er nicht hörte, wie von hinten leise Schritte nahten und jemand nach seiner Taschenlampe griff. Er hörte nur das gewaltige Krachen, mit dem sein Schädel explodierte.

Der Fall schlug ihm auf den Magen. Aufs Gemüt sowieso, aber seit einigen Tagen auch auf den Magen.

Kommissar Törner pfefferte die Zeitung, die er eben noch am Spätkiosk gekauft hatte, auf seinen Schreibtisch. Das rote Lämpchen an seinem Anrufbeantworter blinkte. Nur eine halbe Stunde weg und schon wieder sieben Nachrichten. Er hatte keine Lust, sie abzuhören. Bestimmt war es nichts als neuer Wahnsinn. Den ganzen

Tag hatte er nur Wahnsinn verwaltet, jetzt reichte es ihm. Feierabend.

Er legte den Kopf in den Nacken und drückte sich ein Tütchen Magenschleimhautberuhiger in den Mund. Die Vorstellung, daß da draußen eine Frau herumlief, die zwei alten Männern die Köpfe abgeschnitten hatte, war einfach zuviel für ihn. Nicht, daß er ein rosiges Bild von Frauen und dem, wozu sie imstande waren, gehabt hätte. Seine eigene hatte ihn auf schnödeste Weise verlassen. Aber das hier war ein anderes Kaliber. Er verstand, wenn sein Chef nicht glauben wollte, daß sie es mit einer Doppelmörderin – oder weit Schlimmerem – zu tun hatten. Als Polizist hatte man seinen Instinkt. Und dieser Fall roch einfach nicht nach Frau.

Wütend betrachtete er das Photo des Kettenanhängers, das auch in der morgigen Ausgabe der *BZ* wieder an vorderster Front abgedruckt war. Ein schreckliches Teil. Viel zu große Augen hatte das Tier. Wer um alles in der Welt hängte sich so etwas freiwillig um den Hals? *Jemand, der einem oder zwei Männern den Kopf abgeschnitten hat*, erinnerte ihn eine leise Stimme. Es wollte und wollte nicht in seinen Schädel hinein.

Wie einfach wäre es doch, wenn diese Kette Isabelle Konrad gehören würde. Auch wenn er nicht recht daran glaubte. Aber eine mußte es ja getan haben. Und Isabelle Konrad war wenigstens kein Mädchen, das er gern als Tochter gehabt hätte.

Törner suchte Zuflucht bei dem schön gerahmten Photo seiner Tochter, das auf seinem Schreibtisch stand. Ob sie eines Tages imstande wäre, ihm den Kopf abzuschneiden? Er lächelte. Sein Goldstück. Aber jetzt schon so kokett. Wie sie ihr Handgelenk mit dem Silberreifen ins Bild drehte.

Ohne daß er es merkte, begann Törner sich die Stirn zu

massieren. Daß er nicht früher darauf gekommen war. Er war ein solcher –

»*Dummkopf.*«

Sie ließ die blutbesudelte Taschenlampe zu Boden fallen. Eine graue Masse, die Hirn zu nennen sie sich scheute, tropfte vom Gehäuse. Glas und Birne waren schon beim ersten Schlag zersplittert.

Mit ihrer eigenen Lampe leuchtete sie ihm in den Rükken. Ihre Hand zitterte noch, so sehr hatte sie sich aufgeregt. Dieser Hund. Wie konnte er es wagen, Athene anzufassen. Dieser Bock. Schade, daß er nur einen Schädel hatte. Für den Frevel, den er begangen hatte, war einmal Schädel-Zertrümmern viel zu wenig. Ausweiden hätte sie ihn sollen, bei lebendigem Leibe ausweiden. Die Därme herausreißen und ihn damit erdrosseln. Sie stieß zischend die Luft aus.

Warum hatte er nicht brav im Pausenraum sitzen können, wie es sich für einen anständigen Nachtwächter gehörte? Ohne Aufhebens hätte sie ihm dort das Messer ins Herz gestochen, das sie eigens für ihn eingesteckt hatte. Konnte denn niemals etwas funktionieren? Mußten denn immer Dinge geschehen, die alles in Unordnung brachten?

Sie zerquetschte zwei Wutränen, die sich in ihren Augenwinkeln gebildet hatten.

Obwohl er tot war, stand er noch immer auf seinen Beinen. Athene ließ ihn nicht fallen. So war die Göttin. Gerecht bis in den ärgsten Zorn hinein. Sie zog das Wasser in der Nase hoch.

Jetzt erst sah sie, wie häßlich sein Hintern war. Braun. Picklig. Haarig. Sie ging einige Schritte näher. Nie hätte sie geglaubt, daß es so etwas Häßliches auf der Welt geben könnte. Sie schüttelte sich und schaute auf ihre Armbanduhr. Sie mußte sich beeilen. Und beruhigen.

Sie hatte den Durchgang zum nächsten Saal bereits erreicht, als ein dumpfes Geräusch sie noch einmal zurückblicken ließ. Sie lächelte. Athene hatte es sich anders überlegt. Der Frevler war zu ihren Füßen zusammengesunken.

»Prost!« Kyra setzte ihr Bierglas an und wischte sich den Schaum vom Mund. »Tut das gut nach dieser ganzen Hetzerei. Ich weiß wirklich nicht, was du gegen den Laden hier hast. Das *Jever* ist erste Klasse: ordentlich gezapft, kalt, genug Kohlensäure, was willst du mehr?«

»Zum Beispiel was Vernünftiges zum Essen«, brummte Franz aus den Tiefen der *Barbarossa*-Karte. »Ich habe leider nicht das Glück, so wie du zu den Menschen zu gehören, die sich einen ganzen Abend lang ausschließlich von *Jever* ernähren können.«

»Was übrigens keine Frage von Glück, sondern von Willensstärke und Training ist, aber egal, ich such dir was aus zum Essen. Komm, gib her.«

Franz hielt ihr die kunstledergebundene Karte hin, in der er mit wachsender Unlust geblättert hatte.

»Hier, zum Beispiel auf der Wochenkarte: *Putenspieße. Zwei gegrillte Putenspieße auf gedünstetem Chicorée und Frühlingszwiebeln, serviert mit einer lieblichen Chili-Orangen-Sauce und Basmatireis.* Na, wie klingt das?«

»Grauenvoll.«

Kyra seufzte. »Wie hab ich es vermißt.«

»Was?«

»Dein Gegrantel.«

»Das ist kein Gegrantel, das sind fundierte Urteile über die gastronomischen Verhältnisse in diesem Lokal.«

Kyra warf Franz einen Luftkuß zu und winkte der Kellnerin. »Der Herr nimmt ein Wiener Schnitzel mit Pommes.«

Franz lehnte sich zufrieden lächelnd auf der Holzbank zurück. »Ist das wahr?«

»Was?« Wieder hatte Kyra den Eindruck, daß irgend etwas an Franz anders war als sonst, aber sie kam einfach nicht drauf, was.

»Daß du mich vermißt hast.«

»Ich hab nicht dich vermißt, ich hab dein Gegrantel vermißt.«

»Auf einmal besteht dazwischen ein Unterschied?«

Kyra beendete die Diskussion, indem sie sich ihrer Handtasche zuwandte und das Photo hervorkramte, das sie heute nachmittag hatte mitgehen lassen. Sie knickte die Eheleute Homberg auseinander und schob es Franz hin.

»Kennst du den?«

Franz schüttelte den Kopf.

»Du hast doch noch gar nicht richtig hingesehen.«

»Ist das dieser tote Bibliothekar?«

Kyra nickte.

»Und warum sollte ich den kennen?«

»Weil du ein kultivierter Bürger dieser Stadt bist und – wie es sich für kultivierte Bürger dieser Stadt gehört – dreimal die Woche in die Stabi gehst.«

Franz schenkte dem Bild einen zweiten, etwas längeren Blick. Er kratzte sich am Bart.

»Ich weiß nicht, ich glaube, wenn du so ein Photo lange genug anstarrst, fängst du am Schluß immer an zu glauben, daß du die Person darauf schon einmal gesehen hast.«

»Du kennst ihn?« Kyra rutschte begeistert auf die Bankkante vor.

»Ich habe gesagt, daß ich dieses Bild so lange anstarren kann, bis ich anfange zu glauben, daß ich diesen Menschen kenne.« Er schaute sich nach der Kellnerin um. »Ein weiteres Bier wäre im übrigen hilfreich.«

Kyra trank einen ungeduldigen Schluck. »Also. Streng dich an.«

»Ich glaube nicht, daß ich ihn in der Staatsbibliothek

gesehen habe. Wenn schon, dann eher auf Konrads Geburtstagsfeier.«

»Was?« Kyra starrte Franz mit aufgerissenen Augen an. Und verzog den Mund. »Sehr witzig.«

»Kann es sein, daß dir diese Ermittlerei ein wenig das Hirn vernebelt?« Franz streichelte seinen Bierdeckel.

»Wieso? Es wäre doch möglich, daß er auf der Geburtstagsfeier von Konrad gewesen ist.«

»Es wäre auch möglich, daß die Erde eine Scheibe ist.«

Kyra zog das Photo zu sich herüber und schaute es an. »Wenn ich darüber nachdenke, kommt es mir tatsächlich vor, als ob ich ihn bei der Party gesehen hätte.«

»Mein Gott. Was wollen Sie denn schon wieder hier?«

Kommissar Törner fuhr herum. Er hatte nicht gehört, wie das Mädchen die gekieste Einfahrt heraufgegangen war.

»Es tut mir leid, daß ich so spät noch einmal störe«, stammelte er, »aber mir ist etwas Dringendes eingefallen. Dürfte ich mit hereinkommen?«

Isabelle Konrad blieb am Fuße der Türtreppe stehen. »Gehts schon wieder darum, was ich Dienstag nacht gemacht hab? Oder um diese Scheiß-Eule?«

»Ich muß etwas in den Unterlagen Ihrer Eltern nachschauen.«

»So. Unterlagen.« Isabelle Konrad kramte in ihrer Jakkentasche. »Ham Sie da irgendne Genehmigung für, oder wär das reine Freundlichkeit von mir, wenn ich Sie reinlasse?«

Törner lächelte schwach. »Heute abend wäre es reine Freundlichkeit. Morgen früh müßten Sie es tun.«

Isabelle Konrad blickte genervt gen Himmel, dann schloß sie die Tür auf und bat den Kommissar mit einer ironischen Verbeugung herein.

»Danke.« Er betrat die Vorhalle der Villa, nicht ohne sich die Schuhe gründlich abgestreift zu haben. Es war absurd. Im Geiste hörte er die Stimme seiner Mutter: *Ludwig, vergiß nicht, dir die Hände zu waschen, bevor du bei den von Puttkammers etwas anfaßt!*

Das Haus war noch leerer geworden, seitdem er das letzte Mal hiergewesen war. Der große Spiegel, der an der Wand gegenüber dem Treppenaufgang gehangen hatte, war verschwunden. Auch die Bilder, die den Weg ins obere Stockwerk gesäumt hatten, waren abgehängt. Man mußte genau hinsehen, um die helleren Rechtecke an der cremefarbenen Wand zu erkennen. Die Konrads hatten nicht lange genug hier gewohnt, um Patina zu hinterlassen. Zwei abgetretene Turnschuhe lagen mitten auf dem Parkett.

Törner räusperte sich. Seine Hände waren ihm plötzlich unbehaglich. Bevor er dem Zwang, seine Handflächen und Fingernägel zu inspizieren, nachgab, versenkte er sie in den Hosentaschen.

»Wissen Sie, ob Ihre Eltern Photoalben hatten?«

Isabelle Konrad verzog das Gesicht. Ihre Lederjacke warf sie achtlos über den Garderobenständer neben der Tür. »Sind Sie hergekommen, um sich die Konrad-Family-Show anzusehen?«

»Ich benötige ein Photo Ihres Vaters.«

»Na, das is ja toll.« Die Grüne lachte schlechtgelaunt. »Und deshalb kommen Sie zu mir? Bin ich jetzt, wo er tot ist, die Pressetussi von dem Alten?«

»In der Zeitung habe ich niemanden mehr erreicht. Und es eilt.«

»Na schön.« Sie stemmte eine Hand in die Seite. »Warten Sie hier. Ich geh mal gucken, ob ich 'n Photo von meinem Alten finde.«

»Ich würde gern selbst nach dem geeigneten Bild suchen.«

»Mann. Da müssen Sie ja schwer was mit vorhaben.«
Sie grinste. »Brauchen Sie ne Nahaufnahme von seinem
Schwanz, damit irgendne Tussi ihn identifizieren kann?«

»Würden Sie mir jetzt bitte zeigen, wo Ihre Eltern die
Photos aufbewahrt haben?«

Isabelle Konrad zuckte die Achseln. »Ich hab den ganzen Scheiß aus den Regalen schon in Kisten gepackt.
Morgen früh kommen die Typen vom Antiquariat und
holen alles ab.«

Antiquariat, durchzuckte es Törner. *Antiquariat. Bibliothek.*

Isabelle Konrad schaute ihn mißtrauisch an. »Wasn los?
Was dagegen, wenn ich den Scheiß verkaufe?«

»Nein. Nein. Natürlich nicht.« Er lächelte harmlos.
Harmlos sein jetzt. Ganz beiläufig. »An welches Antiquariat wollen Sie die Sachen denn verkaufen?«

»Keine Ahnung mehr, wie die heißen. Wieso? Haben Sie
'n guten Tip für mich?«

Lächle, Bulle. Lächle, Bulle. »Ach, ich kenne mich nur
ein bißchen aus mit den Berliner Antiquariaten. Man muß
ziemlich aufpassen. Es gibt da eine Menge Betrüger.«

»Das glaub ich Ihnen aufs Wort.« Isabelle Konrad gab
ihm sein falsches Lächeln mit Zinsen zurück. »Wenn ich
den Eindruck hab, daß mit denen irgendwas nicht stimmt,
werd ich Sie sofort anrufen.« Sie zeigte mit dem Daumen
über die Schulter. »Also, die Kisten stehen da hinten. Im
Wohnzimmer.«

Törner schaute sie noch einmal an. »Sind Sie wirklich
sicher, daß Sie die Photoalben Ihrer Eltern in die Kisten
fürs Antiquariat gepackt haben?«

»Glauben Sie, ich mach mir was aus so nem Senti-
mentalkram? Soll doch 'n andrer unsere Family-Photos
als Wichsvorlage benutzen«, antwortete sie und griff
nach dem Treppengeländer. »Ich geh dann mal hoch.

Da oben ist noch ne Menge Zeug, das ich zusammenpacken muß.«

»Was fällt dir zum Thema Enthauptung ein?«

»Ich esse.«

»Das glaube ich nicht. Ich glaube nicht, daß sie die Köpfe mitnimmt, um sie zu essen.« Nachdenklich nippte Kyra an ihrem Bier. »Warum bringt sie die Männer nicht einfach um? Warum köpft sie sie?« Sie warf Franz, der mit wachsender Verzweiflung an seinem Schnitzel säbelte, einen langen Blick zu. »Jetzt erzähl mir nix von wegen symbolischer Kastration. Wenn sie die Männer kastrieren wollte, würde sie sie kastrieren.«

»Ich habe doch gar nichts gesagt.«

»An der Art, wie du da an deinem Fleisch rummurkst, konnte ich erkennen, was du gleich sagen wolltest.«

»Alle Achtung.« Franz winkte der Kellnerin nach einem neuen Bier. Nummer vier. »Vielleicht stammt sie in direkter Linie von Salome ab.«

»Salome hat nicht selber geköpft. Salome hat köpfen lassen.« Kyra gab vorsichtshalber auch gleich das nächste *Jever* in Auftrag. »Obwohl. Vielleicht ist das gar keine so schlechte Idee. Sie köpft die Männer nicht selbst, sondern hat dafür irgendeinen Kerl, der ihr den Kopf dann auf dem Silbertablett nach Hause bringt.« Sie schaute Franz an. »Würdest du mir einen Kopf auf dem Silbertablett bringen?«

»Nichts lieber als das. Sag nur, welchen.«

Kyra legte die Stirn in Falten. »Aber was soll eine mit häßlichen alten Männerköppen anfangen?«

»Liebe Kyra, du wirst es nicht für möglich halten.« Franz schob den Teller weg und wischte sich über den Bart. »Es gibt Frauen, auf die üben männliche Charakterköpfe eine starke erotische Anziehungskraft aus.«

»Das kann auch nur ein Mann glauben.« Kyra schüttelte sich. »Diese Schrumpfköpfe als Sextoys – ich bitte dich! Überhaupt. Diese ganze Salome taugt doch nur als verschärfter Männerporno. Eine Frau selbst würde sich so was nie einfallen lassen. Die Lustmörderin ist genauso eine Männerphantasie wie der Lustmörder. Nur daß Ted Bundy die Sados bedient, während Salome mehr für die Masos ist. Frauen killen nicht aus Lust.«

»Und warum nicht?«

»Weil ihnen Sex viel zu unwichtig ist. Oder fällt dir außer diesen Männerhirnen entsprungenen Salomes und *Basic Instincts* irgendeine Frau ein, die *wirklich* einen Mann umgebracht hat, weil sie geil auf ihn war?«

Kyra ließ Franz dreißig Sekunden nachdenken. »Eben«, sagte sie und griff nach ihrem Glas.

»Aber das ist ja enttäuschend. Absolut enttäuschend, daß es Frauen keinen Spaß macht, Männer umzubringen.« Franz sah ernsthaft deprimiert aus.

»Tja. Tut mir leid, wenn ich deine Hoffnung, eines Tages dein Leben zwischen Sharon Stones Schenkeln auszuhauchen, zunichte gemacht habe.« Kyra trank den letzten Schluck Bier und rückte das leere Glas an die Tischkante. »Ich glaub ja eher, daß sie es mit Judith hat. Das einzige, was ich dabei noch nicht verstehe, ist, wieso sie uns nicht erklärt, was sie mit ihren Morden will. Als Judith damals Holofernes geköpft hat, hat jeder sofort begriffen, daß es ein guter, ein sinnvoller Mord war. Wenn du dir die Presse anschaust, die unsere Köpferin bekommt, da begreift keiner, was sie will. Warum teilt sie uns nicht mit, wieso ihre Morde an den beiden alten Knaben wichtig und richtig waren?«

»Vielleicht hat sie ja private Gründe. Von denen sie findet, daß sie die Öffentlichkeit nichts angehen.« Franz wirkte immer noch erschüttert.

»Aber was für Gründe sollten das sein? Haß auf alte Kulturknacker? Rache? Wenn ich mir Konrad und diesen Bibliothekar nebeneinander anschaue, kann ich mir kaum vorstellen, daß sie sich jemals an derselben Frau vergriffen haben.«

»Es müssen ja nicht sie selbst gewesen sein. Reicht ja, wenn es einer war, der so ausschaut wie sie.«

Kyra nahm sich noch einmal das Homberg-Photo vor. »Hm. Also, besonders auffällig finde ich die Ähnlichkeit zwischen dem hier und unserem Alten ja nicht. Okay, die Aufnahme ist nicht ganz aktuell. Wenn du das hier hochrechnest, müßte er mittlerweile eine ziemliche Glatze gehabt haben. Und seinen Bart wird er ja wahrscheinlich behalten haben. Also: alte Männer mit Vollbart und Glatze?«

Sie schaute Franz an. Und plötzlich wußte sie, was sich an ihm verändert hatte. »Du warst beim Friseur«, stieß sie hervor.

Mit einem Seufzer der Erleichterung strich er sich über den beinahe gepflegt zu nennenden Haarkranz. »Ich dachte schon, du würdest es gar nicht mehr bemerken. Gefällt es dir nicht?«

»Äh, ja, ja, doch schon«, stammelte Kyra. Sie war fassungslos. Seitdem sie Franz kannte, hatte er keine anderen Klingen an Bart und Haare herangelassen als die seiner eigenen Nagelschere. »Aber –«

»Ich habe mir auch ein neues Jackett gekauft.« Stolz faßte er sich ans Revers. »Beim Adlmüller in der Kärntnerstraße.«

»Um Gottes willen, Franz. Du hast dich doch nicht etwa verliebt?«

Endlich, auf dem Boden der einundzwanzigsten Kiste, war er fündig geworden. Schwere, in rotes, blaues und grünes Leder gebundene Bücher. Törner entschied sich für das rote zuerst. *Urlaub in Griechenland 1985* stand in handgeschriebener Schönschrift auf dem Deckblatt. Ein Reisealbum. Postkarten, Photos, Eintrittskarten und hier und da eine Zeichnung. Die Eintrittskarten zeigten Tempel, die Postkarten zeigten Tempel, die Zeichnungen zeigten Tempel, und die Photos zeigten auch Tempel. Mit einer glücklichen Familie, die zwischen den Säulen herumstand.

Törner ließ das Album sinken. Auch er war einmal mit seiner Familie in Griechenland gewesen. Bevor ihn seine Frau hatte sitzen lassen. Auch seine Frau hatte so ein Reisealbum angelegt, mit Postkarten, Photos und Eintrittskarten drin und hier und da einem schüchtern zu Ende gemalten Tempel.

Törner betrachtete wieder die Bilder vor ihm. Merkwürdig, wie sehr ihm diese Bilder einflüstern wollten, seine Familienzeit sei eine glückliche gewesen, der es nachzutrauern galt. Seine Familie war keine glückliche gewesen, und auch die Familie, die er auf den Photos hier sah, war keine glückliche. Glückliche Familien fuhren im Sommer nicht nach Griechenland.

Er zwang sich, seinen Blick auf das zu konzentrieren, was er eigentlich suchte. Isabelle Konrad war auf fast allen Photos zu sehen. Erika Konrad war nur selten im Bild. Offensichtlich war sie die Photographin in der Familie gewesen. Ihren Mann hatte sie nicht halb so oft photographiert wie ihre Tochter. Obwohl er attraktiv war. Mit dem Vollbart und der geraden Nase hätte man ihn für einen griechischen Gott halten können, wie er dort auf dem Säulenstumpf saß und übers Meer hinausblickte. Isabelle Konrad war dagegen ein recht unauffälliges Mädchen gewesen. Mager, kurzes Pony, mäßig braungebrannt, ein paar Sommersprossen. Und wenn Törner es recht bedachte, war die Konrad-Tochter immer noch ein unauffälliges Mädchen. Trotz grüner Haare und Ring in der Nase.

Das einzige, das ihm auffiel, war, daß sie auf allen Photos Jeans trug. Nirgends war sie im Badeanzug oder im Rock zu sehen. Sicher mußte es heiß gewesen sein. In Griechenland. Aber was hatte das schon zu bedeuten. Es gab hundert harmlose Erklärungen dafür, daß Isabelle Konrad keine kurzen Röcke oder Kleider getragen hatte. Vielleicht hatte sie ihre Beine häßlich gefunden. In irgendeinem Eltern-Ratgeber hatte er neulich gelesen, daß Mädchen in der Pubertät dazu neigten, ihre Beine für häßlich zu halten. Das war es nicht, was er suchte.

Törner blätterte langsam weiter. Strenggenommen war Isabelle Konrad sogar ein ausgesprochen häßliches Mädchen gewesen. Ein häßliches Entlein an der Seite ihres strahlenden Vaters. Er vertiefte sich in ein Bild, auf dem Robert Konrad seiner Tochter einen Strohhut auf den Kopf setzte und sie eine motzige Grimasse schnitt. Törner hielt das Album näher ans Gesicht. Ja. Ja. Ja. Da war es. Eindeutig. Ein Glücksstrahl, griechisch sonnenhell, durchzuckte ihn. Er hatte gefunden, wonach er gesucht hatte. Hastig riß er das Photo aus dem Album heraus. Er lief in die Halle und zog seine Waffe aus dem Holster. Doch noch während er die Waffe entsicherte und in den ersten Stock hinaufschlich, ahnte er, daß er oben niemanden mehr finden würde.

»Wohl bekomms.« Franz und Kyra ließen die Gläser aneinanderklirren.

»Bist du eigentlich mal der reizenden Tochter vom Alten über den Weg gelaufen?«

Franz schneuzte sich. »Nicht, daß ich wüßte.«

»Wüßtest du: zwanzig Jahr, grünes Haar.«

Er stopfte das große Stofftuch in die Innentasche seines neuen Jacketts.

»Die Polizei scheint irgendwie zu glauben, daß sie unsere Judith-Salome ist.«

»Du meinst, sie hat den Alten abgemurkst? Das kann nicht sein. Alte abmurksen tun nur Männer.«

Kyra zog die linke Augenbraue hoch.

»Es gibt nur einen Grund, deinen Vater abzumurksen«, erklärte Franz mit zwei Fingern im Glas. »Und das ist, weil du deine Mutter vögeln willst. – Wenn du mich einen Augenblick entschuldigen würdest.«

Leicht schwankend stand er auf. Jetzt erst merkte Kyra, wie ordentlich ihr kleiner Freund betankt war. Er schlingerte wie die *Pallas*, kurz bevor sie sich in die Nordsee entleert hatte. Mußte am neuen Haarschnitt liegen, daß er nichts mehr vertrug. Lächelnd schaute sie ihm hinterher.

Ödipus. Isabella Ödipus. Eine interessante Möglichkeit. Aber was für einen Sinn machte dann der Bibliothekar? Trotzdem. Der lesbische Ödipus war spannend in sich. Sie sollte einen Artikel darüber schreiben. Sobald Wössner das nächste Mal auf Dienstreise war.

»Du humpelst ja immer noch«, begrüßte sie Franz, als er vom Klo zurückkam. »Willst du mir nicht doch verraten, was du angestellt hast.«

Er ließ sich auf die Bank plumpsen. »Das willst du gar nicht hören.«

»Aber sicher doch. Auf Blut- und Wunden-Storys bin ich immer scharf.«

»Ich hab versucht, mir den Schwanz abzuschneiden.« Seliges Lächeln.

Eine Sekunde blieb Kyra der Mund offen, dann lachte sie, daß ihr das halbverdaute *Jever* zur Nase rauskam. »Findest du nicht, daß es etwas spät ist, um aus dir eine Franzi zu machen? Außerdem gibts für so was Profis.«

»Ich habe es für dich getan.« Noch seligeres Lächeln.

»Für mich?«

»Jawohl.« Höchst zufrieden strich sich der Löwe über den frisch getrimmten Bart.

»Kannst du mir das vielleicht 'n bißchen genauer erklären?«

»Ich habe nachgedacht. Seitdem wir neulich – in dieser Nacht – du weißt schon – geredet haben. Und bin zu dem Ergebnis gekommen, daß das einzige, was noch zwischen uns steht, mein Schwanz ist.«

»Wow.« Kyra lehnte sich auf der Holzbank zurück und holte Luft. »Wow. Das ist mehr, als ich erwartet hätte.« Sie winkte der Kellnerin. »Haben Sie Champagner da? Die teuerste Flasche, die Sie im Keller haben.«

»Einfach erfrischend sauber fühlen. Einfach den Tag genießen. Ganz einfach mit der seidig weißen Oberfläche der Always-Slipeinlage.«

Doktor Olaf Wössner lehnte sich in dem hochlehnigen, hochledrigen Schreibtischsessel zurück und verzog das Gesicht. Er hatte nie verstanden, warum Robert Konrad sein Büro mit diesem Fernseher verseucht hatte. Ganz am Anfang hatte er ihn einmal darauf angesprochen, aber der Alte hatte nur gelacht, ihm auf die Schulter gehauen und gesagt: »Doktor Olaf, du bist der schnöseligste Schnösel, der mir jemals begegnet ist. Herrlich!«

Mit spitzem Finger zappte Wössner weiter.

»Seine letzten Worte waren: Zu spät. Wir haben zu lange gewartet.«

Der Milchbubi auf dem Bildschirm heulte. Wössner mußte lächeln. Wenn er daran dachte, daß es noch keinen Monat her war, daß er auf der anderen Seite dieses Tisches gesessen und zu dem Alten aufgeblickt hatte –

»Ich weiß nicht, womit ich nicht so lange warten soll.«

Zap.

Probehalber legte Wössner die Beine auf den Tisch und nahm sie gleich wieder herunter. Nicht seine Stellung. Er wischte mit dem Ärmel über die schwarze Holzplatte. Ordnungstechnisch war es ein Glück, daß der Alte keines natürlichen Todes gestorben war.

Entsetzt hielt Wössner inne. Wie konnte er nur so etwas denken. Von Robert. Von Robert Konrad. Er lehnte sich wieder zurück und ließ die bunten Bilder an sich vorbeiflimmern.

Aber es stimmte ja. Hätte die Polizei nicht Konrads Sachen beschlagnahmt, in Kisten gepackt und abtransportiert, säße er sicher noch heute hier und wartete auf den Entrümpler. Schade, daß sie nicht auch den Fernseher und den Videorecorder mitgenommen hatten.

»Noch will Sonja kämpfen. Noch will sie nicht begreifen, daß ihr Traum von der Idylle ins Wanken geraten ist.«

Zap.

Olaf Wössner hatte die falsche Taste gedrückt. Mit elektronischem Surren erwachte der Videorecorder.

»Oh ja. Oh komm, mach weiter. Bitte. Du bist so geil.«

Olaf Wössner erstarrte, als hätte ihm der Tod auf die Schulter geklopft. Was auch beinahe richtig war. Denn das, was dort aus dem Fernseher stöhnte, war unverkennbar die Stimme seines toten Chefs.

»Hups.« Lachend griff Kyra nach Franz, der neben ihr gestolpert war. »Das Licht hier unten ist schon seit Wochen kaputt. Unser Hausmeister hat gerade mal wieder seine depressive Verstimmung. Noch ein Stock, dann wirds heller.«

»*Per aspera ad astra*«, lallte Franz. »Beethoven. Hat auch immer von dunkel nach hell komponiert. – *Freudvoll und leidvoll, gedankenvoll sein* –«

»Pscht.« Kyra boxte ihm in die Rippen. »Hier wohnt die Blockwartin«, flüsterte sie ihm ins Ohr. »Tu mir 'n Gefallen und sing dein Ständchen nachher weiter. Wenn die Alte wach wird, erschießt sie uns beide.«

»– *langen und bangen in schwebender Pein* –«

»Jesus.« Im Schutz der Dunkelheit herzlich, blinzelte Kyra in die Richtung, aus der der windschiefe Bariton kam. »Ich frag mich bloß, von was du dermaßen besoffen bist.«

Zwei Stufen auf einmal nehmend, rannte sie die Treppe hinauf. Sie hätte nie geglaubt, daß es so blendende Laune machen konnte, Dummheiten zu begehen. Auch sie begann zu trällern. Bis sie die Frau sah, die vor ihrer Tür hockte.

> *»Bunten Thrones ewige Aphrodite,*
> *Kind des Zeus, das Fallen stellt, ich beschwör dich,*
> *Nicht mit Herzweh, nicht mit Verzweiflung brich mir,*
> *Herrin, die Seele.«*

Olaf Wössner wußte nicht, wo er hinstarren sollte. Dort, auf dem Bildschirm, saß die Kollegin Jenny Mayer. Die Kollegin Jenny Mayer und las. Saß auf der teuren Ledercouch, genau derselben, die da hinten an der Wand stand, und las. Und hatte ein transparentes weißes Kleid an. Ein transparentes weißes Kleid auf der Ledercouch und las. Und las. Und –

Olaf Wössner ächzte.

Jenny Mayer hatte sich ans Kleid gegriffen. Die Beine gespreizt ans Kleid gegriffen. Und das Kleid – das Kleid – hochgezogen.

»Nein, komm hierher, so du auch früher jemals
Meinen Ruf vernommen und ganz von ferne
Hörtest darauf und ließest des Vaters Haus, das
Goldne, und kamst, den
Wagen im Geschirre —«

Die Blondine ließ das Buch sinken. »Robert, es reicht jetzt. Ich will nicht mehr.«

»Oh, Jenny, du bist so schön, schau her, du siehst doch, was du mit mir angestellt hast, du kannst jetzt nicht einfach aufhören.« Die Stimme des Chefs. Zwar taumelig, schwer, aber unverkennbar die Stimme des Chefs.

Jenny Mayer warf einen genervten Blick knapp an der Kamera vorbei und nahm das Buch wieder hoch.

»— Wagen im Geschirre. Dich zogen schöne
Schnelle Spatzen über der schwarzen Erde,
Flügelschwirrend —«

»Jenny, zeig noch mehr.«

»— ffffflüüügelschwirrrrend, niiiiieder vom
Himmmmel —«

»Ich will mehr von dir sehen. Zeig dich. Mach deine Beine auf.«

»— flügelschwirrend, nieder vom Himmel durch die
Mitte des Äthers —«

»Jaa.«

»Gleich am Ziele. Du aber, Selig-Große,
Lächeltest mit ewigem Antlitz und du

Fragtest, was ich wieder erlitten, was ich
Wiederum riefe —«

»Machs dir mit der Hand.«

Gereizte Pause. Jenny Mayer blickte abermals an der Kamera vorbei. »Robert, ich hab genug. Auf diese ganze Schnapsidee hat dich doch nur diese kleine Schlampe gebracht. Dann soll sie doch hier hocken, diesen Quatsch rezitieren und an sich rumfummeln.«

»Jenny, ich will *dich* sehen.« Heiser. »Du machst mich wahnsinnig. Keine andere macht mich so an wie du.«

»Und warum schlafen wir dann nicht einfach wie zwei normale Menschen miteinander?«

»Wenn du dich sehen könntest, es ist einfach —« Der restliche Satz verstöhnte. Schweres Luftholen. »— es ist so geil.«

»Aber nur dieses eine Mal. Verstanden? In Zukunft machen wirs wieder normal.« Jenny Mayer nahm das Buch in die linke Hand und faßte sich halbherzig zwischen die Beine.

»— und du — und du
Fragtest, was ich wieder erlitten, was ich
Wiederum riefe —«

»Ja, reib dich, streichle dich, ich will sehen, wie du naß wirst.«

»Was ich maßlos wünschte, daß mir geschähe,
Rasend in der Seele. ›Ja, wen soll Peitho
Deinem Liebeswerben verführen, wer, o
Sappho, verschmäht dich?‹«

»Geh mit dem Finger in dich rein. Ja. Tiefer.«

»Ist sie heut noch flüchtig, wie bald schon folgt sie,
Ist sie Gaben abhold, sie selbst wird geben,
Ist sie heut noch lieblos, wie bald schon liebt sie,
Auch wenn sie nicht will.‹«

»Meine Göttin, was machst du mit mir?« Tiefer Tremor.

»Komm zu mir auch jetzt; aus Beschwernis lös
                                          mich,
Aus der Wirrnis; was nach Erfüllung ruft in
Meiner Seele Sehnen, erfüll. Du selber
Hilf mir im Kampfe.«

»Ja – ja – ja – aaah – ich –«
   Olaf Wössner stieß einen erstickten Schrei aus. Mit
beiden Händen faßte er sich in die Hosenmitte.

»Freudvoll und leidvoll, gedankenvoll sein,
Langen und bangen in schwebender Pein,
Himmelhoch jauchzend, zum Tode betrübt,
Glücklich allein ist die Seele, die –«

Das Lied erstarb Franz auf den Lippen. Ratlos starrte er
die junge Frau an, die vor Kyras Tür hockte und ihn dreist
angrinste.
   Kyra fand als erste die Sprache wieder. »Scheiße«,
fauchte sie, »was machst du denn hier?«
   »Is das dein Macker?« Isabelle Konrad verzog die
Mundwinkel. »Also 'n bißchen mehr Geschmack hätt ich
dir ja schon zugetraut.«
   »Kleine. Paß auf.« Kyra packte die Konrad-Tochter an
ihrem Lederjackenkragen und riß sie in die Höhe. »Du
hast zwei Möglichkeiten. Entweder, ich werf dich gleich

die Treppe runter, oder du sagst mir vorher noch in zehn Worten, was du willst.«

»Ist da oben bald Ruhe«, schallte die Stimme der Blockwartin durchs Treppenhaus. »Ich rufe die Polizei.«

Auch wenn ihr äußerlich nichts anzusehen war, spürte Kyra, wie sich die Grüne verkrampfte. Sie ließ sie los. »Hast du wieder Ärger mit den Bullen?«

Isabelle zupfte beleidigt an ihrer Lederjacke. »Ich will mit dir allein reden. Ich hab dir was zu erzählen. – Ich bin sicher, daß du heiß drauf bist«, schob sie hinterher, als Kyra nicht antwortete.

Kyra dachte eine halbe Sekunde nach. Und sie mußte nicht weiter überlegen, wie sie es am besten sagte, denn Franz hatte sich bereits auf dem Absatz umgedreht.

»Franz, hör zu!«

Aber Franz hörte nicht zu, er rannte die Treppe hinunter.

Kyra stieß die Luft aus. »Scheiße.« Sie blitzte die Grüne an. »Machst du eigentlich auch mal was anderes als Ärger?«

Fluchend hängte sie sich übers Treppengeländer. »Franz, verdammt, Franz«, rief sie und rannte einige Stufen hinterher. »Franz, sei nicht albern!«

Sie hörte, wie die Haustür knarzend ins Schloß sank.

Es war eine eigenwillige Nacht. Still und voll fiebriger Unruhe zugleich. Gustav Eisenrath streifte sich die graukarierte Schiebermütze vom Kopf und legte den Kopf in den Nacken. Eine leichte Brise strich über seine Glatze. Nicht unangenehm. In irgendeinem Theaterstück – welches, fiel ihm nicht mehr ein – sagte jemand, daß der Mond wie eine tote Frau aussähe. Wie eine tote Frau, die von irgendwoher aufstieg. Er lehnte sich an die Ufermauer.

Es war kein gutes Zeichen, daß er in letzter Zeit so viel an den Tod dachte. In früheren Jahren hatte er sich bei der Arbeit immer so sicher wie der Stein gefühlt, der am Schluß stehenblieb und sich Skulptur nannte. Doch seitdem er an dem Zeit-Gewalt-Zyklus arbeitete, fühlte er sich wie die Steinbrocken, die vom Granitblock abgeschlagen und am Abend aus dem Atelier gefegt wurden. Dachte er falsch? War in diesem Fall das Weggeschlagene das eigentliche Werk und nicht das Stehengelassene?

Er schaute seinem langen roten Seidenschal zu, wie er in der nächtlichen Brise wehte. Eine Wunde im schwarzen Fleisch der Nacht. Manchmal bedauerte er es, kein Dichter geworden zu sein.

Er blinzelte. Irgend etwas hatte weiß aus dem schwarzen Wasser hervorgeblinkt. Dort noch einmal. Jetzt war es wieder weg. Sicher nur ein Fisch, der sich in die Spree verirrt hatte. Der sich in die Spree verirrt und dem die Spree den Magen umgedreht hatte.

Gustav Eisenrath schüttelte sich und setzte seine Mütze wieder auf. Es schlug Mitternacht. Ein fast schon beklemmendes Gefühl der Feierlichkeit beschlich ihn, als er die Brücke zum Pergamon-Museum betrat. Als sei es selbst und nicht erst der Altar das Heiligtum, lag das monumentale Steingebäude im Mondlicht. Präfaschistischer Größenwahn. Er war verrückt, daß er hergekommen war. Aber die Kleine heute nachmittag hatte ihn auf unheimliche Weise durchschaut. Fast kam es ihm vor, als habe sie mehr über seine Arbeit gewußt als er selbst. War sie am Ende die Muse, deren Kuß er so lange vermißt hatte?

Im rechten Flügel des Hufeisenbaus entdeckte er den Seiteneingang, den sie ihm beschrieben hatte. Hundertmal schon war er über den Platz gegangen, und noch nie war ihm der Seiteneingang aufgefallen. Der Mensch war so ein

*jämmerlicher Beobachter. Vorsichtig klopfte er gegen die
Tür. Sie gab seinem Druck nach.*

»Hallo«, rief er leise ins Schwarz hinein, »hallo?«

*Niemand antwortete. Allmählich begann er, Konturen
zu erkennen. Ein Treppenaufgang. Eine Tür. Er rief noch
einmal. Nichts. Die Kleine hatte ihn nur auf den Arm
genommen. Von Anfang an hatte er gewußt, daß sie es nicht
ernst meinte. Sie war gar nicht imstande, ihn nachts zum
Altar zu bringen. Sein Herz hatte sich schon zum Gehen
gewandt, als er vor seinen Füßen das Ende eines Fadens
entdeckte. Eines roten Fadens, der die Treppe hinauf und
mitten in die Dunkelheit hineinführte.*

»Also. Was ist los?« Kyra knallte ihre Lederjacke auf einen
Bügel.

Isabelle Konrad blieb im Rücheneingang stehen. »Willst
du mir nicht erst mal 'n Bier anbieten?«

»Die Bullen sind wieder hinter dir her«, stellte Kyra fest,
während sie zum Kühlschrank ging und zwei Flaschen Bier
herausholte.

'n ziemlich geilen Hintern hast du.

»Was ist?« Kyra drehte sich fassungslos um.

Die Grüne lehnte am Türrahmen. »Ich hab nix gesagt.«
Sie grinste freundlich. »Kann es sein, daß du schon ne
ganze Menge intus hast?«

Kyra fuhr sich übers Gesicht. »Mädchen, mach mich
nicht wahnsinnig. Es gibt ein Spiel, auf das ich jetzt überhaupt keine Lust habe, und das heißt: *Mal-sehen-wie-
lange-die-Alte-braucht-mir-die-Würmer-aus-der-Nase-
zu-ziehen.* Also, was ist los?«

Isabelle schnappte Kyra eine der beiden Bierflaschen aus
der Hand und setzte sich auf den Küchentisch. Sie ließ die
Beine baumeln. »Heut abend war schon wieder so 'n Bulle
in der Villa.«

»Und?«

»Mann, da bin ich eben getürmt. Hatte keinen Bock, daß
der mir schon wieder auf die Eier geht.« Mit einem gezielten
Schlag öffnete sie die Bierflasche an der Tischkante.

Kyra ging mit ihrem Gesicht ganz nah an das Gesicht
der anderen heran. »So. Und das ist der Grund, weswegen
du mitten in der Nacht vor meiner Tür hockst und mir *auf
die Eier* gehst.«

»Ich dachte, du freust dich vielleicht, mich zu sehen.«
Isabelle nahm Kyra die zweite Flasche aus der Hand, he-
belte auch ihr den Kronkorken weg und gab sie Kyra zurück. »Prost.«

Kyra war nicht sicher, wen sie lieber geschlagen hätte,
die Grüne oder sich. »Zisch ab!«

»Du hättst mich ja nich reinlassen brauchen.«

»Jeder macht mal Fehler.«

»Du kannst mich doch nich einfach wieder rauswer-
fen.« Arme-kleine-Waisen-Nummer. »Wenn du mich bei
dir pennen läßt, sag ich dir, was der Bulle von mir wollte.«
Arme-kleine-Lolita-Nummer.

Kyra holte tief Luft. Auf halber Strecke überlegte sie es
sich anders. »Okay. – Was wollte der Bulle?«

»Wolln wir nich erst mal in 'n anderes Zimmer gehen,
wo wirs uns 'n bißchen gemütlicher machen können?«

*Der rote Faden hatte ihn sicher geführt. Durch die Dunkel-
heit hindurch, an geschlossenen Türen vorbei, Treppen
hinauf, ins Museum hinein, an der Löwenwand entlang –
Babylonischer Kachelkitsch, unter dem Mantel der Nacht
sah man wenigstens das entsetzliche Blau nicht –, zwischen
schlafenden Skulpturen hindurch, am großen Tor von Mi-
let vorbei, bis in den Pergamon-Saal hinein. Mondlicht fiel
durch das gläserne Dach.*

Gustav Eisenrath blieb stehen. Sein Herz, das die ganze

Zeit schon heftig geklopft hatte, galoppierte davon. Was er in der Dunkelheit sah, schemenhaft zwar, aber deshalb um so deutlicher, war nicht länger Stein, erstarrter Augenblick, sondern echte Schlacht. Schlangen züngelten ihm entgegen, eine Göttin mit Schlangen im Haar rauschte an ihm vorbei, Todesschweiß glänzte auf den Körpern, ein Gigant kämpfte mit seinen Eingeweiden, sein Leib war aufgeplatzt wie eine überreife Frucht, dem Löwen hing ein Arm aus dem Maul, eine Göttin setzte ihren Fuß auf einen Schädel, der Schädel knackte, in schwere Stücke brach das Haupt.

Ohne daß er selbst es gemerkt hatte, hatte es Gustav Eisenrath weiter in den Saal hineingezogen, dorthin, wo sich das marmorne Hufeisen für den Betrachter öffnete. Und jetzt erst sah er, daß die Figuren nicht allein im Mondlicht tanzten. Oben, auf der höchsten Stufe der Freitreppe, die zum Altarhof hinaufführte, brannten zwei Dreifüße. Ihre flackernden Schatten waren es, die die Schlacht erneut entfacht hatten. Obwohl. Gustav Eisenrath blinzelte.

Vielleicht war es auch die Göttin, die zwischen den Säulen hindurch aus dem Altarhof geschritten kam.

»So. Der Bulle wollte also erst ein Photo von deinem Vater, und dann hast du gesehen, wie er in euren alten Ferienalben rumgewühlt hat. Und dann bist du getürmt.«

Kyra hatte sich auf dem Sofa ausgestreckt, die Grüne hockte am Boden. Sie hatte die Beine hochgezogen und das Kinn zwischen die Knie geklemmt. Laubfrosch auf halbem Weg zum Bernhardiner.

»Fändest dus klasse, wenn so 'n Bulle in deinem Family-Kram rumschnüffelt?« Isabelle trank Bier. Stülpte die Schnute um den Flaschenhals. »Da sind so 'n paar Aufnahmen dabei, die mein Alter von mir gemacht hat – da hatt ich einfach keinen Bock, mit dem Bullen drüber zu diskutieren.«

Kyra nahm die Beine vom Sofa und beugte sich vor. »Mädchen, hör mal zu, ich laß mich nich länger verarschen. Red endlich Klartext.«

»Wo du grad verarschen sagst, da fällt mir ein: Meine Exmitwohni hat mir der Tage so ne ganz merkwürdige Geschichte erzählt. Von wegen, daß da ne Frau bei ihr war, die gemeint hat, sie hätte mit mir zusammen in der Hafenstraße gelebt. Und die versucht hat, sie auszuquetschen über mich.« Die Grüne stützte beide Arme nach hinten und grinste Kyra breit an.

»Der Bulle hat also Photos von dir gefunden, die dein Alter gemacht hat.«

»Sag mal, bist du eigentlich so stinkig, weil ich dir die Nacht mit dem Kerl da versaut hab?« Die Grüne kitzelte den Flaschenhals.

»Und was sieht man auf diesen Photos?«

»Glaub mir, es ist echt nicht schad drum. Die Nacht mit dem wär eh Scheiße geworden.«

Kyra stellte ihr Bier weg. »Soll ich dir was sagen? Ich glaub dir kein Wort von der Komödie, die du mir damals erzählt hast, von wegen, daß deine Mutter sich das alles nur eingebildet hat mit deinem Vater und dir. Gibs zu. Dein Vater hat dich gebumst.«

»Hast dus schon mal mit ner Frau gemacht?« Die Grüne schaute Kyra spöttisch an.

»Wie alt bist du? Zweiundzwanzig? Dreiundzwanzig?« Kyra lachte gemein. »Das kleine Mädchen ist groß geworden. Groß genug, um sich von Papi keine Angst mehr einjagen zu lassen. Groß genug, um sich endlich für all das zu rächen, was er ihr angetan hat.«

Isabelle Konrad stand langsam auf. »Gibs zu, das mit dem Kerl ist alles nur Theater. Du stehst eigentlich auf Frauen.«

»Hast du deinen Papi aus Moskau angerufen und gesagt: ›Hi Daddy, hier ist dein Kleines. Sag mir doch Bescheid, wenn Mami mal wieder 'n Wochenende weg ist. Dann komm ich nach Berlin, und wir feiern so richtig schön Versöhnung. Nur wir zwei allein. Ja?‹ Wars so?«

Isabelle Konrad blieb kurz vor Kyra stehen. Blickte sie an. Und sagte nichts.

»Und dann, dann hast du mit deinem Papi auf dem Sofa gesessen, und er hat sich gefreut, wie groß seine Kleine geworden ist. Und wer weiß, vielleicht hattest du ja wirklich vor, dich mit ihm zu versöhnen, aber dann, nach der ersten Flasche, hat er wieder angefangen, an dir rumzufummeln, und da ist die ganze alte Scheiße hochgekommen, und du –«

Weiter kam Kyra nicht. Isabelle Konrad hatte sich auf sie gestürzt.

Er rieb sich die Augen. Mühsam, als habe sein Hirn plötzlich mehrere Windungen zuviel, versuchte er sich klarzumachen, daß die Figur da oben zwar weiß wie Marmor war und auch ein weißes, ärmelloses Gewand trug, aber dennoch keine der Figuren aus dem Fries sein konnte. Feuerschein hin oder her, Friesfiguren verließen nicht mitten in der Nacht ihre Wand, um auf Altartreppen zu tanzen.

»Hallo, sind Sie das?«

Sie antwortete nicht. Er konnte beim besten Willen nicht sagen, ob es dieselbe Frau war, die ihn heute nachmittag angesprochen hatte. Er hätte ihr Gesicht nicht beschreiben können.

Mit ruhigem Lächeln machte sie einige Tanzschritte die Treppenstufen hinab, hob einen perfekten weißen Arm, faßte sich an die linke Schulter und löste einen Teil ihres Gewands.

»Das – das mit dem Faden war eine gute Idee«, stammelte er, »ich habe den Weg auf Anhieb gefunden.«

Und wenn sie nun doch eine Göttin war? Keine zum Leben erwachte Skulptur, sondern eine richtige Göttin? Prinzipiell war er mystischen Dingen gegenüber nicht abgeneigt, er hielt es für möglich, daß es Götter gab und daß sie sich ab und zu einem Menschen zeigten.

»Wollen Sie mir nicht sagen, wie Sie heißen?«

Sie lächelte und drehte sich um. Etwas Weißes flog von ihr auf, flatterte direkt auf ihn zu und legte sich über seinen Kopf. Er schrie.

Das Ding vor seinem Gesicht bewegte sich sanft. Er blies dagegen. Materie, eindeutig Materie, echter Stoff, genaugenommen sehr feiner, durchsichtiger Stoff. Er griff nach dem Ding und zog es sich vom Kopf. Ein Schleier. Ein dünner weißer Schleier.

Sie war einige Treppenstufen nähergekommen. Kaum noch bekleidet.

Hell wie Morgenröte zog das Begreifen über sein Gesicht. Sie tanzte für ihn. Sie tanzte für ihn und zog sich aus. Nichts Böses wollte sie ihm.

Den nächsten Schleier, der in seine Richtung flog, fing er auf. Sie machte ihm Gesten. Gesten mit beiden Armen. Was wollte sie? Sollte er ihr beim Ausziehen helfen? Er betrat die steile Treppe, auf der es nur Göttinnen gelang, sich anmutig zu bewegen.

Nein? Wollte sie nicht, daß er ihr half? Mit nacktem, weißem Arm deutete sie auf eine Stufe in der Mitte der Treppe. Er setzte sich. Lächelnd schritt sie ihm entgegen. Ein merkwürdiges Lächeln war es, daß sie ihm da zeigte. Starr. Aber das allein war es nicht. Es kam von den Augen. Mit sanftem Schauer erkannte er, daß ihre Augen gelb waren. Schwefelgelb. War sie doch eine feindliche Göttin?

Mit beiden Händen schnappte er nach der nächsten Chiffonwolke, die auf ihn zu schwebte. Es war ihm egal. Solange sie ihn mit ihren Schleiern bewarf und immer mehr von ihrer köstlichen Haut offenbarte, sollte sie sein, was immer sie wollte.

Sein Herz klopfte. Immer nackter kam sie immer näher auf ihn zu. Er vergaß zu atmen. Alles, was sie noch anhatte, war ein dünnes weißes Unterkleidchen. Ein Nichts. Und auch dieses Nichts faßte sie noch am Saum, schob es nach oben, und – und – und – im selben Moment, in dem ihn das unbedeckte Weiß ihres Venushügels blendete, sah er den Dolch an ihrem Oberschenkel.

»Ja, ich habs mit meinem Vater getrieben.« Isabelle Konrads Stimme zischte in Kyras Ohr. »Macht dich das an? Brauchst du so ne Geschichten, um heiß zu werden? Was willst du hören? Ich kann dir ne Menge Geschichten erzählen.«

Kyra versuchte, sich aus dem Schwitzkasten zu befreien. »Isabelle, es tut mir leid, ich wollte dich nicht –«

Isabelle richtete sich lächelnd auf, ohne Kyra aus der Oberschenkelzange zu entlassen. »Nee, nee. Ist absolut in Ordnung. Ich steh da nämlich auch drauf.« Sie näherte ihr Gesicht wieder Kyras. Mit der Zunge leckte sie ihr eine Strähne aus der Stirn. »Soll ich dir erzählen, wie wirs im Urlaub getrieben haben, da, wo mein Vater die Photos gemacht hat?« Ihre Schenkel ruckten. »Soll ich?«

»Nein.«

»Wir haben Mami Tempel gucken geschickt. Und haben uns selbst hinter ne Säule verdrückt. Du glaubst gar nicht, wie dick diese Säulen sind. Da können zwei Menschen ne Menge treiben, ohne daß jemand was sieht. Ich hatte nur so 'n kurzes Sommerkleidchen an. Und nix drunter. Hab ich immer so gemacht, damit –«

»Isabelle, hör auf.« Kyra versuchte, den Lippen auszuweichen, die zwischen den Sätzen auf ihr Gesicht und ihren Hals herniederfuhren.

»Die Geschichte fängt doch gerade erst an. Wo war ich stehengeblieben? Ich hatte nie was drunter, damit wirs leichter hatten.« Knopf für Knopf öffnete sie Kyras Jeans.

Er lag auf dem Rücken wie ein Käfer, bedeckt von ihren weißen Schleiern, zuoberst das Unterkleid, das sie als letztes über ihn geworfen hatte, und wußte nicht, ob schreien vor Angst oder Lust. Drei Stufen über ihm faßte sie sich ans Strumpfband und zog das Messer heraus, ließ das Messer blitzen im Feuerschein, er schrie, ob vor Angst oder Lust, war in der letzten Stunde egal. Er schloß die Augen. Ein Ruck am Kopf sagte ihm, daß es jede Sekunde vorbei war. Und obwohl er am ganzen Leib zitterte, zwang er sich, die Augen noch einmal zu öffnen. Hinschauen war Künstlerpflicht, Hinschauen bis zum Schluß.

Nackt stand sie vor ihm, hielt das Messer in der Rechten, und in der Linken – in der Linken hielt sie ein Büschel weißer Haare. Sie legte die dünne Locke auf ihre Handfläche und pustete sie fort.

Es war das herrlichste Begreifen seines Lebens. Fast hätte er vor Erleichterung gelacht. Haareabschneiden. Sie wollte nur spielen. Spielen wollte sie mit ihm, nichts als unschuldige Kinderspiele treiben. Nun lachte er wirklich.

Und lachte, als sie neben ihm niederkniete und ihm die Schuhe auszog.

Und lachte, als sie ein paar goldene Handschellen aus dem Nichts hervorzog und ihm die Knöchel aneinanderkettete.

Und lachte, als sie ihn aufrecht setzte und mit einem zweiten Paar Handschellen seine Hände im Rücken fesselte.

»Ja, was seh ich denn da?« Mit gespielter Entrüstung starrte Isabelle auf Kyras offene Jeans. »Wo hat denn meine Kleine ihr Unterhöschen gelassen?«

»Isabelle, es reicht.« Eine sonderbare Schwere hatte sich in Kyras Gliedern breitgemacht. Sie schloß die Augen. Sie konnte einfach nicht glauben, daß sie scharf auf das war, was die Kleine mit ihr vorhatte. Trotzdem fühlte sie sich außerstande, einen einzigen Finger zu rühren. Hatte ihr die Grüne K.o.-Tropfen ins Bier gekippt?

»Tststs. So eine kleine Sau. Läuft einfach ohne Unterhose rum.«

»Isabelle, bitte«, flehte sie.

»*Isabelle, bitte*«, wurde sie nachgeäfft.

»Ich fühl mich nicht gut. Bitte. Mir ist schwindlig.«

»Pah! Schwindlig! Sag mir lieber, was man mit einem Mädchen machen soll, das am hellichten Tag ohne Unterhose herumläuft?« Die Grüne packte Kyra an den Schultern und schüttelte sie. »He? Sag mir das!«

»Laß mich los«, hörte sie sich antworten. Aber selbst in ihren Ohren klang es nicht überzeugend.

Isabelle zog ihr die Jeans mit einem Ruck in die Knie. »Wollen wir doch mal sehen, ob meine Kleine sich wenigstens ordentlich gewaschen hat.«

Kyra spürte, wie sich ihre Nackenhaare sträubten. Sie war im falschen Film. Definitiv im falschen Film. *Aufhören.* In Zeitlupe hob sie ihre Hände und legte sie um den schmalen Hals mit dem Lederband. Die Bilder wurden langsamer und langsamer, bis sie zum völligen Stillstand kamen. Sie konnte ihre Finger nicht weiter bewegen. Sie konnte nicht zudrücken. Ihre Finger waren eingefroren. Eingefroren wie der ganze Film. Von irgendwoher hörte sie ein Lachen.

Es dauerte eine Weile, bis sie bemerkte, daß die Bilder um sie herum sich wieder bewegten. Erst langsam zwar, aber dann immer schneller, wie ein anfahrender Zug. Es dauerte eine zweite Weile, bis sie begriff, daß der Film ohne sie weiterlief. Er hatte sie abgeworfen, und sie konnte nichts machen außer daliegen und zusehen.

Reizend war sie. Absolut reizend. Wie sie sich auf ihn setzte, ihm den Rücken zuwandte und – ja, oh ja – seinen Reißverschluß öffnete. Er fühlte sich wie ein Gigant. Wie einer der Giganten ringsum an den Wänden. Auch ihm war plötzlich ein Schlangenbein gewachsen, ein Schlangenbein, das mächtig aus der Hose züngelte.

Sie saß so auf ihm, daß er nicht sehen konnte, was sie mit ihm machte. Dafür konnte er um so deutlicher spüren, daß es etwas absolut Phantastisches war, etwas, das noch niemand mit ihm gemacht hatte. Es war kein Streicheln, kein Reiben, eher schon ein Ziehen. Sie schlug ihn nicht, sie leckte ihn nicht, sie drückte ihn nicht, es war irgend etwas, das tiefer ging. Seine betäubten Sinne waren sogar bereit, ihm vorzugaukeln, daß sie etwas in ihm machte. Zu gern hätte er gewußt, was es war, aber seufzend gestand er sich ein, daß die Blindheit den Genuß erhöhte.

Die Frau auf dem Sofa stöhnte leise.

»Hab ichs doch gewußt, daß dir das gefällt. Du kleine Lügnerin.«

Kyra konnte ein Lachen nicht unterdrücken.

Die Frau auf der Frau auf dem Sofa lachte mit. »Gibts irgendwas, das du besonders magst?«

Kyra mußte heftiger lachen. Es sah unendlich komisch aus. Wie die Frau mit den grünen Haaren auf der Frau auf dem Sofa herumkroch. Wie sie mit ihrer gepiercten Zunge in ihrem Bauchnabel herumfuhr. Wie sie ihre Finger zwischen den Beinen der Frau wispern ließ. Wie die Frau, der die Jeans in den Kniekehlen hingen, versuchte, ihre Beine weiter zu öffnen. Wie die Frau mit den grünen Haaren tiefer rutschte. Wie sich die grünen Haarbüschel mit den schwarzen Haarbüscheln mischten. Wie sich die Frau auf dem Sofa aufbäumte.

Er stieß einen unterdrückten Schrei aus. Sie hatte ihn in den Schwanz gezwickt. Nein. Gestochen hatte sie ihn. Mitten in den Schwanz gestochen. Und obwohl es nicht wirklich sein konnte, hatte er wie zuvor schon dieses merkwürdige Gefühl gehabt, daß sie etwas in ihm gemacht hatte. Nur daß es diesmal nicht angenehm gewesen war.

Er hob den Kopf. So, wie sie auf ihm saß, vermochte er nicht, an ihr vorbeizuschauen, aber den Bewegungen ihrer Arme und Schultern nach hantierte sie mit irgend etwas herum. Mit etwas langem Dünnen, das er in dem flakkernden Halblicht nicht recht erkennen konnte.

Au! Jetzt hatte sie ihn wieder gestochen. Heftiger. Und diesmal hatte er es ganz deutlich gespürt. Es war kein Stich von außen in die Haut gewesen. Sondern tief in ihm drinnen hatte es gestochen.

»Was machen Sie da! Ich will wissen, was Sie da machen!« Seine Stimme war noch rauh vor Lust.

Ohne mit dem Schulterblatt zu zucken, machte sie weiter mit dem, was sie tat. Was immer es war. Er bäumte sich auf, versuchte sie abzuschütteln, aber sie saß fester, als er jemals geglaubt hätte.

»Nehmen Sie mir die Handschellen ab! Nehmen Sie mir sofort die Handschellen ab!«

Ein neues, eigenartiges Gefühl ließ ihn innehalten. Etwas geschah mit ihm. Als ob er sich auflöste. Als ob er zerfloß. Als ob – seine Gedanken verstummten vor Peinlichkeit.

»Hören Sie auf, Sie sind ja pervers, hören Sie auf!« Nun war es Entsetzen, das seine Stimme heiser machte. »Ich will das nicht! Hören Sie! Nehmen Sie das sofort wieder raus!«

Immer weiter floß er aus. Sie drückte auf seinen Unterleib. Drückte auf seinen Unterleib, als wolle sie den letzten Tropfen mit Gewalt aus ihm herauspressen. Er leistete Widerstand, versuchte sich zu sperren, spannte sämtliche Muskeln an, die er im Unterleib zu haben glaubte. Alles umsonst. In *seinem ganzen Leben hatte er sich nicht so hilflos gefühlt. Nicht, als er als Kind vom Baum gestürzt war und keuchend am Boden gelegen hatte, nicht, als er in Istanbul am Hafen von zwei Männern überfallen worden war, nicht, als er mit Gallensteinen im Krankenhaus gelegen hatte.*

Etwas klatschte unter ihm auf die Stufen. Etwas prall Gefülltes. Ein prall gefüllter Beutel. Er weinte leise vor Scham. »Warum tun Sie das mit mir? Warum tun Sie das? Oh mein Gott, hören Sie doch auf.«

Sie hörte nicht auf. Sie fing erst an. Angst schnürte ihm die Kehle zu. Er strampelte mit den Beinen, versuchte, sich abermals aufzurichten, aber ihr Fliegengewicht hielt ihn mit wundersamer Kraft zu Boden gedrückt. Die scharfe Kante der Marmorstufe schnitt ihm in die Arme, die in seinem Rücken gefesselt waren. Er hielt den Atem an und lauschte in sich hinein. Etwas Neues geschah mit ihm. Wieder war es ein Fließen, aber diesmal ging es in die umgekehrte Richtung, etwas wurde in ihn hineingepreßt. Ihm wurde heiß und kalt zugleich.

»Was ist das«, *flüsterte er erstickt.* »Was ist das?«

Seine zu Tode verängstigten Sinne sagten: Benzin. Schweiß strömte ihm übers Gesicht. Er bekam Schüttelfrost. Benzin. Es konnte nicht sein. Benzin konnte nicht sein. Es war, als ob ein Eisklotz in seinem Unterleib wüchse, ein riesiger Eisklotz, der immer weiter wuchs und wuchs, bis er ihn aufreißen würde.

»Bitte, lassen Sie mich doch frei.« *Seine Stimme gurgelte vor Tränen.*

Der Eisklotz erwärmte sich, wurde heiß, wurde ätzend, als hätte er es sich anders überlegt und wolle ihn nicht zerreißen, sondern sich langsam nach außen durch sein Fleisch fressen.

»Bitte!« *Jede Faser seines Körpers flehte um Ohnmacht. Unberührt, als sei sie aus Stein, arbeitete sie weiter.*

Längst spürte er nichts mehr von ihren Händen, der Schmerz, den sie ihm zugefügt hatten, war so grell, daß er ihre eigene Berührung auslöschte.

Er öffnete ein letztes Mal den Mund.

»Gnade«, flüsterte er. »Gnade.« Ein Wort, das zu benutzen er sich sein Leben lang gescheut hatte. »Gnade«, hauchte er immer wieder, »Gnade, Gnade«, als könne das Wort, weil es so jungfräulich über seine schmerzverklebten Lippen kroch, das Zauberwort sein. Er verstummte, als er das Streichholz fauchen hörte.

»Du mußt mir sagen, wie dus magst.«

Die Frau auf dem Sofa hechelte angestrengt. Sie lallte albernes Zeug wie »Ja, ja« und »Hier, nein da«.

Kyra grinste. Wer immer diesen Film inszeniert hatte, war ein schlechter Regisseur. Die Frau auf dem Sofa lag da wie tot, und die Frau mit den grünen Haaren rackerte herum wie ein Heinzelweibchen, das bis zum Sonnenaufgang alles geschrubbt und poliert haben mußte.

– *Come on, babe, du könntest es der Kleinen auch ein bißchen leichter machen.*

Kyra griff in ihre imaginäre Popcorntüte. Einen guten Sitzplatz hatte sie erwischt, in ihrem privaten Pornokino. Mit skeptischem Kauen verfolgte sie, wie das Heinzelweibchen abermals abtauchte, um feucht zu wischen.

– *Hey, Kleine, siehst du nicht, daß das nicht funktioniert? So kriegste die Tante nie geknackt.*

Kyra lachte, als die Frau mit den grünen Haaren atemlos innehielt, sich eine Strähne aus dem Gesicht blies und »Mann, du bist vielleicht ne harte Nummer« stöhnte.

– *Das kann man ja nicht mitansehen, Mädels. Go, go, go!*

Gerade als Kyra ausholte, um eine Handvoll Popcorn auf die Leinwand zu werfen, geschah etwas. Nicht nur mit der Frau auf dem Sofa, sondern mit ihr, in ihrem Kinosessel. Alles um sie herum begann zu vibrieren. Sie zitterte. Und klammerte sich an die Armlehnen ihres Sessels, doch der Sessel löste sich unter ihr auf. Es war, als würde sie in ein schwarzes Loch hineingezogen. Der Film holte sie zurück. Riß sie von dort weg, wo sie ausgestiegen war. Jeder Zentimeter, den sie betrachtet hatte, raste noch einmal an ihr vorbei. Lichtgeschwindigkeit. Es rüttelte an ihr, als wolle es sie zerreißen. Kyra machte die Augen zu und schrie.

Die Fackel hatte nur kurz gebrannt. Zu schnell waren die Flammen an dem benzingetränkten Docht emporgeklettert, und im selben Moment, in dem sie sich über ihn gebeugt und das Messer an seine Kehle gesetzt hatte, war er explodiert. Erschreckt war sie zurückgefahren, doch nun, nachdem sich die Flammen, die hoch in den Raum aufgeschossen waren, beruhigt hatten, kam sie wieder näher. Unten brannte er immer noch. Oben blutete er. Es war wunderbar. Das Wunderbarste, was sie je gesehen hatte.

> *Purpurn flackert Mund und Züge*
> *In verfallnem Zimmer kühl,*
> *Scheint nur Lachen, golden Spiel,*
> *Daß ein Sturm dies Haupt zerschlüge.*

Sie setzte das Messer noch einmal an. Mehr Blut mußte die weißen Treppenstufen hinunterfließen. Ströme von Blut.

Sie lachte und sang. Der rote Fluß, der seinem Hals entsprang, wurde breiter und breiter, Nil, Euphrat, Tigris, tausend Flammen leckten aus seinem Unterleib. Sie drehte sich wie ein Kreisel. Tanzte auf den marmornen Stufen, wie die Schatten auf ihrem marmornen Leib tanzten.

Flammen, Flüche
Und die dunklen
Spiele der Wollust,
Stürmt den Himmel
Ein versteinertes Haupt.

Sie warf den Kopf in den Nacken und schaute hin zu den Göttern, die rings von den Rängen dem Blut-und-Feuer-Werk Beifall spendeten. Die Götter waren stolz auf sie, sie hatte die Tat vollbracht. Sie – die einzige. Mit Tränen der Freude und des Stolzes in den schwefelgelben Augen verneigte sie sich vor ihrem hohen Publikum. Sie eilte zu der Athene an der Stirnseite des Saals und küßte ihr die Füße. Athene war groß, Athene war unüberwindlich, und Nike hieß ihr Sieg. Sie tanzte und küßte Athene die Füße und tanzte und küßte, bis die Flammen endgültig erloschen waren.

Dann hob sie das Messer, setzte es an und schnitt immer im Kreis herum zwischen den Wirbeln hindurch den Kopf von den schmauchenden Resten. Und lachte, als der Kopf die Stufen hinunterrollte, auf denen ihre nackten Füße getanzt hatten.

· · ·

»Hey, wach auf. Da ist wer an der Tür.«

Kyra brummte und versuchte sich das Kopfkissen über die Ohren zu ziehen. Was daran scheiterte, daß es weit und breit kein Kopfkissen gab.

Der Kobold rüttelte heftiger an ihr. »Verdammt, werd endlich wach. Da ist wer an der Tür.«

»Mmh.« Bloß nicht den Mund aufmachen. Wenn sie den Mund hielt, gelang es ihr vielleicht, den Kobold davon zu überzeugen, daß sie noch schlief.

»Die haben schon zweimal geklingelt.«

»Mmh.«

»Scheiße, Mann. Komm endlich hoch.« Der Kobold wurde langsam hysterisch. Kyra spürte, wie er an ihrem Arm zerrte. Mit dumpfem Geräusch fiel sie vom Sofa.

»Au Scheiße.« Sie machte die Augen auf und schnell wieder zu. Froschgrüne Haare auf leeren Magen. Ein Anblick, der einem den Tag verderben konnte. *Wawuschel*. Ausgerechnet jetzt fiel es ihr ein. *Wawuschel* hießen diese Kobolde mit den grünen Haaren. *Wuschel* und *Wischel*.

»*Wischel*«, brummte sie. »Du nervst.«

»Was? Was hast du gesagt?«

»Vergiß es. Schlaf weiter.«

»Mann, und wenn das die Bullen sind?« Das Wawuschel stieß ihr in die Rippen. »Wenn das die Bullen sind, mußt du denen sagen, daß ich nicht hier bin. Hörst du?«

»Mhm.« Kyra versuchte, sich mit geschlossenen Augen aus der Trittlinie hinaus und zurück aufs Sofa zu manövrieren. Sie hoffte, daß sie wieder eingeschlafen war, bevor sie möglicherweise anfing, sich an das zu erinnern, was letzte Nacht hier geschehen war.

»Aufmachen, Polizei!«

»Scheiße. Ich habs doch gesagt, ich habs doch gesagt.« Das Wawuschel quiekte vor Panik.

»Die werden schon nicht die Tür eintreten.« Den halben Weg aufs Sofa hatte sie bereits geschafft. So kurz vorm Ziel ließ sich eine halbschlafende Kyra durch nichts mehr aufhalten.

»Scheiße, Mann. Gibts hier irgendwo 'n Platz, wo ich mich verstecken kann?«

»Im Schlafzimmer stehen 'n paar leere Schuhschachteln.«

»Sehr witzig.«

Sie hörte das Wawuschel in der Wohnung herumrennen und Schranktüren krachen.

Seufzend beschloß Kyra aufzustehen, bevor die Grüne ihr gesamtes Mobiliar zerlegt hatte. Sie schwang die Beine, die sie eben erst so mühsam hochgezogen hatte, wieder vom Sofa herunter, reckte sich und schlug der Länge nach hin. Glücklicherweise war ihr gläserner Couchtisch im Zuge der letzten Nacht zwei Meter weiter gewandert, sonst wäre sie ihren frisch gekrönten Schneidezahn wieder los gewesen.

»Ich glaubs nicht«, stöhnte Kyra, blickte an sich hinunter, rappelte sich auf und zog ihre Jeans hoch. Ein Büschel schwarzer Haare verklemmte sich im Reißverschluß. »Ich glaubs einfach nicht.«

»Kyra, Kyra, bitte, du darfst mich denen nicht ausliefern.« Isabelle Konrad war wieder ins Wohnzimmer zurückgestürmt und schaute sie so herzzerreißend an, daß sie trotz der grünen Haare eine Art Mitleid bekam. »Leg dich einfach wieder ins Bett und halt die Klappe.«

»Aufmachen, Polizei!«

»Ja, ja, komm ja schon.« Kyra warf einen kurzen Blick in den Spiegel, um zu sehen, was bei ihr sonst noch alles offenstand, machte am Hemd zwei Anstandsknöpfe zu und begann, die diversen Schlösser zu entsichern. Bestimmt freuten sich die Polizisten auf der anderen Seite der Tür, bei was für einer sicherheitsbewußten Bürgerin sie anklopften.

Das grüne Viergespann stürmte an Kyra vorbei, bevor sie Luft geholt hatte, um Guten Tag zu sagen.

»Oh, mein Gott! *Oh, mein Gott!*«

Der Mann in der blau-grauen Uniform, der wie jeden Donnerstag den Rundgang machte, bevor das Pergamon-Museum seine Türen öffnete, taumelte zurück. Er würgte und rang nach Luft und würgte und wollte dem Drang widerstehen und konnte es nicht glauben und mußte nochmals hinschauen und kotzte der Muse auf die marmornen Füße.

»Du miese Ratte, du hast mir versprochen – au – faß mir nicht an die Titten, du Scheißbulle.« Isabelle Konrad kämpfte und fauchte wie eine Tigerkatze mit eingeklemmtem Schwanz. Jetzt erst fiel Kyra auf, daß die Grüne ihr Lieblings-T-Shirt angezogen hatte. Aber vielleicht war es nicht der richtige Augenblick, um ihr deshalb eine runterzuhauen.

»Darf man erfahren, was das hier werden soll, wenns fertig ist?«

Heinrich Priesske und der kleinere Kommissar, dessen Name sich Kyra nie merken konnte, standen neben ihrem Bett und schauten den zwei Uniformierten bei der Arbeit zu. Die Grüne hielt sich tapfer dafür, daß bereits zweihundert Kilo Mann auf ihr lagen.

»Ich reiß dir die Eier raus, du Flachwichser.«

Kyra versuchte es noch einmal. »Kann ich den Hausdurchsuchungsbefehl sehen?«

Der Kurze, der aussah, als ob er ein reifes Magengeschwür mit sich herumtrug, das jeden Moment platzen wollte, zog ein gefaltetes Blatt aus seiner Innentasche und hielt es wortlos in ihre Richtung. Kyra fragte sich, wie diese Amtswische es immer fertigbrachten, schon aus zwei Metern Entfernung amtlich auszusehen.

Kyra gab ihm das Blatt zurück. »Und wie stehts mit nem Haftbefehl? Das, was ihre Brecher da treiben, schaut mir nicht so aus, als ob es noch unter Hausdurchsuchung fiele.«

Der Kurze warf ihr einen etwas längeren Blick zu. Angepißt war wohl das richtige Wort dafür. »Frau Berg. Kümmern Sie sich um Ihre eigenen Angelegenheiten. Zu Ihnen kommen wir noch. Und ich verspreche Ihnen, Sie haben bereits genug Ärger.«

»Sind Sie von der Sitte oder was?«

Den beiden Uniformierten war es gelungen, Isabelle Konrads Hände auf dem Rücken zu achtern. Mit einem rüden Schultergriff richteten sie die Konrad-Tochter auf, so daß sie vor den beiden Kommissaren kniete.

Heinrich Priesske zog einen Indizienbeutel aus seiner Tasche und ließ ihn vor Isabelle Konrads Nase baumeln.

»Frau Konrad, ich frage Sie noch einmal: Kennen Sie diese Kette?«

»Fick dich. Mein Anwalt macht Rührei aus dir.« Isabelle Konrad blickte den Kriminalhauptkommissar an, als ob sie eben dies lieber selbst und sofort getan hätte.

Priesske lächelte unbeeindruckt. »Frau Konrad. Sie bleiben also dabei, daß Sie diese Kette nicht kennen.«

»Ohne Anwalt sag ich gar nix.«

»Ihr gutes Recht.« Er versenkte seine Hand abermals in seiner Tasche – Kyra fragte sich, ob auch das ein Grund war, warum es so wenig Kommissarinnen gab. Weil Frauenkleidung keine Innentaschen hatte, aus denen sich wirkungsvoll immer neue Beweisstücke hervorzaubern ließen. Priesske machte einige Schritte auf das Bett zu. Der Eindruck der Tigerkatze schien auch bei ihm angekommen zu sein, denn er behielt einen respektvollen Sicherheitsabstand bei, als er Isabelle das Photo hinstreckte, das sein Kollege letzte Nacht aus dem Konradschen Familienalbum entführt hatte.

»Schönes Bild, finden Sie nicht? Und die Kette steht Ihnen wirklich ausgezeichnet.«

Isabelle Konrad begann so laut zu brüllen, daß niemand den Fluch hörte, den Kyra ausstieß.

»Es ist doch immer wieder erstaunlich, was sich der Mensch in seiner Not so alles einfallen läßt.« Professor Dollitzer hielt den abgerissenen Fleisch- und Hautstummel, den er mit Hilfe einer langen Pinzette aus dem Faltenwurf der Statue entfernt hatte, seinem Assistenten hin. »Kurz unter der *Glans penis* abgerissen. Muß da drinnen an etwas hängengeblieben sein, der arme Hund.« Er ließ den Stummel in den Indizienbeutel fallen und trat einige Schritte von der Statue zurück. »Ist das nicht die *Athena Parthenos*? Eine spätere Nachbildung der berühmten Phidias-Skulptur? Zweites vorchristliches Jahrhundert, würde ich sagen.«

Sein Assistent lächelte. »Nach so was dürfen Sie mich nicht fragen. Mit griechischer Skulptur kenne ich mich überhaupt nicht aus.«

»Sollten Sie aber, sollten Sie aber«, brummte der Weißbärtige väterlich. »Haben schon viel über die menschliche Anatomie gewußt, diese griechischen Bildhauer.« Er ging ganz nah an die Statue heran. »Herr Doktor Brenner, würden Sie bitte noch einmal hier in die Falte hineinleuchten. Von oben, bitte. Ah ja, sehen Sie, sehen Sie diese Spitze da? Da hat der Künstler gepfuscht.« Er klopfte mit seiner Pinzette gegen einen Steinzacken. »Der reinste Widerhaken ist das. Pech für unseren armen Kerl hier. Was würden Sie zur Todesursache sagen?«

»Beim Fehlen weiterer offensichtlicher Verletzungen am ehesten ein Schädel-Hirn-Trauma.«

»Fremdeinwirkung oder finale Sturzverletzung?«

»In dieser Position nicht zu entscheiden.«

»Meine Herren.« Der Beamte vom Erkennungsdienst, der leise hinter die zwei Rechtsmediziner getreten war, räusperte sich. »Im anderen Saal wartet noch einer auf Sie.«

»Mein Gott, ich bin Journalistin. Isabelle Konrad hat meine Artikel über den Fall gelesen und hat mich bei der Beerdigung ihrer Eltern angesprochen. Wir haben uns ein-

oder zweimal getroffen. Das ist unser ganzes *Verhältnis*.«
Kyra lehnte sich auf dem Küchenstuhl zurück und stieß
Rauchwolken aus. Die beiden Uniformierten hatten Isa-
belle mit aufs Präsidium genommen, während die beiden
Kommissare wie versprochen dageblieben waren, um sich
um sie zu kümmern.

»So.« Priesskes Stimme wurde ironisch. »Und deshalb
finden wir sie bei Ihnen im Bett? Könnte es nicht eher sein,
daß Sie –«, sein Lächeln wuchs, »– daß Sie mit der Kleinen
unter einer Decke stecken? Nach dem Motto: *Läßt du
mich bei dir untertauchen, liefre ich dir die Story?*«

»Für wie bescheuert halten Sie mich? Wenn Isabelle
Konrad mir erzählt hätte, daß diese Eulenkette ihr gehört,
was meinen Sie, was ich dann gemacht hätte: zu Hause im
Bett gelegen oder in der Redaktion gesessen und mir die
Finger heiß geschrieben?«

Anstelle des Hauptkommissars antwortete sein Handy.
Priesske holte den Apparat – *natürlich!* – aus seiner Innentasche.

»Priesske«, bellte er in die Sprechlöcher, als sei dies das
Handy, das für Kasernenhof-Anrufe reserviert war. Für
das entsetzte »Was?«, das ihm als nächstes entfuhr, wäre
er allerdings bei jedem Regiment gefeuert worden. Der
Kurze mit dem Magengeschwür schaute ihn alarmiert
an.

»Ja. Ja.« Die Stimme des Hauptkommissars hatte sich
wieder gefangen. »Ich verstehe«, sagte er knapp. »Wir
kommen.«

»Wartest du auch auf einen Termin bei Doktor Wössner?«
Der hübsche Kellnerstudent schaute das blonde Mädchen
an, das drei Meter weiter gegen die Wand gelehnt stand.

Sie nickte. »Ja.«

Er nickte. »Verstehe.«

Telefongeklingel und türgedämpfte Stimmen.

»Bist du auch wegen eines Praktikums hier?«

Sie nickte.

»Wie bist du rangekommen?«

»Rangekommen?« Sie zog ihre entzückend gepinselten Augenbrauen hoch.

»Ich meine, wie hast du den Platz bekommen? Ist ja nicht so einfach.«

»Ich habe mich beworben.« Sie lächelte. »Schriftlich.«

Wie froh war Andy, daß er noch braun war, sonst hätte ihn das Mädchen erröten sehen. »Ich kenne Doktor Wössner noch von der Uni«, stellte er rasch klar.

Das Mädchen lächelte freundlich.

Er kam nicht mehr dazu, ihr von der *sehr guten* Handke-Arbeit zu erzählen, denn in diesem Moment flog die Tür zur Chefredaktion auf und ein gestreßter Olaf Wössner erschien. Er warf den beiden angehenden Praktikanten einen flüchtig-höflichen Blick zu. »Es dauert noch einen kleinen Moment, Sie müssen bitte entschuldigen.« Mit staksigen Riesenschritten eilte er an ihnen vorbei.

»Frau Schreiber.«

Er steckte seinen Kopf in den offenen Konferenzraum am Ende des Ganges. »Ach, hier sind Sie, Frau Schreiber.« Er klang sehr ungehalten. »Könnten Sie bitte sofort versuchen, Frau Mayer ausfindig zu machen. Ich habe unten in der Redaktion angerufen, und die meinten, sie sei noch nicht im Haus. Rufen Sie ihre private Nummer an. Und wenn Sie sie erreichen, sagen Sie ihr, daß sie unverzüglich zu mir kommen soll.« Er räusperte sich. »Es ist dringend.«

Erst im Treppenhaus merkte Kyra, daß sie keine Schuhe anhatte. Aber egal. Einmal die erste am Tatort zu sein, war ein Paar kaputte Fußsohlen wert. Sie hörte, wie die beiden Bullen, die ihr im Duett eingeschärft hatten, ihren

Hintern keinen Zentimeter aus der Wohnung zu bewegen, auf die Straße traten, und rannte los.

Naturgemäß hatten die grünen Jungs gleich im Halteverbot vor ihrer Tür geparkt. Kyra wartete, bis die beiden im Auto saßen, dann sprintete sie zu ihrer Giulia, die eine Ecke weiter stand. Sie hatte sich gerade hinters Steuer geworfen, als der dunkle Wagen mit Sirene und rasch aufs Dach geklebtem Blaulicht an ihr vorbeischoß. Die Giulia schien sich ihrer Vergangenheit als Sportwagen zu erinnern, jedenfalls sprang sie beim ersten Schlüsseldrehen an.

»Braves Mädchen, jetzt zeig, was in dir steckt.«

Ohne Rücksicht auf Stoßstangen rammte sich Kyra aus ihrer Parklücke heraus und nahm die Verfolgung auf. Sie hatte keinen Schimmer, wohin es ging, aber bei dem Tempo, das die Bullen vorlegten, mußte es sich um etwas Kapitales handeln. Eben schossen sie links die Potsdamer Straße hoch. Sie begann zu begreifen, worin der *thrill* lag, Minister oder Bundeskanzler zu werden: Das Gefühl, hoffnungslos verstaute Straßen mit achtzig Sachen zu nehmen, war einfach geil. *Quietsch. Quietsch. Schramm. Schramm.* Geiler als Sex. Aber darüber wollte sie jetzt nicht weiter nachdenken. Statt dessen freute sie sich auf die Fressen der restlichen Zeitungsmeute, wenn diese bei ihrer Ankunft die Giulia schon geparkt sehen würde.

Er wünschte, er wäre in Stalingrad. In Stalingrad durften Männer mit abgerissenen Köpfen und rauchendem Unterleib daliegen. Aber nicht hier in Berlin. In Berlin starb Mann am Steuer, unter der S-Bahn, mit einem Messer in der Brust, mit einem Strick um den Hals oder einer Nadel im Arm. So wie dieser hier starben allerhöchstens Frauen. Wenn Mann so starb, war Krieg.

Hauptkommissar Priesske wandte sich ab. Er wollte

ausspucken und wußte, er durfte nicht. Nicht wegen der Pietät. Die Magensäure, die gegen seinen Kehlkopfdeckel drückte, hätte sich mitentladen.

Das Dutzend Museumswächter hatte sich in den Ausgangswinkel des großen Saals zurückgezogen. Heinrich Priesske brauchte sie nicht erst zu vernehmen, um zu wissen, welches Lied sie alle singen würden: *Wir haben nichts gesehen. Wir wissen nichts. Wir wollen nichts wissen.*

Sie hielten die Köpfe gesenkt, als bräuchten sie nur auf den Steinfußboden zu starren, und alles sei wieder in Ordnung. Eine feige Bande, deren Feigheit das Graue, Häßliche ihrer Gesichter noch grauer und häßlicher machte. Mollusken, Weichtiere ohne Statur. Hätten sie nicht in den graublauen Uniformen der *Staatlichen Museen Preußischer Kulturbesitz* gestakt, sie wären auseinandergelaufen wie Haferschleim. Jeder einzelne von ihnen hätte sich letzte Nacht genauso abschlachten lassen wie dieses Bündel, das hinter ihm auf den Treppenstufen lag.

Heinrich Priesske ging auf die schweigende Gruppe zu. Er konnte ihre Angst riechen. Kein Frauengeruch war so widerlich wie Männer, die nach Angst stanken. Männer, die Angst hatten, sollte man erschießen. Erschießen, bevor sie sich vom Feind Kopf und Eier wegreißen ließen.

»Das kostet Sie Ihren Arsch, das garantier ich Ihnen.« Kyra blitzte den Weißkittel an wie eine defekte Hochspannungsleitung. Da war sie schon einmal die erste am Tatort, und dann nahmen diese Idioten sie fest. Mehrfacher *Rotlicht-Verstoß. Straßenverkehrsgefährdung.* Und was das Schönste war: *Mordverdacht.*

Polizeiarzt Doktor Friedemann ließ sich nicht beeindrucken. Lächelnd befreite er eine Spritze aus ihrer Kunststoffumhüllung. »Würden Sie jetzt bitte den linken Arm freimachen.«

»Den Teufel werd ich! Was sind denn das für Methoden? Sind wir hier in Berlin öder in Teheran?«

»Würden Sie bitte den linken Arm freimachen.«

»Wie oft soll ich Ihnen noch erklären, daß das alles ein Mißverständnis ist. Ich bin nicht die Tochter von diesem Homberg. Sie können mir zwanzig Liter Blut abzapfen und werden keinen viertel DNA-Strang finden, der mit diesem Kerl auch nur im entferntesten verwandt ist.« Kyra stöhnte auf. »Ich habe diese Geschichte erfunden, damit mich die dämliche Haushälterin in seine Wohnung reinläßt. Ist das so schwer zu kapieren?«

»Tut mir leid. Diese Frage müssen Sie mit Hauptkommissar Priesske klären. Ich habe einstweilen nur die Anweisung, Ihnen Blut abzunehmen.«

»Ich bin Journalistin. Ich muß an den Tatort zurück.«

»Wenn Sie jetzt bitte stillhalten würden.«

Kyra dachte kurz nach. »Gut. Gut.« Sie verschränkte die Arme vor der Brust. »Sie wollen Vampir mit mir spielen. Ich will mit meinem Anwalt telefonieren.«

Doktor Friedemann schaute zu der Polizeibeamtin, die den Vorgang aus dem Hintergrund heraus beobachtete. »Kann sie telefonieren?«

Die Beamtin kam einige Schritte näher. »Aber nur ein Anruf. Unter Aufsicht.«

»Herzlichen Dank.« Kyra bückte sich, um nach Handtasche samt Handy zu greifen, bis ihr einfiel, daß ihre Handtasche irgendwo in ihrer Wohnung war. Großartig. Sie lehnte sich auf dem Stuhl zurück, streckte die Beine aus und ließ die nackten Zehen spielen. Von den Nägeln blätterte der dunkelrote Lack, als sei bereits Herbst. Wahrscheinlich lag die Handtasche auf ihren Schuhen.

»Könnte mir einer ein Telefon bringen?«

Niemand reagierte.

»Hey. Was ist jetzt? Telefon gegen Blut. Ich finde, das ist ein ziemlich fairer Deal.«

Die Beamtin packte Kyra am Oberarm. »Kommen Sie mit. Wir gehen nach nebenan. Da können Sie telefonieren.«

»Sachte, sachte. Wenn Sie so quetschen, weiß ich nicht, wie der arme Doktor nachher noch einen einzigen Tropfen Blut in dieser Vene finden soll.«

»Kommen Sie!«

Die Beamtin führte sie auf denselben polizeipräsidialen Linoleum-Highway hinaus, über den sie schon hereingekommen waren. Kyra schaute die Frau aus den Augenwinkeln an. Warum nur mußten alle deutschen Polizistinnen blonde Zöpfe tragen? Teil der Dienstvorschrift? Kleiderordnung, Paragraph 95 c, Unterpunkt 3? Neben dem Gummisohlenquietschen der Beamtin erschien ihr das nackte Tappen ihrer eigenen Füße auf dem Linoleumboden von rührender Unschuld. Sie fühlte sich wie eine Klosterschülerin auf dem Weg zur Oberin. *Nein, Mutter, ich habe nicht gesündigt. Ich habe nur meine Arbeit getan.*

»Im Pergamon-Museum liegt die dritte Leiche, stimmts?«

Die Beamtin schwieg. Ton in Ton mit dem grau-braunmelierten Linoleumboden.

»In diesem Land gibts so was wie ne Informationspflicht gegenüber der Öffentlichkeit.«

»Sie können jetzt telefonieren.« Das Uniform-Gretchen schloß eine Tür auf. »Aber nur ein kurzer Anruf.«

»Keine Angst. Mein Anwalt sitzt nicht in New York.«

IV

»Herr Pawlak?«

»Ja?« Franz tippte den Satz, an dem er gerade saß, zu Ende und drehte sich samt Schreibtischstuhl herum. In seiner offenen Zimmertür stand eine junge Frau mit langen blonden Haaren. Erfreuliche Erscheinung. So kurz nach dem Frühstück.

»Womit kann ich Ihnen helfen?« fragte er höflich.

Die Erscheinung lächelte. »Entschuldigen Sie, daß ich störe, ich bin die neue Praktikantin im Feuilleton. Herr Wössner hat mich zu Ihnen geschickt. Er sagt, er braucht den Handke zurück, den Sie gestern mitgenommen haben.«

»So. Wössner braucht den Handke zurück«, wiederholte Franz. Es fiel ihm schwer, sich vom Anblick der neuesten Feuilleton-Fee loszureißen. Man konnte gegen die Personalpolitik beim *Morgen* einwenden, was man wollte: In der optischen Auswahl seiner Praktikantinnen ging er selten fehl.

Franz betrachtete das Chaos, das seinen Schreibtisch überzog. »Handke, Handke«, murmelte er, »wo ist der Handke?« Er hob einen Blätterstapel an, mißtrauisch, als vermute er darunter nicht das neuste Werk des österreichischen Dichters, sondern einen Giftkäfer. »Will Wössner diese Peinlichkeit nun doch selbst rezensieren?«

»Das weiß ich nicht. Er hat mir nur gesagt, daß er das Buch zurückbraucht.«

»Ja. Natürlich.« Franz lüftete einige weitere Zeitschriftenstapel. »Ah, da ist er ja.« Er drehte das Buch ein paarmal unschlüssig in seinen Händen. Auf einmal hatte er es nicht mehr so eilig, die Schwarte loszuwerden.

»Sie machen also ein Praktikum im Feuilleton«, sagte er. »Schön. Wie lange bleiben Sie bei uns?«

Die junge Frau errötete sanft. »Drei Monate, denke ich.« Sollte es jemals ein *Strawberryblond* gegeben haben, war es dieses hier.

»Na, da haben Sie ja noch einiges vor sich.« Franz nahm die Brille von der Nase, polierte sie kurz mit seinem Hemdzipfel und setzte sie wieder auf. »Haben Sie schon einen ersten Eindruck?«

»Ich weiß nicht.« Die Fee zuckte leicht mit den Achseln. »Ich glaube, es gefällt mir.«

»Studieren Sie?«

Sie nickte. »Philosophie. Germanistik. Geschichte.«

»Hier in Berlin?«

»Mmh.« Sie machte einige Schritte auf ihn zu und streckte die Hand aus. »Ich glaube, ich sollte Sie jetzt wieder in Ruhe arbeiten lassen. Geben Sie mir das Buch?«

»Ja. Ja. Selbstverständlich.« Franz schoß von seinem Stuhl auf. Er hielt ihr den Handke hin, ohne loszulassen. »Passen Sie auf, daß Wössner Sie nicht zu seinem Privathiwi macht. Er hat eine Neigung dazu. Wenn es nötig wird, erinnern Sie ihn daran, daß Sie nicht hier sind, um Bücher durchs Haus zu tragen, sondern um etwas über Journalismus zu lernen. Und wenn Sie moralische Unterstützung brauchen –« Er ließ den Satz unvollendet. Und den Handke endlich los.

»Das werde ich bestimmt tun. Danke.« Sie lächelte abermals ihr Feenlächeln, drückte das Buch an sich und schwebte zum Zimmer hinaus.

»Wer bin ich?«

Ein jemand mit schweißigen Händen hielt Kyra die Augen zu. »Was soll der Quatsch.« Ärgerlich versuchte sie sich loszumachen. Sie haßte es, beim Arbeiten unterbrochen zu werden.

»Also 'n bißchen 'n freundlicheren Empfang hätt ich mir ja schon vorgestellt.«

Die Schweißhände wanderten tiefer, strichen über Wangen, Hals, Schlüsselbein – legten einen kurzen Tittenstop ein – und rutschten weiter. Am äußersten Blickfeldrand entdeckte Kyra vertrautes Grün. Isabelle Konrad beugte sich über sie und drückte ihr einen langen Kuß auf den Mund.

Kyra klappte der Kiefer herunter. »Wie – wie kommst du denn hierher?«

Die Grüne kicherte zufrieden. »Dreimal darfste raten. Die Bullen mußten mich laufen lassen.« Sie knuffte Kyra in den Nacken, kam nach vorn und hockte sich breitbeinig auf den Schreibtisch. Mitten in Kyras Papierkram. »Hatte ich da mal 'n guten Instinkt? Mann, stell dir vor, in was für ner Scheiße ich gehockt hätte, wenn ich nicht die ganze Nacht bei dir gewesen wär. Dann hätten diese Wichser mir die beiden Typen da im Museum auch noch anhängen wollen.«

Kyra wischte sich langsam über den Mund. »Das Photo, wo du die Eule umhast, das hat nicht gereicht, dich für zwanzig Jahre hinter Gitter zu bringen?«

»Ach was. Ist zwar 'n blöder Schnösel, mein Anwalt, aber echt cool. Das hättste erleben sollen, wie der die Bullen zur Sau gemacht hat, von wegen *Kein ausreichender Tatverdacht* und *Gesamtschau der Indizien* und so – die waren kurz davor, 'n Rolls zu mieten, um mich heimzufahren.«

»Das ist ja schön für dich. Könntest du vielleicht trotzdem von meinen Notizen runtergehen?« Kyra zog an einem der Zettel, die links unter Isabelles Arsch hervorschauten.

Die Kleine blieb hocken wie eine Perserkatze. Sie schaute Kyra aufmerksam an. »Sag mal, irr ich mich da? Oder kann es sein, daß du dich nicht so richtig freust, mich wiederzusehen?«

»Isabelle, es tut mir leid, ich hab jetzt keine Zeit.«

»Du bist doch nicht etwa eingeschnappt?« Die Grüne warf Kyra einen langen Blick zu, lüpfte ihre linke Arschbacke und gab den Zettel frei. »Okay, ich hätte dir sagen können, daß diese dumme Eule mir gehört. Aber wozu, Mann? Du hättest eh nur das Falsche gedacht.« Sie schlug auf den Tisch. »Ich hab nicht den geringsten Schimmer, wie das Teil in die Wohnung von diesem toten Bibliotheksheini gekommen ist, ehrlich. Ich wußte gar nicht, daß es überhaupt noch existiert. Mein Vater hat mir das Ding auf irgendsonem Scheiß-Griechenland-Trip gekauft, ich habs damals getragen, damit ich ihm 'n Gefallen tu, und dann hab ichs irgendwohin weggepackt. Seit hundert Jahren nicht mehr gesehen.« Sie zupfte an ihrem Nasenring. »Ich hab ne Idee. Was hältste davon: Meine bescheuerte Mutter hat dieses Kitschteil zu den Photos aufm Kaminsims drapiert. Und die Tussi, die meinen Alten umgebracht hat, hats mitgenommen, selbst getragen und dann bei dem Bibliotheksfuzzi verloren.« Isabelle strahlte Kyra begeistert an. »Bin ich ne tolle Detektivin?«

»Du bist ne tolle Lügnerin.«

»Meine Mutter hat wirklich so 'n Scheiß mit meinen alten Sachen gemacht«, protestierte die Grüne. »So Tochteraltäre. Überall in der Wohnung. Die hat sogar 'n paar von meinen Babyklamotten unter Glas gerahmt und sich ins Schlafzimmer gehängt.«

»Warst du scharf auf deine Mutter?«

»Wie meinstn das jetzt?«

»Ob du deine Mutter gefickt hast.«

Isabelle Konrad riß die Augen auf und prustete los. »Mann, du hast vielleicht Ideen. Erst willste mir einreden, daß mein Vater mich gevögelt hat, und jetzt soll ichs mit meiner Mutter getrieben haben?« Sie schüttelte den Kopf, daß die grünen Rastas flogen. »Wir waren zwar ne kaputte Family, aber so fertig nu auch wieder nicht.« Ihr Lachen ging in Schluckauf über. »Ich und meine Alte – *hick* –, das ist echt das Beste, was ich seit – *hick* – Jahren gehört hab – *hick*.« Sie rutschte näher an Kyra heran. »Kannste mir mal helfen, diesen Scheiß loszuwerden? Ich halt mir die Ohren zu, und du mußt mir die Nase zuhalten.« Sie grinste. »*Hick*. – Bitte, *Mami*.«

Mit gestrecktem Arm faßte Kyra nach der beringten Nase und drückte zu. Kräftig. Die Grüne stopfte sich zwei Finger in die Ohren und preßte die Lippen aufeinander. Sie schnitt heftige Grimassen.

Kyra schaute zum Fenster hinaus. Sie mußte sich in acht nehmen, daß sie nicht noch fester zudrückte. Drei tote alte Männer, ein toter Nachtwächter und ein kleines grünes Gör. Das ganze *à la grecque*. Es machte keinen Sinn.

Ein komisches Gefühl auf ihrem rechten Oberschenkel holte sie zurück. Die Grüne hatte ihre schwarzen Bastlatschen abgestreift und robbte mit nackten Zehen ihren Schenkel hinauf.

Kyra ließ sie augenblicklich los. »Hör auf damit.«

»Hey, hey, hey.« Die Grüne hob beide Hände. »Spielen wir jetzt wieder Miss *Rühr-mich-nicht-an*?« Sie grinste. »Aber die Nummer kauf ich dir nicht mehr ab.« Sie beugte sich so weit nach vorn, daß Kyra ihren Atem im Gesicht spürte. »Mann, ich hab selten eine so abgehen erlebt wie dich.«

Kyra stieß sich vom Schreibtisch weg und stand auf.
»Isabelle, was hast du in dieser Nacht gemacht?«

Die Grüne blinzelte verwirrt. »Wie: *gemacht*? Das mußt
du doch am besten wissen, was ich *gemacht* hab.«

»Nein. Das weiß ich nicht.« Kyra verschränkte die Arme
vor der Brust. »Ich kann mich nur erinnern, daß du bei mir
vor der Tür gehockt hast und die Bullen dich am nächsten
Morgen aus meinem Bett gezogen haben. Dazwischen
kann alles passiert sein.«

»Sag mal, ist das jetzt 'n Spiel, oder hast du 'n Problem?«

»Jawohl. Ich habe ein Problem. Der Ersatzschlüssel, der
neben meiner Wohnungstür hing, ist weg.«

»Was hatn das mit unsrem Sex zu tun?«

»Isabelle, bist du in dieser Nacht noch mal abgehauen?«
Kyra ging drohend auf die Grüne zu.

»Du glaubst doch nicht etwa, daß ich –«

»Doch, genau das glaub ich.«

»Du hastse ja nicht mehr alle!« Isabelles Augenbrauen
schossen zusammen. »Und überhaupt«, sie funkelte Kyra
an, »wenn du dich an so gar nix mehr erinnern kannst –
wer sagt denn, daß du in dieser Nacht nicht noch mal los
bist und den Alten umgelegt hast.«

»Darf ich mich dazusetzen?«

Die blonde Feuilleton-Fee blickte von ihrem Buch auf.
»Sicher dürfen Sie das.«

Es schien sie nicht weiter zu irritieren, daß Franz sich
ausgerechnet an ihren Tisch setzen wollte, obwohl mindestens zwanzig andere Tische frei waren. Die Mittagszeit in
der Kantine war vorüber. Er stellte sein Tablett ab und
nahm schräg gegenüber Platz. Hühnersuppe. Kassler. Sauerkraut. Kartoffelbrei. Menü II. Die Himbeer-Quarkspei-
se war aus gewesen.

»Haben Sie schon gegessen?« fragte er mit Blick auf ihre leere Tischhälfte. Einzig ein Glas Milch stand vor ihr.

Sie schüttelte den Kopf. »Ich esse tagsüber nie.«

»Ist gerade Ramadan?«

Sie lächelte höflich. »Ich nutze die Mittagspause lieber zum Arbeiten.«

Franz nickte beeindruckt. »Klingt nach einer effektiven Diät. Sollte ich vielleicht auch mal ausprobieren.« Er schlürfte den ersten Löffel Hühnerbrühe.

Ihr Blick senkte sich ins Buch zurück. Zwischen hängenden Suppennudeln und Karottenstückchen versuchte Franz zu entziffern, welche Lektüre die Kleine dermaßen fesselte. Es war ein altes Buch, in Leinen gebunden, ohne Schutzumschlag. Die Titelprägung war so verblaßt, daß er unmöglich etwas entziffern konnte. Vielleicht war es Zeit für eine neue Brille. Oder noch besser: Kontaktlinsen. Neulich hatte ihm ein Kollege erzählt, daß Brillen jetzt auch bei Männern jenseits der Fünfzig nicht mehr *in* wären.

»Ich arbeite übrigens in der Musikredaktion.«

Die Kleine blickte wieder auf. »Ja? Das ist interessant.«

»Was studieren Sie noch mal? Germanistik? Da werden Sie ja wahrscheinlich keine Zeit in der Musikredaktion verbringen wollen?«

»Och, das würde ich so sicher nicht sagen. Ich kenne mich zwar nicht gut aus mit Musik. Aber ich könnte es interessant finden.«

»Haben Sie mit Wössner mal über die genauere Planung Ihres Praktikums gesprochen?«

Sie legte das Buch zur Seite. »Er meinte, daß ich vielleicht schon nächste Woche eine erste Rezension schreiben darf.«

»Das ist ja schön.« Franz unterbrach sein Suppengelöffel für einen Moment. »Was hat Sie eigentlich auf die Idee gebracht, hier ein Praktikum zu machen? Wollen Sie wirklich Journalistin werden?«

Sie legte den Kopf schief. Ihre hellen Augen wanderten zum hinteren Ende der Kantine. »Ich weiß noch nicht. Mein Vater hat gemeint, ein Praktikum im Feuilleton wäre das, was ich jetzt tun sollte.«

»Ihr Vater.«

»Ja. Mein Vater.«

Franz nahm sich den Kartoffelbrei vor. »Da müssen Sie ja ein sehr gutes Verhältnis zu Ihrem Vater haben.«

»Das habe ich.«

»Ist er Journalist?«

»Nein. Oh nein.« Die weißblonde Fee lachte, als habe Franz einen guten Scherz gemacht. »Haben Sie eine Tochter?«

Nun lachte Franz. »Um Himmels willen, schauen Sie mich an. Sehe ich wie ein Vater aus?«

Sie betrachtete ihn durch ihre langen, gebogenen Wimpern hindurch. »Nein. Eigentlich nicht. Aber genaugenommen weiß ich auch nicht, wie ein Vater aussieht.«

»Väter tragen ordentlich gebügelte Hemden. Väter gehen mit ihren Familien sonntags auf die Pferderennbahn. Väter haben nette kleine Ehefrauen, die abends mit dem Essen auf sie warten. Väter tragen Krawatten –« Franz brach ab, als er ihren skeptischen Blick sah. »Ihr Vater ist offensichtlich nicht so?«

»Nein.« Sie schüttelte langsam den Kopf. »Nein. Mein Vater würde so etwas niemals tun.«

»Und was tut er statt dessen?«

»Er arbeitet.« Ihr Blick wanderte wieder in die Ferne. »Er arbeitet an einem großen Werk.«

»Törner. Lassen Sie mich endlich in Ruhe mit diesem Unsinn.« Priesske sprach zu seinem Untergebenen, als hätte er einen beschränkten Schüler vor sich. »Es gibt keine Serienkillerinnen.«

Der Kommissar blieb bockig. Er klopfte auf das schwarze Buch, das geöffnet vor ihm lag. »Und was ist mit dieser Irren in Amerika, die sechs Männer am Straßenrand aufgegabelt hat, mit ihnen in den Wald gefahren ist und sie erschossen hat?«

»Sie meinen diese lesbische Highway-Nutte? Das ist Amerika.«

»Und die Linzer Witwe, die fünf Ehemänner ermordet hat? Das ist nicht Amerika.«

»Nein, das ist Österreich, Törner. Aber wie Sie selbst gesagt haben: Diese Frau hat nur Männer umgebracht, mit denen sie verheiratet war. Um an deren Geld ranzukommen.« Priesske lehnte sich auf seinem Stuhl zurück und hob die Hand. »Es gibt vier Motive, die Frauen zu Serienmörderinnen werden lassen«, dozierte er, »und das sind: Habsucht, Rache, verfehltes Mitleid und dieses – wie nennen das die Psychofritzen gleich wieder – Münchhausen-Syndrom.« Bei jedem der Begriffe schnellte ein Finger aus seiner geschlossenen Faust. »Daß es irgendeine Frau gibt, die von allen drei Morden finanziell profitiert, können wir mit Sicherheit ausschließen.« Ringfinger weg. »Daß eine Frau die drei Männer aus Mitleid umgebracht hat, ist abwegig. Die Mordart paßt nicht dazu. Außerdem sind diese Mitleidsengel fast immer Krankenschwestern, die ihre leidenden Patienten ins Jenseits spritzen.« Der Mittelfinger knickte ein. »Dieser neumodische Münchhausen-Kram kommt auch nicht in Frage. Das sind ausschließlich Mütter, die ihre Kinder umbringen, um sich dann von ihrer Umwelt als die großen vom Unglück Verfolgten bedauern zu lassen.« Der Zeigefinger verschwand in der Faust. Priesske schaute seinen einsamen Daumen an. »Bleibt nur noch Rache als Motiv.« Er zeigte damit auf

Törner. »Und gut, bis vor drei Tagen hätte ich Ihnen noch recht geben können, daß hier eine auf Rachefeldzug ist. Aber Sie haben das Opfer auf dem Altar doch selbst gesehen. Mit goldenen Hand- und Fußschellen gefesselt. Und denken Sie an das, was im Sektionsbericht stand: Aller Wahrscheinlichkeit nach Katheter im Schwanz, mit Benzin gefüllt und angezündet – Törner, ich sage Ihnen: Das ist keine weibliche Rache mehr. Das ist irgendein völlig krankes Sex-Ding, mit dem wir es hier zu tun haben.« Der Daumen zuckte. »Und solche kranken Sex-Dinger machen Frauen nicht. Es gibt keine Triebtäterinnen. Steht das in Ihrem schlauen Buch nicht drin?«

Törner trommelte unwillig auf seinem Täterprofil-Leitfaden herum. »Dann haben wir es meinetwegen mit einem männlichen Serienmörder zu tun, trotzdem sollten wir –«

»Törner, es reicht.« Heinrich Priesske stand unwillig auf. »Diesen Unsinn können Sie mit den Psychoheinis vom BKA weiterdiskutieren. Nach Feierabend. Jetzt ziehen Sie wieder die guten alten Ermittlergamaschen an und klappern die Szene nach demjenigen ab, der diese goldenen Handschellen hergestellt hat.« Er nahm seinen Mantel vom Haken. Kurz vor der Tür drehte er sich noch einmal um. »Törner, ich begreife wirklich nicht, wie Sie einen Polizisten ernstnehmen können, der uns weismachen will, daß wir nach einem Mann suchen, der in seiner Jugend jede Nacht ins Bett gepißt hat, zum Frühstück nur hartgekochte Eier mit Nutella frißt und einen rosa Käfer fährt.«

»Hier steckst du! Ich hab dich überall gesucht.« Kyra ließ sich auf dem Kantinentisch nieder. »Seit wann ißt du denn in diesem Küchen-KZ zu Mittag?« Sie fischte eine Sauerkrautsträhne von Franz' Teller, legte den Kopf in den Nakken, ließ das Sauerkraut in den Mund fallen und schüttelte sich. »Kennst du dich mit griechischen Opferriten aus?«

»Griechische Opferriten?« Franz blickte von seinem Kasslerrest auf.

»Jawohl, Opferriten. Ich glaub, ich hab die alles erklärende Idee. Das im Pergamon-Museum war nicht einfach ein Mord. Es war ein Opfermord.« Kyra schlug Franz ihre Rechte auf die Schulter. »*Das dritte Opfer war ein Opfer*«, sagte sie triumphierend. »Ist das nicht ne großartige Überschrift? Ich brauch jetzt nur noch ein paar Details, die beweisen, daß ich recht hab.«

Wenn Franz beeindruckt war, ließ er es sich zumindest nicht anmerken. Er schaute an Kyra vorbei über den Tisch. »Kyra, darf ich vorstellen, das ist unsere neue Praktikantin im Feuilleton, Frau – Sie haben mir noch gar nicht gesagt, wie Sie heißen.«

»Schröder. Nike Schröder.« Blondes Feenlächeln.

Kyra machte eine kleine Verrenkung, um das Mädchen zu betrachten. Durchsichtig. Viel zu durchsichtig, um sich in diesem Betrieb zu behaupten. »Nike Schröder? Steiler Name.« Sie wandte sich wieder Franz zu. »Also, was ist nun mit deiner abendländischen Bildungspotenz? Ich muß alles über griechische Opferriten wissen. Und zwar sofort.«

Franz strich sich über den kleinen Kugelbauch und rückte ein Stück von der Tischkante weg. »Liebe Kyra. Ich bin Musikredakteur. Kein Gräzist. Und auch kein Religionswissenschaftler. Und überhaupt: Du bist doch diejenige, die früher mal Griechisch gelernt hat.«

Kyra ließ eine zweite Sauerkrautsträhne baumeln. »Viel zu lange her. Außerdem weißt du doch selbst, daß man die spannenden Dinge in der Schule nie beigebracht bekommt.«

»Reden Sie von diesem schrecklichen Mord im Pergamon-Museum?«

Kyra drehte sich unwillig um. »Ja.«

»Wie kommen Sie darauf, daß es ein Opfer gewesen ist?«

203

Kyra entdeckte jetzt erst, daß sich das Mädel die Augenbrauen ausgerupft und durch zwei zarte Pinselstriche ersetzt hatte. Gott. Und sie hatte geglaubt, diese Mode hätte sich endgültig erledigt. »Ganz einfach. Weil sich jemand die Mühe gemacht hat, den Bildhauer nicht einfach daheim in seinem Atelier abzuschlachten, sondern auf einem griechischen Altar umzubringen.«

Das Mädchen lächelte etwas verwirrt. »Ach so. Ja, das leuchtet ein.« Sie klappte das Buch zu, das die ganze Zeit offen auf dem Tisch gelegen hatte. »Ich glaube, ich sollte dann wohl besser –«

Mit einer raschen Bewegung faßte Kyra nach dem Leinenband. »Na so was. Das ist ja ein Zufall. Was machen Sie denn mit der *Ilias*?« Sie schaute das Mädchen an. Zum ersten Mal neugierig.

»Herr Wössner hat mich gebeten, für ihn etwas nachzusehen.«

»Verstehe.« Kyra nickte nachdenklich. »Was wollte Wössner denn aus der *Ilias* wissen?«

»Er hat ein Zitat gesucht.«

»Und was für eins?«

»Eine bestimmte Stelle, wo Achilles den Tod des Patroklos beweint. Sie soll in einer der Kampfszenen sein.«

»Und? Haben Sie es gefunden?«

Das blonde Kind seufzte. »Nein. Noch nicht. Wie ich gesehen habe, besteht ja fast die ganze *Ilias* aus Kampfszenen. Das wird nicht so leicht sein, die richtige Stelle zu finden.« Sie lächelte Kyra freundlich an. »Stimmt das, was Herr Pawlak eben gesagt hat? Daß Sie sich mit Griechisch auskennen? Vielleicht können Sie mir ja einen Hinweis geben, wo ich eine solche Stelle am ehesten finden könnte?«

Kyra drehte sich stirnrunzelnd zu Franz. »Was will der alte Wichser plötzlich mit der *Ilias*?«

»Bitte, Kyra«, schaltete sich Franz brummend ein. »Ich glaube, das war keine Antwort, die Frau Schröder weiterhilft.«

»Nein. Im Ernst. Ich meine, das ist doch wirklich mehr als komisch. Erst fehlt die *Ilias* bei diesem toten Bibliothekar im Bücherregal, und jetzt interessiert sich Wössner plötzlich für die alte Schwarte.«

»Er sucht die Stelle für einen Botho-Strauß-Artikel«, erklärte es von der anderen Seite des Tischs. »Um nachzuweisen, daß der nur von Homer abgeschrieben hat.«

»Ah. Ach so.« Kyra nickte wenig überzeugt.

»Na ja. Macht nichts. Vielleicht fällt Ihnen ja später noch etwas ein.« Nike Schröder stand auf. »Ich muß jetzt wieder hoch.« Ein Lächeln für Franz. Ein Lächeln für Kyra. »Es war schön, Sie kennengelernt zu haben. Auf Wiedersehen.«

»Auf Wiedersehen. Bis bald.« Franz wäre aufgesprungen, um die Kleine ordentlich zu verabschieden, hätte Kyra ihn nicht zwischen Tisch und Stuhl eingeklemmt.

»Merkwürdig. Hochmerkwürdig«, murmelte sie.

»Verdammt noch mal, Kyra! Mußt du dich eigentlich immer danebenbenehmen!«

»Wie bitte? Was ist los?« Sie konnte sich nicht erinnern, daß Franz sie jemals angebellt hatte. Angegrantelt – ja, millionenmal. Aber nie angebellt.

»Du könntest langsam wieder anfangen, normal zu werden. Seitdem du hinter diesen Morden her bist, benimmst du dich nur noch unmöglich.«

Kyra begann zu grinsen. Nicht besonders herzlich. »Meine Güte, das kleine Blonde hat ja mächtig bei dir eingeschlagen.«

»Dieses Mädel hat damit gar nix zu tun.« Franz gab dem Kasslerteller einen wütenden Stoß. »Nur, du führst dich wie eine Depperte auf. Ich dachte, daß sie dich einge-

205

sperrt haben, hat dir gelangt. Was willst du denn noch? Das nächste Mal hol ich dich nicht mehr aus dem Knast.«

»Ich war nicht im *Knast*. Ich war für erkennungsdienstliche Maßnahmen vorübergehend auf dem Präsidium festgehalten.«

Doppeltes Schweigen.

»Ich glaubs nicht. Ich glaubs einfach nicht.« Kyra klatschte mit beiden Händen auf den Tisch. »Willst du jetzt auch damit anfangen wie diese ganzen anderen Arschlöcher hier, jedem Stück Frischfleisch, das in die Redaktion schneit, unter den Rock zu fassen?«

»Hast du gesehen, daß ich ihr unter den Rock gefaßt hätte?«

Kyra stieß ein schlechtgelauntes Lachen aus. »Habt ihr euch schon verabredet? Für die Oper? Und das Bierchen danach?« In gespielter Enttäuschung schlug sie die Hände vor den Mund. »Oh. Aber wahrscheinlich trinkt die Kleine gar kein Bier.«

»Bitte, Kyra, mach dich nicht lächerlich.«

»Pädophilie ist der Gipfel der Lächerlichkeit.«

»Ach ja? Und was war das mit dir und der kleinen Konrad?«

Kyra konnte nicht verhindern, daß sie rot wurde. »Erstens ist das was völlig anderes. Und zweitens war da gar nichts.«

»Schon klar«, brummte Franz. »Wenn du mich jetzt, bitte, entschuldigen würdest.« Er griff nach dem Tablett und begann, die leeren und halbleeren Teller draufzuknallen.

»Nö. Nie gesehen, die Dinger. Aber ziemlich geil. Von der Stange sind die nicht.« Der spirrige Mann mit dem Damastwämschen auf blanker Haut wog den Klarsichtbeutel, in dem die goldenen Hand- und Fußschellen lagen, ehrfürchtig in seiner Hand. »Haben Sie das mal prüfen lassen? Sind wahrscheinlich nur vergoldet. Aber trotzdem. Ziemlich geil.« Er lächelte hinter seinen runden Brillengläsern. »Ich bin ja mehr so im Filigranbereich, aber trotzdem: Wär froh, wenn einer mal so was in Auftrag geben würde. – Vielleicht nicht grad in dem speziellen Fall, aber so allgemein.« Er reichte den Beutel über den Tresen hinweg an Törner zurück. »Nö. Kann ich Ihnen wohl nicht weiterhelfen. Tut mir leid. – Ihr zwei kommt klar«, flötete er in Richtung der beiden Girlies, die sich gegenseitig Schamlippengehänge vor die Minis hielten.

»Klar, wie immer, Toto.«

Törner ließ den Beutel in seiner Tasche verschwinden. »Haben Sie eine Ahnung, welcher Ihrer Kollegen solche Schellen anfertigt?«

Der Goldschmied kratzte sich an der roten Rose, die ins Zentrum seiner Hochglanzglatze tätowiert war. »Also, im Fesselbereich ist der Icki spezialisiert auf Sonderanfertigungen. Den würd ich mal zuerst fragen. Wenn Sie ein Momentchen warten, hab ich auch irgendwo seine Adresse.« Er tauchte hinter seiner Ladentheke ab und wühlte in Schubladen.

Törner hörte die beiden Mädchen in seinem Rücken kichern.

Der Goldschmied tauchte mit einem ausgefledderten Lederadressbuch in der Hand wieder auf. »Icki, Icki«, murmelte er und blätterte durch die angenagten Seiten. »Friedrich Schenker, da haben wir ja den Schlingel.« Er kritzelte Straßennamen und Hausnummer auf einen Zettel. »Telefonnummer schreib ich Ihnen auch mal dazu, der Icki macht das nämlich nur mit Anmeldung.«

»Danke.« Törner nahm den Zettel entgegen, den der Goldschmied ihm hinhielt.

»Sagen Sie dem Icki ganz liebe Grüße von Toto, dann klappts schneller mit dem Termin. Uniformierten helfen wir doch immer gern. Auch wenn sie die Uniform daheim gelassen haben.« Lachend griff er in den vergoldeten Totenschädel mit dem Klappdeckel, der neben der Kasse stand, fischte eine Visitenkarte heraus und drückte sie Törner in die Hand. »Wenn Ihre Gattin vielleicht mal 'n kleinen Intimschmuck wünscht. Oder Sie selbst.« Er zwinkerte. »Bis Ende August haben wir das Eichelpiercing noch im Sonderangebot.«

> *So sprach er und warf, und das Geschoß lenkte Athene*
> *Auf die Nase neben dem Auge, und es durchbohrte die*
> *weißen Zähne.*
> *Und ihm schnitt ab die Wurzel der Zunge das unauf-*
> *reibbare Erz,*
> *Und die Spitze fuhr ihm heraus am untersten Kinn.*

Kyra ließ das Buch sinken. *Ilias*. Immer wieder schön. Besser als *Nightmare on Elmstreet*.

Ihr Blick schweifte durch den vollbesetzten Lesesaal der Staatsbibliothek. Hinter irgendeinem dieser Schalter mußte der alte Homberg gearbeitet haben. Von den Bibliothekarinnen, die sie an der zentralen Buchausgabe gefragt hatte, konnte sich keine mehr persönlich an den alten Mann erinnern. Vielleicht sollte sie es nachher noch mal in den anderen Lesesälen probieren. Kyra unterdrückte ein Gähnen. Der Sessel, in den sie sich gesetzt hatte, war bequem, gefährlich bequem.

> *– Doch der schlug ihm mit dem Schwert in den Hals,*
> *Und weit weg warf er das Haupt mitsamt dem Helm,*
> *und das Rückenmark*
> *Spritzte aus den Wirbelknochen, und der lag am*
> *Boden hingestreckt.*

Mit leisem Lächeln klappte Kyra die *Ilias* zu und zwang sich, wieder in die wissenschaftliche Abhandlung zu blicken, die geöffnet auf dem niedrigen Tischchen lag.

> *Die Religion der Griechen freilich erschien und erscheint in klassizistischer Perspektive als licht und leidlos-heiter. Doch wer dem das Skandalon des Kreuzes als das ganz andere entgegenhalten möchte, übersieht die Tiefendimension, die der von Homer und der Bildkunst suggerierten Schwerelosigkeit der Götter zugehört.*

Kyra begann nervös an ihrem Muttermal zu zupfen. Warum konnte dieser Mann nicht einfach schreiben, daß das ganze Christentum eine scheißblutige Religion war und daß die Griechen unter der Maske ihrer erhabenen Einfalt und stillen Größe auch nur ein Volk von Blutsudlern gewesen waren?

> *Vom Hergang eines »normalen« griechischen Opfers für die olympischen Götter können wir uns, vor allem dank der Schilderungen durch Homer und die Tragödie, ein recht vollständiges Bild machen.*

Na endlich. Kyra stieß einen Seufzer aus und zwang sich, ihre Rezeptoren von *Durchzug* auf *Achtung* umzustellen.

»Könntest du das hier vielleicht mitkopieren?« Der hübsche Ex-Kellner lächelte und hielt Nike Schröder ein Buch hin.

Die Kleine blinzelte erstaunt. »Hatte Herr Wössner nicht gesagt, daß du dieses Buch kopieren sollst?«

Andy ließ sich in die linke Hüfte fallen. »Ja. Schon.

Aber ich muß doch gleich los. Ich soll doch einen Artikel über die *Baracke* schreiben.«

»Ach so?« Nike drückte die Kopiertaste. »Was spielen sie denn da heute abend?«

Srrrt – srrrt, machte die Lichtschiene.

»*Shoppen und Ficken.*«

»Kenne ich nicht.« Nike nahm das Buch von der Glasplatte, blätterte um, strich es im Knick sorgfältig glatt und legte es wieder hin. Sie paßte die beiden weißen Papierstreifen, die Kopierränder verhindern sollten, neu an.

»Ich weiß nicht«, sagte sie.

Srrrt. Srrrt. Lichtschiene.

»Bitte. Du würdest mir einen Riesengefallen tun. Dieser Artikel ist total wichtig für mich.«

»Aber Herr Wössner hat doch gesagt, daß du dieses Buch kopieren sollst.« *Srrrt. Srrrt.*

»Hey, das ist echt unkollegial.«

»Und hey, was Sie da machen, ist ziemlich dreist«, brummte es von hinten. Die beiden Praktikanten blickten sich gleichzeitig um.

»Ach, Herr Pawlak.« Zwei Gesichter erröteten.

Andy klemmte das Buch unter den Arm. Er räusperte sich. »Ich geh dann mal wieder hoch. Ich hab noch was zu erledigen.«

»Ja. Das glaube ich auch.« Franz wartete, bis der Schönling außer Hörweite war. »Diese Frau hat sie wirklich nicht mehr alle beieinander«, sagte er leise.

Srrrt. Srrrt.

»Welche Frau?« erkundigte sich die Kopierfee neugierig.

»Kyra. Sie haben sie heute mittag ja kennengelernt. Früher war sie vollkommen in Ordnung, aber seit einiger Zeit treibt sie nichts als Unfug. Wie mit diesem gschleckten Hupfer da.«

»Sie mögen Andreas nicht?«

Srrrt. Srrrt.

»Ich halte nichts von Studenten, die Kellner, Dressman und Journalist gleichzeitig spielen wollen.«

Nike kicherte. »Ich glaube, ich kann ihn auch nicht besonders gut leiden.«

»Endlich mal eine Frau, die noch alle Sinne beieinander hat.«

Die Kleine nahm das Kompliment gelassen entgegen. Mit leichtem Fingerdruck schickte sie eine weitere Kopie auf den Weg. »Kennen Sie Kyra gut?«

»Na ja. Wie das halt so ist, unter alten Kollegen. Früher, bevor sie angefangen hat zu spinnen, haben wir zusammen im Feuilleton gearbeitet.«

»So? Das ist ja interessant. Und in welcher Redaktion arbeitet sie jetzt?«

»Verbrechensressort. *Blut- und Tränenseite,* wie wir hier sagen.«

»*Blut- und Tränenseite* – das ist schön.« Wieder wanderte die Lichtschiene. »Und jetzt sitzt sie an einem Artikel über den Mord im Pergamon-Museum?«

»Was weiß ich. Irgendwie glaubt sie, sie müßte Mörder fangen.«

»Das ist sicher aufregend. Erzählt sie Ihnen viel von ihrer Arbeit?«

Franz winkte ungnädig ab. »Alles Spinnereien. Sie hätte im Feuilleton bleiben sollen.«

Srrrt. Srrrt.

Die Kleine hatte ausnehmend schöne Schulterblätter. Engelsflügel. Franz trat vom einen Fuß auf den anderen. »Sagen Sie, müssen Sie noch lange an diesem dummen Kopierer hier herumstehen? Ich gehe nachher in die Philharmonie. Im Kammermusiksaal ist ein Konzert mit Boulez. Er dirigiert Strawinsky und Messiaen. – Und – und ich wollte Sie fragen, ob Sie vielleicht Lust hätten, mich zu begleiten?«

Ein verwickelter Weg führt hin zum Zentrum des Heiligen. Baden und das Anlegen reiner Kleider, Schmükkung und Bekränzung gehören zur Vorbereitung, oft auch sexuelle Abstinenz. Zu Beginn bildet sich eine wenn auch noch so kleine Prozession: im gemeinsamen Rhythmus singend entfernen sich die Teilnehmer des Festes von der Alltäglichkeit. Mitgeführt wird das Opfertier, seinerseits geschmückt und gleichsam verwandelt, mit Binden umwunden, die Hörner vergoldet. Man erhofft in der Regel, daß das Tier gutwillig, ja, freiwillig dem Zug folgt; gerne erzählen Legenden, wie Tiere von sich aus zum Opfer sich anboten; denn es ist der Wille eines Höheren, der hier geschieht. Ziel ist der alte Opferstein, der längst errichtete Altar, den es mit Blut zu netzen gilt. Meist lodert auf ihm bereits das Feuer. Oft wird ein Räuchergefäß mitgeführt, die Atmosphäre mit dem Duft des Außerordentlichen zu schwängern; dazu die Musik, meist die des Flötenbläsers. Eine Jungfrau geht an der Spitze, die »den Korb trägt«, die Unberührte das verdeckte Behältnis; auch ein Wasserkrug darf nicht fehlen.

Es war heiß im Taxi. Erbarmungslos heiß. Franz spürte, wie ihm der Schweiß den Rücken hinunterlief. Das Hemd, das er in Wien beim Adlmüller gekauft hatte, war bereits durchnäßt. Er faßte sich in den viel zu engen Kragen. Warum nur hatte er ausgerechnet heute das neue Hemd angezogen? Er flehte zum Himmel, seine Begleiterin, die allein auf der Rückbank saß, möge nichts merken. Ohne hinzusehen wußte er, daß sie mit schweißlosem Lächeln dort hinten sitzen würde, das enge Leinenkleid so glatt und trocken, als habe sie es eben erst aus der Reinigung geholt. Wenn er schnupperte, glaubte er, einen frischen, reinen Duft riechen zu können. Kein Parfüm, er kannte sich aus mit Parfüms, sondern irgendeinen Duft, den er in seinem Leben nie gerochen hatte. Er wagte nicht, sich umzudrehen oder einen Blick in den Rückspiegel des Taxis zu werfen. Vielleicht sollte er ohnmächtig werden.

Am heiligen Ort angekommen, wird zunächst ein Kreis markiert, Opferkorb und Wassergefäß werden rings um die Versammelten herumgetragen und grenzen so den Bereich des Heiligen aus dem Profanen aus. Erste gemeinsame Handlung ist das Waschen der Hände, als »Anfang« dessen, was nun geschieht. Auch das Tier wird mit Wasser besprengt; »schüttle dich«, ruft Trygaios bei Aristophanes. Man redet sich ein, die Bewegung des Tieres bedeutet ein »freiwilliges Nikken«, ein Ja zur Opferhandlung. Der Stier wird noch einmal getränkt – so beugt er sein Haupt.

»Sollen wir dann reingehen?«

Es hatte das erste Mal geklingelt. Hektisch zerrte Franz die beiden Tickets aus seiner Jackettasche hervor. »Oder möchten Sie noch ein Mineralwasser trinken?«

»Nein. Nein danke.« Mit einem Lächeln stellte Nike Schröder ihr halb ausgetrunkenes Wasserglas auf den Pausentisch zurück. »Das ist sehr interessant, was Sie mir da gerade über die serielle Technik in der Komposition erzählt haben. Und Messiaen hat diese Technik erfunden?«

»Nein. Das stimmt nicht ganz. Messiaen hat nur weiter radikalisiert, was Schönberg mit der Zwölftonmusik bereits angelegt hat.« Franz war glücklich. Seit Jahren hatte er keine aufmerksamere Zuhörerin mehr gehabt. »In der

Zwölftontechnik beschränkt sich das Reihenprinzip allerdings noch auf die Töne beziehungsweise die Tonqualität, die anderen Parameter wie Lautstärke, Tondauer und so weiter sind noch frei. Die Festlegung aller Parameter ist das, was dann in der seriellen Musik geschieht. Jeder Ton mit allen seinen Eigenschaften muß sich aus dem anfangs gewählten rationalen Ordnungsprinzip notwendig ergeben.«

»Das ist interessant. Wirklich interessant.« Nike Schröder nickte ernsthaft. »Ich weiß so furchtbar wenig über Musik. Musik hat meinen Vater nie interessiert. Was für ein Glück, daß ich meinen ersten Konzertbesuch gleich mit jemandem machen darf, der so viel weiß.«

Franz wünschte, der Rest Orangensaft, den er hinunterstürzte, würde auch das Rot wegspülen, das er deutlich über sein Gesicht kriechen spürte.

Gemeinsames, gleichzeitiges Werfen von allen Seiten ist ein aggressiver Gestus, gleichsam Eröffnung eines Kampfes, auch wenn die denkbar harmlosesten Wurfgegenstände gewählt sind. Unter den Körnern im Korb aber war das Messer verborgen, das jetzt aufgedeckt ist. Mit ihm tritt der, dem die Führungsrolle zufällt im nun beginnenden Drama, der HIEREUS, auf das Opfertier zu, das Messer noch versteckend, damit das Opfer es nicht erblickt. Ein rascher Schnitt: ein paar Stirnhaare sind dem Tier abgeschnitten worden. Noch ist kein Blut vergossen, nicht einmal ein Schmerz zugefügt, und doch ist die Unberührbarkeit und Unversehrtheit des Opfertieres aufgehoben, in nicht mehr umkehrbarer Weise. Jetzt folgt der tödliche Schlag. Die anwesenden Frauen schreien auf, schrill und laut: ob Schreck, ob Triumph, ob beides zugleich, der griechische Brauch des Opferschreis markiert den emotio-

*nellen Höhepunkt des Vorgangs, indem er das Todes-
röcheln übertönt.*

Der Applaus brandete noch von allen Seiten, als Franz und
Nike den Saal bereits verließen.

Die Wangen des Mädchens waren gerötet. »Das war
wirklich ein wunderbares Konzert. Danke, daß Sie mich
mitgenommen haben.«

Auch Franz leuchtete. »Es freut mich, daß es Ihnen
gefallen hat.«

»Und Sie müssen jetzt gleich die Rezension schreiben?
Ich stelle mir das furchtbar schwer vor, über Musik zu
schreiben.«

»Routine.« Er zuckte die Achseln. »Ob es tatsächlich
was über die Musik sagt, was man da zusammenschreibt,
steht natürlich auf einem anderen Blatt.«

Sie gingen durchs große Foyer, Garderobe hatten sie
keine abgegeben, und er hielt ihr die Glastüren zum Vor-
platz auf. Die Taxis warteten bereits in langer gelber
Schlange.

»Wollen Sie –«, er räusperte sich, »– wollen Sie vielleicht noch eine Kleinigkeit trinken gehen?« Er lächelte,
als er ihren fragenden Blick sah. »Keine Angst. Der Artikel
muß erst morgen mittag in den Satz. Heute nacht schreib
ich eh nix mehr.«

»Das *Bœuf à la bourguignonne* ist phantastisch. Das haben Sie doch nicht etwa selbst gekocht?« Jenny Mayer zog
mit gefletschten Zähnen den Bissen von der Gabel und
warf Doktor Olaf Wössner den zum Hintergrundtango
passenden Blick zu.

»Nein. Nein. Selbstverständlich nicht. Ich – ich habe
liefern lassen.« Wössner hüstelte und hob sein Rotwein-
glas. »Liebe Frau Mayer, wollen wir – ich meine: Sie wis-

sen ja, wieviel Wert ich auf formale Korrektheit lege, aber wollen wir uns nicht wieder duzen.«

Das politische Blond warf den Kopf in den Nacken und lachte. »Lieber Olaf, ich kann dir gar nicht sagen, wie gern. Um ehrlich zu sein: Es ist mir die ganze Zeit schwergefallen, bei dem ›Sie‹ zu bleiben.« Sie griff nach ihrem Wein, und die beiden Gläser stießen mit dezentem »Göng« zusammen.

Es entstand eine Pause, in der sich nur Herr Piazzolla und sein Bandoneon weiter unterhielten.

»Bist – bist du mit deinem Moskau-Berlin-Artikel fertig geworden?« Olaf Wössner schaute das Fleisch auf seinem Teller an, ohne davon zu essen.

»Ich muß noch einmal mit dem Botschafter reden«, kaute Jenny Mayer gutgelaunt, »aber dann sollte ich alles haben.«

»Sehr gut. Sehr gut.«

Jenny Mayer legte Messer und Gabel aus der Hand und beugte sich über den schmalen Wohnzimmertisch. Sie war kurz davor, ihre Hand auf Olaf Wössners Hand zu legen. »Jetzt sag doch endlich, was los ist. Seit Tagen höre ich von dir, daß du mit mir über etwas Wichtiges sprechen mußt, und dann druckst du immer nur herum. Ich finde, jetzt wo du mich zu dir nach Hause eingeladen hast, ist doch wirklich der richtige Zeitpunkt, um mir zu sagen, was los ist. Also. Spucks aus.«

Doktor Olaf Wössner faltete nervös an seiner Serviette herum.

»Geht es um die personalen Veränderungen im politischen Teil, die du letzten Montag angedeutet hast?« fragte sie. Großer Bandoneon-Auftakt. »Um die neue Stelle in Moskau?«

Olaf Wössner legte die Serviette weg und schaute der Kollegin Mayer zum ersten Mal an diesem Abend in die

Augen. »Ich – ich habe in Konrads Videorecorder eine Kassette gefunden.«

»Du hast was –« Dem politischen Blond blieb der Mund offen. Trotz warmem Kerzenlicht und aufwendigem Make-up sah sie plötzlich bleich aus.

»Ich bin –«, Wössner lächelte unbehaglich, »– ich habe die Kassette nicht an die Polizei weitergegeben.«

Jenny Mayer rückte vom Tisch weg. Ihre Hände zitterten.

»Darf ich dir noch etwas *Margaux* nachschenken?« Wössner hob die Weinflasche und schaute Jenny an. Sein Lächeln wurde sicherer.

»Du Schwein.«

»Ich verstehe nicht, worüber du dich aufregst. Ich habe dir doch gesagt, daß ich nicht zur Polizei gegangen bin.«

Jenny Mayer atmete heftig. Ihr Blick war kälter geworden als das Essen auf dem Tisch. »Was willst du dafür?«

»Aber liebe Jenny, habe ich denn gesagt, daß ich etwas dafür will? Du weißt doch, wie sehr ich dich schätze.« Wössners Lächeln war zu einem echten Grinsen angeschwollen. »Als Frau.«

. . .

»Seit heute ist das Pergamon-Museum wieder für die Öffentlichkeit zugänglich. Aber ist es noch dasselbe Museum? Werden die zahllosen Schulklassen anders über den Marmor schlurfen als zuvor? Wird der Pergamon-Altar wieder das, was er vor mehr als zweitausend Jahren schon einmal war? Ein Ort von *Kult*?«

Kyra hörte ein schwaches Geräusch an der Tür. Sie drehte sich um.

»Guten Tag«, sagte Nike Schröder. Zart wie weiße Schokolade.

»Hi.« Kyra schaute auf den Bildschirm zurück. Beschissener Anfang. Sie löschte die ersten sechs Zeilen. Am liebsten hätte sie das Ganze gelöscht. »Wars schön gestern im Konzert?«

»Oh, Herr Pawlak hat Ihnen bereits erzählt, daß wir in der Philharmonie waren?«

»Hätten Sie es lieber geheimgehalten?«

»Nein, nein. Natürlich nicht. Es war sehr interessant. Herr Pawlak hat mir viel über Messiaen und die serielle Musik erzählt.«

»Das glaub ich«, lachte Kyra sauer. »Bei serieller Musik läuft Franz immer zu Hochform auf.« Ohne sich umzudrehen, spürte Kyra, wie die Kleine näherkam und kurz hinter ihr stehenblieb. *Ein Engel geht durch den Raum.*

»Ach. Haben Sie doch noch mal in der ›Ilias‹ nachgesehen, ob Sie meine Stelle finden können?«

»Wie?« Irgend etwas grieselte Kyra den Rücken hinunter. Sie faßte nach dem Buch, das aufgeschlagen neben dem Computer lag. »Nein. Ich brauche das für meinen eigenen Artikel.«

»Da sind aber viele Anstreichungen drin.«

»Haben Ihnen die Lehrer verboten, Anstreichungen in Büchern zu machen?«

»Ooh.« Die Kleine machte ein bewunderndes Geräusch. »Das links, das ist ja Griechisch.«

»Was dagegen?«

»Ach, bitte. Können Sie mir etwas auf Griechisch vorlesen? Bitte, bitte.«

Kyra zog das Buch an sich. »Ich hab schon seit über zehn Jahren kein Griechisch mehr gelesen.«

»Ach, versuchen Sie es doch. Bitte, bitte.«

»Wissen Sie, was Sie sind? Eine Nervensäge.

– EK DE HOI HEPAR OLISTHEN, ATAR MELAN HAIMA KAT' AUTU KOLPON ENEPLESEN«, las sie. Stockend.

Nike Schröder klatschte begeistert. »Und was bedeutet das?«

Kyra schwenkte ihren Blick auf die rechte Buchseite.

»Doch der stieß ihn mit dem Schwert in die Leber,
Und heraus glitt ihm die Leber, und das schwarze Blut
erfüllte
Von ihr den Bausch des Gewands, und dem umhüllte
Dunkel die Augen,
Und das Leben verging ihm.«

»Puh.« Die Kleine kratzte sich an der Nase. »Und so etwas brauchen Sie für Ihren Artikel?«

»Antike und die feine Kunst des Splatterns. – Hey, gar nicht so schlecht als Überschrift.«

Die Kleine kratzte sich noch nachdenklicher an der Nase. Bevor sie dazu kam, weitere Fragen zu stellen, klingelte das Telefon.

»Berg.« Gewohnheitsmäßig klemmte sich Kyra den Hörer zwischen Ohr und Schulter. »Herr Professor Dollitzer, das ist nett, daß Sie mich so schnell zurückgerufen haben.« Sie strahlte. »Es geht um folgendes. Wenn ich mich richtig erinnere, ist es jetzt ziemlich genau ein Jahr her, daß die rechtsmedizinischen Institute der Freien Universität und der Humboldt Universität zusammengelegt wurden? – Ja. Und ich würde gern einen Bericht für die Berlinseite machen, wie die Zusammenarbeit nach einem Jahr läuft. – Damit wären Sie einverstanden? – Gleich heute nachmittag? Großartig. – Um drei? Gut. Am besten komme ich ins Institut raus. – Ja, hab ich. – Gut. Dann bis drei. Und nochmals herzlichen Dank.«

Kyra schmetterte den Hörer auf die Gabel zurück. »*Yeah*«, röhrte sie zwei Oktaven unterhalb ihrer sonstigen Stimmlage.

»Sie wollen einen Artikel über Rechtsmedizin schreiben?«

Kyras Schulterblätter machten einen harten Sprung. Das kleine Blonde hinter sich hatte sie vollkommen vergessen.

»Quatsch. Ich will sehen, ob ich irgendwas über den Bildhauer und die zwei andren Geköpften rauskriege. Wollen Sie mitkommen?« fragte sie, ohne nachzudenken.

Nike Schröder lächelte. Ein wenig erstaunt. »Ja, gern. Sicher, gern. Ich muß aber vorher Herrn Wössner fragen, ob er mir freigibt.«

»Vergessen Sies wieder.« Kyra begann hektisch in ihrem Schreibtischchaos herumzuwühlen. »Rechtsmedizin ist nicht das Richtige für Sie.«

»Doch. Doch. Rechtsmedizin hat mich schon immer interessiert.«

»Nein, es ist wirklich zu hart für Sie. Bleiben Sie lieber im Feuilleton.«

»Ich will aber.« Die Kleine stampfte mit dem Fuß auf.

»Also gut«, sagte Kyra, bevor die Blonde zu heulen anfing. Sie hatte plötzlich so ein Singen in der Magengegend. Und sie war sicher, daß es nicht von der Aussicht auf den Sektionsbesuch kam. »Aber Sie halten die Klappe, wenn wir da sind. Keine dummen Fragen. Und wehe, Sie verkotzen mir meine Recherche.«

Ein gefährlich grünes Etwas war aus einem der Seitengänge aufgetaucht, schnurstracks auf Franz zugelaufen und breitbeinig vor ihm stehengeblieben.

»Ich muß mit dir reden«, sagte Isabelle Konrad finster.

»So?« Etwas Intelligenteres fiel Franz nicht ein.

»Ich warn dich. Hör auf, bei Kyra gegen mich zu hetzen.«

»Ich bin mir nicht sicher, ob ich verstehe, wovon Sie reden.«

»Na klar verstehste. Diese Scheißidee, daß ich was mit dem Mord im Museum zu tun hab, auf die hast du doch Kyra erst gebracht.«

Franz schaute sie verdutzt an.

»Mann. Du hast verloren. Du bist abgeschrieben. Kapiers endlich. Kyra steht nicht auf kleine dicke Männer mit Vollbart.«

Franz holte Luft. Und überlegte es sich anders. »Auf kleine dürre Gören mit grünen Haaren scheint sie aber auch nicht zu stehen«, sagte er trocken.

»Mann, paß bloß auf.«

»Wovor?«

Isabelle Konrad ließ die Frage unbeantwortet und legte eine mißtrauische Pause ein. »Hat Kyra was zu dir gesagt?«

»Was gesagt?«

»Daß sie nicht auf mich steht.«

»Nun ja. Sie hat Andeutungen gemacht über jene Nacht.«

»Red nicht so 'n gequirlten Scheiß. Was hat sie erzählt?« Die Grüne kam noch einen Schritt näher.

Franz schnupperte. Sie roch nach alter Lederjacke. Was ungefähr auf nassen Hund hinauslief. Er grinste. »Sie hat mir gesagt, daß sie Sie nicht kränken möchte. Aber daß die Nacht mit Ihnen grauenvoll war.«

»Das hättste wohl gern, Franz Pawlak. Du lügst.« Die Grüne zischte böse. »Kyra kann dir das gar nicht erzählt haben. Weil sie sich an nix mehr erinnert.«

»Hat sie Ihnen das gesagt?« Franz schüttelte lächelnd den Kopf. »Die Frau kann bisweilen höflicher sein, als man denkt.«

»Und was soll so scheiße gewesen sein an der Nacht mit mir?« erkundigte sich die Konrad-Tochter mißtrauisch.

»Sie werden verstehen, daß ich Ihnen das jetzt nicht im Detail wiedergeben möchte. Das wäre Kyra gegenüber nicht sehr fair.«

»Nicht sehr fair. Scheiße, Mann.« Sie trat gegen eine der metallenen Papierkorb-Aschenbecher-Säulen, die überall auf den Gängen standen. »Hat die Alte 'n Problem damit, daß sie auf Frauen steht?«

Franz überlegte.

»Nein.« Er lächelte. »Die Alte hat ein Problem damit, daß sie auf gar niemanden steht.«

»Sie würden also nicht sagen, daß sich das Arbeitsklima seit der Zusammenlegung Ihrer beiden Institute negativ verändert hat?«

»Nein. In keinster Weise. Wir hatten freundschaftliche Verhältnisse von Anfang an.«

Kyra warf einen kurzen Blick auf den Kassettenrecorder, um zu sehen, wieviel Platz noch auf dem Band war. Nike saß neben ihr und hielt dem weißbärtigen Professor das Mikrophon hin. Der alte Mann und das Mädchen lächelten sich herzlich an.

Kyra blätterte eine neue Seite ihres Ringblocks auf. »Können Sie mir etwas über die spektakulärsten Fälle erzählen, mit denen Sie in letzter Zeit zu tun hatten?«

Der Professor dachte einen Moment nach. »Letzten Monat, da hatten wir einen sehr außergewöhnlichen Fall. Zwei Arbeiter hatten in einer Böschung an einem S-Bahn-Damm ein Skelett gefunden. Die ersten Untersuchungen ergaben, daß die Leiche dort mindestens zwei Jahre gelegen haben mußte. Normalerweise ist es bei so langen Liegezeiten schwer, den Toten noch zu identifizieren. Aber in diesem Fall hatten wir ein unwahrscheinliches Glück. Im Gebiß des Skelettes fehlten zwei Schneidezähne. Und zwar von Geburt an. Im Oberkiefer waren an dieser Stelle überhaupt keine Zahnwurzeln vorgesehen. Eine äußerst seltene Mißbildung. Der Vergleich mit den Unterlagen bei der Polizei ergab, daß es sich um einen jungen Mann handelte, den seine Eltern tatsächlich vor ziemlich exakt zwei Jahren als vermißt gemeldet hatten.«

»Was für Identifizierungsmöglichkeiten haben Sie, wenn Sie nicht so glücklich sind, daß es eine auffällige Besonderheit gibt, oder wenn das Gebiß völlig fehlt?« fragte Kyra weiter.

»Sie meinen, wenn wir ein unvollständig erhaltenes Skelett finden? Dann sieht die Sache schwieriger aus, aber Gott sei Dank gibt es immer noch individuelle Skelettmerkmale, wie zum Beispiel Hinweise auf alte Frakturen und chirurgische Behandlungsmaßnahmen. Wenn wir Glück haben, finden wir Osteosynthesematerial wie Platten oder Schrauben, es können –«

»Ich meine nicht nur bei Skelettfunden«, unterbrach Kyra den Redefluß des Rechtsmediziners. »Welche Methoden zur Identifizierung haben Sie, wenn sie mit einer – nun ja: ›normalen‹ Leiche ohne Kopf konfrontiert sind.« Sie spürte, wie die Kleine neben ihr aufmerkte.

»Ja, dann ist es natürlich einfacher. In diesem Fall nehmen wir zunächst einmal die Fingerabdrücke und machen eine Leichendaktyloskopie. Dann hoffen wir, daß äußerliche Individualmerkmale wie Narben, Hautveränderungen oder auffällige Tätowierungen vorhanden sind. Körperlänge und Konstitutionstyp können auch erste Hinweise geben. Bei der Leichenöffnung suchen wir dann nach wesentlichen Organerkrankungen, nach Besonderheiten wie zum Beispiel Einnierigkeit, nach früheren Behandlungsspuren, wir schauen, ob der Wurmfortsatz noch da ist, ob die Gallenblase noch da ist, und so weiter. Sobald uns die Polizei einen konkreten Verdacht mitteilt, um wen es sich bei der Leiche handeln könnte, machen wir den DNA-Fingerprint.«

»Und wie zuverlässig sind diese Methoden?«

»Das ist pauschal schwer zu beantworten. Der DNA-Fingerprint ist hundertprozent zuverlässig. Ansonsten kommt es drauf an. Wenn wir Pech haben, sind wir mit einer vollkommen durchschnittlichen Leiche konfrontiert, die keinerlei besondere Merkmale hat. Dann kann die Identifizierung schwierig werden.«

»Die Leiche, die sie im Pergamon-Museum gefunden haben, konnten Sie die zuverlässig identifizieren?«

»Sie haben sicher Verständnis dafür, daß ich keine Auskünfte über Fälle geben kann, bei denen die Ermittlungen noch laufen.« Der Mann im weißen Kittel lächelte. Granit war dagegen ein Pausensnack. »Wenn Sie hier im Moment keine Fragen mehr haben, dann lassen Sie uns doch in den Sektionssaal gehen, damit ich Ihnen die Örtlichkeiten dort zeigen kann.«

Kyra packte ihren Notizblock ein, Nike das Mikro und den Kassettenrecorder, und im Gänsemarsch folgten sie Professor Dollitzer die Treppe hinunter. Er öffnete die Stahltür zu einem verwinkelten weißen Labyrinth. An den Wänden hingen großformatige Photos in Farbe und Hochglanz. Eine Frau mit schwarzem Loch in der Schläfe. Ein Handschuh, menschliche Haut, im Wasser abgelöst. Eine geöffnete Kehle, aus der ein Flaschenhals herausragte.

Atemlos folgten die beiden Frauen dem Rechtsmediziner, der seine Lieblingsphotos im Vorbeigehen kommentierte.

»Zusammen mit der Tochter jeweils im Zustand fortgeschrittener Fäulnis in der Wohnung aufgefunden. –

Vom Sohn mit einem Beil erschlagen worden. Sieben Hiebverletzungen im Bereich des Kopfes mit Spaltung des Schädels unter einer längsgestellten Wunde in der Mitte des Scheitels. –

Subarachnoidalblutung. In seinem Büroraum tot aufgefunden, Hose war geöffnet. Penis hing aus dem Hosen-schlitz heraus. Dichte Blutungen zwischen den Hirnhäu-ten, besonders an der Hirnbasis.«

Der Professor redete und redete. Und plötzlich, ohne Vorwarnung, waren sie da.

Jenny Mayer zog die Tür hinter sich mit einem Knall zu. Olaf Wössner blickte von seinem Schreibtisch auf.

»Ich habe nachgedacht«, sagte die Blonde kühl. »Ich bin einverstanden. Wie sollen wir es machen?«

Olaf Wössner lehnte sich in seinem Ledersessel zurück. »Wovon redest du?«

»Du weißt genau, wovon ich rede.«

»Ich weiß nur, daß du gestern wie eine Verrückte aus meiner Wohnung gerannt bist.«

»Um so besser.« Jenny Mayer stemmte eine Hand in die Hüfte. »Wenn du nichts mehr mit der Kassette vor-hast, dann kannst du sie mir ja gleich zurückgeben.« Sie streckte die rechte Hand aus.

»Aber, liebe Jenny, nicht so schnell. Ich habe nicht ge-sagt, daß ich mit der Kassette nichts mehr vorhabe.« Dok-tor Olaf Wössner lächelte. Perfider, als sein akademisches Gesicht erlaubte.

»Du verdammter Spanner.«

Sein Lächeln wurde schmallippig. »Ich könnte das in-kriminierende Band zum Beispiel immer noch der Polizei aushändigen.«

Jenny Mayer stieß sich von der Tür ab und kam hoch-hackig auf den Schreibtisch zu. »Herrgott noch mal, dann sag mir doch endlich, was du willst!«

Der Chefredakteur schlug die lederne Korrespondenz-mappe auf. »Ich würde vorschlagen, wir vertagen diese Diskussion auf heute abend. Wie du siehst, bin ich im Moment anderweitig beschäftigt. Komm um acht wieder.«

Die alte Frau war nackt. Vom Hals bis zu den Fußsohlen nackt. Aber das machte nichts. In ihrer wachsgelb zerknitterten Haut, die mit Altersflecken übersät war wie ein Gepardenfell, sah sie angezogener aus als in jedem Nachthemd. Das Schamhaar war ihr bis auf wenige weißdürre Kringel ausgegangen. Und dennoch hatte eine nackte Frau nie weniger schamlos dagelegen. Eine Lampe goß sie in gleißendes Licht. Die alte Frau blickte hinein, ohne zu blinzeln. Sie blinzelte auch nicht, als der Mann mit der Spritze sich über sie beugte und die Nadel in ihr rechtes Auge stach.

Nike blieb stehen. »Was macht Ihr Kollege da?«

Professor Dollitzer, der mit Kyra vorausgegangen war, drehte sich um. Er lächelte. »Sie meinen Herrn Doktor Brenner? Er ist gerade dabei, die beiden Glaskörper der Frau abzusaugen, um den Kaliumgehalt zu bestimmen. Zwei bis drei Tage nach Todeseintritt ist es eines der zuverlässigsten Verfahren, um die Todeszeit zu schätzen.«

Die Kleine nickte stumm.

Kyra hatte die Ablenkung genutzt, um allein weiter in den gekachelten Saal hineinzugehen. Da war sie also. Dorthin zurückgekehrt, wo sie vor einunddreißig Jahren begonnen hatte. Zu den stahlblitzenden Sektionstischen, auf denen die Toten lagen. Den harten Holzbänkchen, die man ihnen als Nackenstütze untergeschoben hatte. Den Brausen, mit denen die Sektionsgehilfen unablässig die Tische vom Blut reinigten. Den klaffenden Bäuchen mit den gespreizten Rippen, den dicken gelben Fettschichten, die an den Schnittstellen der Haut wie altes Schaumgummi hervorschauten. Den kleinen Suppenkellen, mit denen die Menschen in den weißen Kitteln das Blut aus den offenen Bäuchen schöpften. Den großen Silbertellern, auf die die Eingeweide aus den Körperhöhlen wanderten.

– Kind, wie viele Körperhöhlen hat der Mensch?

– Drei, Mami. Kopfhöhle, Brusthöhle, Bauchhöhle.
Auf einem Teller lag ein Magen-Darm-Trakt, auf einem
anderen ein Herz-Lungen-Bereich. Alles fertig zum Wie-
gen und Lamellieren. Geduldig ließen die Toten es zu, daß
die Ärzte ihnen die Teller mit ihren eigenen Organen auf
den Oberschenkeln abstellten.

Kyra schloß die Augen. Sie lauschte dem Geräusch der
Knochensägen. Der leisen, vornehmen Sprache, dem all-
gegenwärtigen *»Könnten Sie bitte noch«* – *»Würden Sie
bitte hier«* – *»Danke«* – *»Danke«.* Sie atmete tief durch.
Nie im Leben würde sie diesen Geruch vergessen können.
Nie im Leben beschreiben können. Der einzige Geruch der
Welt, gegen den der Mensch sich nicht sperren konnte, der
in ihn hineinkroch, egal, ob er sich die Nase zuhielt oder
zu atmen aufhörte.

Wie eine Schlafwandlerin ging Kyra durch den Saal.
Vergessen, daß sie hier war, um zu schnüffeln. Vergessen
die kleine Blonde, die Professor Dollitzer großäugig Fragen stellte.

Am zweiten Sektionstisch stand eine Ärztin. Eine
schöne Frau. Nicht alt. Kyra lächelte sie an. Sie schaute
nicht einmal zurück. Sie war ganz darauf konzentriert,
eine Leber aus einem grotesk fetten Bauch zu holen. Mit
beiden Unterarmen hievte sie das aufgedunsene Organ auf
eine der Platten.

Kyra ging weiter. Auf dreien der vier Tische lagen Menschen in mehr oder weniger geöffnetem Zustand. Der
feingliedrige Arzt, der an dem Tisch auf der rechten Seite
arbeitete, war mit seiner Sektion am weitesten. Die
komplett leergeräumte Brust- und Bauchhöhle verschaffte
Kyra ein Gefühl von Ordnung und Klarheit.

Die geöffneten Leichen waren ihr als Kind immer wie
Baukästen vorgekommen. Wie ein besonders komplizier-
tes dreidimensionales Puzzle. Und deshalb war sie immer

so enttäuscht gewesen, wenn die Pathologen nach getaner Arbeit sämtliche Organe blind in die Bauchhöhle hineingeworfen hatten, anstatt alles wieder ordentlich hineinzubauen. Sogar die zerschnittenen Hirne hatten sie von den Silbertellern einfach in die Bauchhöhle gekippt. Und die leeren Kopfhöhlen mit Watte ausgestopft. Als sie ihre Mutter danach gefragt hatte, hatte diese nur lachend geantwortet, sie solle selbst einmal versuchen, ein lamelliertes Hirn wieder in eine Schädelhöhle hineinzusetzen.

Kyra wanderte zu der alten Frau zurück, die auf dem ersten Sektionstisch lag. Inzwischen war auch sie zur Hälfte ausgeräumt.

Professor Dollitzer führte Nike gerade eine besonders verkalkte Aterie vor. Atemlos verfolgte die Kleine, wie der Arzt die Röhre, die Handgelenkdurchmesser erreicht hatte, der Länge nach aufschnitt. Es knirschte wie bei einem alten Waschmaschinenschlauch.

Kyra mußte lächeln. So ahnungslos, das Mädchen. Und so geschmeichelt der Professor, daß er Kabinettstückchen aus dem menschlichen Körper vorführen konnte.

Langsam ging sie ans Kopfende des Sektionstisches. Noch hatte der Arzt der Greisin den Schädel nicht geöffnet. Noch hatte er nicht den Schnitt von Ohr zu Ohr gesetzt, um ihr die Haut nach vorn und nach hinten wie eine Strumpfmaske übers Gesicht zu ziehen, bis der nackte Knochen hervorschaute. Ihre abgesaugten Augen blickten fremd. Ein Blick, wie ihn Kyra noch nie gesehen hatte. Ein Blick in eine andere Dimension.

Die Stimme des Professors verschwamm in ihren Ohren. Sie war so schön. Die tote Greisin. So puppenschön.

»Es tut mir außerordentlich leid, daß ich Sie noch einmal behellige, aber die Dinge haben sich in eine Richtung entwickelt, die es erfordert, daß ich Ihnen noch einige

Fragen stelle.« Hauptkommissar Heinrich Priesske schlug die Beine übereinander und zupfte seine Bügelfalte aufrecht.

Doktor Olaf Wössner kreuzte die Hände auf dem Schreibtisch. »Sicher. Ich hoffe nur, daß ich Ihnen weiterhelfen kann.«

Kleine Pause unter Männern.

»Herr Doktor Wössner, ich möchte nicht, daß Sie mich falsch verstehen, aber ist Ihnen etwas darüber bekannt, ob Robert Konrad homosexuelle Kontakte hatte?«

»Selbstverständlich nicht.« Ein flüchtiges Rot huschte über das Gesicht des Chefredakteurs.

»Sie meinen, es ist Ihnen nicht bekannt, oder Konrad hatte keine solchen Kontakte?«

»Robert Konrad hatte keine solchen Kontakte.«

Priesske lächelte verbindlich. »Ich begreife, daß dieses ganze Thema für Sie höchst unangenehm sein muß, aber der Verstorbene schien – wie soll ich sagen: ein recht ausschweifendes Liebesleben geführt zu haben. Woher nehmen Sie die Sicherheit, daß er sich immer nur an Frauen gehalten hat?«

Eine Zornesfalte teilte Wössners Stirn in zwei. »Ich sehe nicht, was diese Frage mit Ihren Ermittlungen zu tun hat. Gehen Sie plötzlich davon aus, daß Robert Konrad von einem Mann ermordet wurde? Ich dachte, Sie waren davon überzeugt, daß es sich um eine Täterin handelt.«

»Wir ermitteln in alle Richtungen.«

»Sicher. Sicher.« Olaf Wössner starrte auf seine Hände. Seine Lippen spitzten sich ein paarmal. Er holte Luft. Er blickte auf. »Es tut mir leid, Herr Kommissar. Ich fürchte, ich kann Ihnen nicht mehr sagen, als ich eben schon gesagt habe.«

»Danke, ich möchte nur Mineralwasser.« Nike Schröder

lächelte den Kellner an und strich sich die langen blonden Haare aus dem Gesicht.

Kyra griff nach ihren Zigaretten. »Ich wette, Sie trinken niemals Alkohol?« Sie warf das Streichholz so heftig in den Aschenbecher, daß es auf der anderen Seite wieder heraussprang.

»Das stimmt. Es bekommt mir nicht.« Nike Schröder legte das Streichholz sorgfältig in den Aschenbecher zurück.

»Muß sich verdammt gut anfühlen, so erhaben zu sein.«

»Wie meinen Sie das?«

»Immer durch die Welt zu laufen, als hätte man das Drehbuch vorher schon gelesen.«

»Welches Drehbuch?«

»Was weiß ich. Den Text, den sich diese höheren Idioten da oben für uns ausgedacht haben.«

»Glauben Sie, daß da oben höhere Idioten sind?« Nike Schröder zeigte mit dem Finger vorsichtig aufwärts.

»Vielleicht ist es auch einfach nur ein großer, großer Rechner mit Drehbuchprogramm, der sich langweilt.«

»Nein. Nein. Das glaube ich nicht.«

Beide Frauen schwiegen, bis der Kellner die Getränke brachte. Kyra kippte ihren Wodka in einem Zug hinunter. »Bringen Sie mir gleich noch einen.«

Schweigen, die zweite.

»Und? Hats Ihnen gefallen?« Kyras Stimme war rauh, als hätte sie bereits zwanzig Wodka getrunken. Sie knallte das Glas auf den Tisch.

»Es war sehr interessant.« Nike Schröder schien mit den Gedanken noch woanders zu sein.

Kyra zog an ihrer Zigarette. Ihre Finger zitterten. »Verdammt, können Sie diesen Höhere-Tochter-Scheiß nicht wenigstens mal fünf Minuten sein lassen? Wir waren zusammen in einem Sektionssaal. Nicht im Kupferstichkabinett. Also erzählen Sie mir bitte nicht, daß es *interessant* war.«

»Es war aber interessant«, beharrte Nike. Sie dachte einen Moment nach. »Oder haben Sie vorher schon gewußt, daß die Leber eines Menschen so groß und gelb werden kann?«

»Hab ich«, knurrte Kyra und setzte das Glas an, das der Kellner soeben vor sie hingestellt hatte. Sie trank. Und trank. Am liebsten hätte sie getrunken, bis sie vergaß, daß es so etwas wie eine Welt überhaupt gab.

»Haben Sie die alte Frau gekannt?«

»Wie bitte?« Kyra runzelte die Stirn.

»Die alte Frau, der Sie über den Kopf gestreichelt haben.«

»Was reden Sie da für Quatsch?« Kyra setzte das Glas an, das bereits lange leer war.

»Ich habe es aber gesehen.« Die hellen Augen ruhten auf ihr. Nicht unfreundlich.

»Nein«, sagte Kyra leise. Und stellte das Glas ab. »Ich habe diese Frau nicht gekannt.«

»Sie müssen sich nicht schämen. Es ist ja nichts Schlimmes dabei.«

Bitteres Lachen. »Wie überaus tolerant von Ihnen.«

»Ich habe mich nur gewundert. Ich hätte nicht gedacht, daß Sie Leichen mögen.«

Kyra schlug mit der Hand auf die marmorne Tischplatte. »Jetzt halten Sie aber mal die Luft an. Ich *mag* keine Leichen. Ich – ich –« Sie verschmierte den Kreis, den das geeiste Wodkaglas hinterlassen hatte. »Es hat mich nur an früher erinnert. Meine Mutter war Pathologin. Das ist alles.«

»Ihre Mutter war Pathologin? Das ist ja interessant.«

»Ich will nicht darüber reden.« Kyra winkte in Richtung Tresen.

»Aber warum denn nicht?«

Die Kleine hatte einen unglaublichen Kinderblick. Aber keinen von den beleidigten. Beleidigt heruntergezogene Kinderfressen ließen Kyra nach dem nächsten Küchenmesser suchen. Dieser Blick war offen. Rein. Gegen ihren Willen mußte Kyra lächeln.

»Als ich klein war, hat mich meine Mutter öfter mal in den Sektionssaal mitgenommen. Wenn das Kindermädchen keine Zeit hatte. Sie hat mich dann in eine Ecke gehockt, mir die Bauklötzchen hingestellt und selbst zu schlitzen begonnen.«

Der nächste Wodka kam an den Tisch.

»Wirklich? Sie mußten als Kind Ihrer Mutter beim Sezieren zugucken? Igitt.« Die Kleine verzog das Gesicht.

»Was heißt da *mußten*? Ich fands okay.«

»Und Ihr Vater? Hätte sich nicht Ihr Vater um Sie kümmern können?«

»Ich hatte keinen Vater.«

»Oh.« Zum ersten Mal an diesem Nachmittag sah Nike Schröder ernsthaft schockiert aus.

Kyra mußte lachen. »Glauben Sie mir, ich bin großartig ohne Alten durchs Leben gekommen.«

»Aber haben Sie denn nie einen Vater vermißt?«

»Ich hatte ja meine Mutter. Und die Leichen.« Kyra lachte noch einmal. »Das ist doch viel aufregender als so ein Vater.«

»Und wie war das?«

»Was?«

»Das Leben ohne Vater.«

»Wie soll das schon gewesen sein? Ich war halt allein mit meiner Mutter.« Kyra fuhr mit dem Zeigefinger über den vereisten Glasrand. Eine Runde. Zwei Runden. Drei Runden. Die dünne Eisschicht war weg. Es gab einen leisen Ton. »Meine Mutter war eine besondere Frau.« Vier Run-

den. Fünf Runden. Ein hohes Wimmern. »Tote aufzuschneiden, war ihre ganze Leidenschaft. ›Ex-Leben‹, wie
sie sagte. ›Ich weiß nicht, was die Leute wollen‹ hat sie
immer gesagt, ›das Leben ist nur ein höchst unwahrschein-
licher Sonderfall, der Normalzustand ist der Tod.‹« Kyra
unterbrach ihre kleine Glasmusik und trank einen
Schluck. »Sie war aus der DDR. Und ist dort abgehauen.
Gleich nach dem Abi, als klar war, daß sie keinen Studien-
platz für Medizin bekommen würde.« Sie stellte das Glas
wieder hin. Der Wodka begann zu wirken. Ihre Zunge
wurde pelzig. »Aber was langweile ich Sie mit diesem alten
Scheiß.«

»Sie langweilen mich gar nicht. Erzählen Sie weiter.«

Kyra blickte die Kleine lange an. Irgend etwas hatte
dieses Mädchen an sich. Nichts Hübsches. Auch nichts
im klassischen Sinn Schönes. Sie war makellos. Unverletzt.

»Meine Mutter hat keinem was gesagt, als sie abgehauen ist, nicht mal ihrem geliebten Vater. Der war Tier-
arzt. Bei dem hat sie schon mit fünf die toten Hunde und
Kälber aufschneiden dürfen.« Sie lachte. »Sie hat einfach
das Westgeld aus dem Familienversteck genommen, es in
einen Pariser gerollt, sich in den Arsch geschoben und ist
heimlich los nach Ost-Berlin. Von da nach West-Berlin.
Die Mauer gabs ja damals noch nicht. Und dann in die
Bundesrepublik rüber. Marburg. Düsseldorf. Sie hat ihr
Studium in kürzester Zeit durchgezogen. Mit fünfunddreißig war sie Pathologin. – Mich hat sie zur Welt gebracht, kurz nachdem sie ihre erste Professur hatte.« Kyra
leckte einen letzten Tropfen aus dem Glas. »Meine Mutter
war eine Heldin der Planung.«

»Und Sie wissen wirklich nicht, wer Ihr Vater ist?« Die
Kleine konnte es einfach nicht fassen.

Kyra legte die Hände in den Nacken, schloß die Augen
und lächelte. Wodka. Wodka-*Daddy*. »Es gab Gerüchte.

Daß es ein Neurochirurg aus München war. Ich hab mich nie weiter darum gekümmert.«

»Sie müssen Ihre Mutter sehr geliebt haben«, sagte Nike langsam. Es klang wie eine Erkenntnis, die ihr nicht besonders einleuchtete, aber logisch folgte.

»Geliebt? Ich weiß nicht. Ich habe sie bewundert. Für ihre Stärke.«

Nike nippte an ihrem Mineralwasser. »Wieso sprechen Sie die ganze Zeit von Ihrer Mutter in der Vergangenheit? Lebt sie nicht mehr?«

Kyra hatte gerade zum Tresen winken wollen. Mitten in der Bewegung hielt sie inne. Sie drehte sich zum Tisch zurück. Und schaute die Kleine eindringlich an. »Nein. Sie lebt nicht mehr.« Sie zögerte, bevor sie weitersprach. »Ich war dabei. Meine Mutter hat einen jungen Mann obduziert, der an einer unbekannten Virusinfektion gestorben war. Und sie ist mit dem Skalpell abgerutscht. Der falsche Schnitt an der falschen Leiche.« Kyra schluckte. »Es war Anfang der Achtziger. Wo die gerade erst begonnen haben zu entdecken, daß es so was wie AIDS überhaupt gibt.«

»Dann müssen Sie ja richtig früh allein gewesen sein?«

Kyra lächelte schwach. Sie hatte plötzlich Kopfschmerzen. Warum erzählte sie der Kleinen das alles? Noch nie hatte sie mit jemandem darüber gesprochen. Nicht einmal mit Franz. »Sie ist kurz vor meinem siebzehnten Geburtstag gestorben. Tante BRD hat die Vormundschaft für mich übernommen, mir ne Wohnung besorgt und mich ansonsten in Ruhe gelassen. Weil zu den bösen Verwandten im Osten haben sie einen Dreiundachtzig ja nicht geschickt.«

»Haben Sie Ihre Mutter denn nicht dafür gehaßt, daß sie Sie allein gelassen hat?«

Kyra kramte in ihrer Handtasche nach Aspirin. Sie fand ein zerdetschtes Tütchen. »Kann ich den Rest von Ihrem Wasser haben?«

»Aber sicher. Bitte.« Nike schob das halbvolle Glas über den Tisch. Kyra riß den Beutel auf und schüttelte die Tablettenkrümel hinein. Sie schaute zu, wie sie sich sprudelnd auflösten. »Nein. Ich habe meine Mutter nicht gehaßt«, sagte sie nach einer Weile. »Aus dem einfachen Grund, weil ich keine Gelegenheit hatte, sie zu hassen. Versuchen Sie mal, sich mit einer Halbtoten wegen Taschengeld, erstem Sex oder Discowochenende zu streiten. Vier Jahre ist meine Mutter vor sich hin krepiert. Und ständig bewacht von diesen Ärzten, die ihr AIDS-Versuchstierchen keine Sekunde aus den Augen gelassen haben.« Sie setzte das Glas an, bevor die Tabletten vollständig zerfallen waren. Die Gischt, die aus dem Glas sprühte, tat gut auf ihrem heißen Gesicht. Sie wischte sich über den Mund. »Nun ja. Wenigstens hat mir das alles meine Pubertät erspart.«

»Sie hassen sie doch.« Es klang zufrieden.

Kyra wiegte langsam den Kopf. »Ich weiß nicht. Das Schlimme ist nicht, daß meine Mutter mich allein gelassen hat. Das Schlimme ist, daß sie mich im Kinderzimmer eingeschlossen und den Schlüssel für immer mitgenommen hat.«

Jenny Mayer faßte sich an ihr kobaltblaues *Montana*-Kostüm und begann zu knöpfen. Unter der Jacke kam nur noch ein weißer Spitzen-BH. Unter dem Rock strapste und strumpfte es passend weiter. Mit langen Schritten bewegte sie sich auf den Schreibtisch zu, um den Schreibtisch herum und ging vor dem Mann, der reglos dahinter hockte, in die Knie. Routiniert griff sie nach seiner Gürtelschnalle.

»Nicht.« Es war der erste Laut, den Doktor Olaf Wössner von sich gab, seitdem Jenny Mayer mit dem Striptease begonnen hatte.

»Was ist los, willst du jetzt plötzlich nicht mehr oder was?«

»Nein. – Doch.« Hektisch nestelte Wössner an seinem Gürtel herum, bis er ihn keusch verschlossen hatte. »Aber so geht es nicht.«

Die Blonde kam wieder hoch und stützte sich mit einer Hand seitlich auf dem Schreibtisch ab. »Bist du impotent?«

Wössner riß die Korrespondenzmappe, auf die sich Jenny gestützt hatte, unter ihrer Hand weg. »Es geht nicht, wenn du auf mich zukommst wie eine in diesen billigen Sekretärinnen-Pornos.«

Achselzuckend ging Jenny Mayer zu der Ledercouch zurück, wo ihre Kleider lagen. »Ich dachte, Männer wie du stehen auf die Sekretärinnen-Nummer.« Sie setzte sich, schlug die Beine übereinander und streckte ihre Arme rechts und links auf der Rückenlehne aus. »Also gut. Wenn Blasen dem Herrn nicht genehm ist, was soll ich dann machen?«

Wössner starrte auf die oberste Schreibtischschublade, als habe er dort einen Spickzettel mit der Antwort versteckt.

»Wir können's auf der Couch treiben«, schlug Jenny Mayer grinsend vor. »Wenn das gute Stück Robert verkraftet hat, wird es dich ja wohl auch tragen.« Sie klopfte ein paarmal auf die lederne Rückenlehne.

Wössners Augen waren rot, als er endlich wieder aufblickte. »Glaub bloß nicht, daß ich es mit dir treiben werde.« Er sprach sehr leise und hastig.

»Wie bitte?«

»Robert hat es nur mit dir getrieben, weil du dich auf ihn gestürzt hast.«

»Sag mal, was soll das denn jetzt?« Jenny nahm die Arme von der Rückenlehne.

»Du hast ihn ausgesaugt.«

»Bist du total übergeschnappt?« Während ihr Mund noch nach dem passenden Ausdruck suchte, schlüpften ihre Arme bereits in die Jackenärmel. »Du bist ja nicht ganz dicht.« Auch die Beine hatten den Rock gefunden. »Ich gehe.«

»Für diesmal.«

»Ach. Und warum sollte ich wiederkommen?«

»Weil du Robert auf dem Gewissen hast. – Und weil du mir dafür bezahlen wirst.«

Kyra ließ ihre Handtasche auf den Boden fallen und streckte sich. Sie war so fertig, daß sie nicht einmal mehr Lust auf einen Gute-Nacht-Drink hatte. Die Vorstellung, Zähne zu putzen oder sonstige Kosmetik zu betreiben, erschien ihr geradezu absurd. Sie hatte Schuhe und Hose fallen lassen, als das Telefon klingelte.

Kyra stieß ein kleines Winseln aus und schüttelte den Kopf. Das Telefon hörte nicht auf zu klingeln. Der Anrufbeantworter schien neuerdings die Nachtschicht zu verweigern. Mit schwerem Seufzen schleppte sie sich ins dunkle Wohnzimmer und tastete nach dem Hörer.

»Hallo?«

»Wer war die Tussi, mit der du heute im Café gesessen hast?« Kleine-grüne-Görenstimme.

Kyra stöhnte. »Oh nee. Was willst du denn schon wieder.«

»Ich will wissen, wer die Schlampe war.«

»Isabelle, ich bin scheißmüde, laß mich in Ruhe.«

»Hat sies dir besser besorgt als ich?« Giftiges Fauchen.

»Was ist los?«

»Tu nicht so beschissen unschuldig. Ich hab euch heute nachmittag beobachtet. Hätte ja nicht mehr viel gefehlt, und du hättest der Tussi schon im Café an die Titten gegrapscht.«

»Laß mich in Ruhe.«

»Sag mir, wer die Tussi ist.«

Kyra gähnte. »Gibts noch was Wichtiges? Ansonsten leg ich nämlich auf.« Sie hörte Isabelle am anderen Ende der Leitung schnaufen. »Also. Tschüs dann«, sagte sie.

»Nein. Halt. Leg nicht auf.« Die Stimme klang plötzlich ganz anders. Verzweifelt. Naiv. »Warum bist du so komisch zu mir? Was hab ich falsch gemacht?«

Kyra mußte trotz Müdigkeit lachen. »Oh Mädchen, du machst so ungefähr alles falsch, was eine im Leben falsch machen kann.«

»Was hab ich bei dir falsch gemacht?«

»Isabelle, jetzt hör mal gut zu. Daß ich nix von dir will, hat nix mit dir persönlich zu tun. Du warst bestimmt ganz große Klasse. Ehrlich. Aber ich steh nu mal nicht auf Mädels.«

»Da hat mir dein häßlicher Freund heut aber was ganz anderes erzählt.« Das Gift in der Stimme war wieder da.

»Welcher häßliche Freund?«

»Na, dein Pawlak. Der hat mir erzählt, daß du mit allem in der Redaktion rumvögelst, was unter fünfundzwanzig ist und zwei Titten hat.«

»Wie kommst du dazu, mit Franz zu reden?« Obwohl sie viel zu müde war, regte sich Kyra jetzt doch auf.

»Also. Läuft da was, zwischen dieser kleinen Schlampe und dir?«

»Isabelle, es geht dich einen feuchten Scheißdreck an, was ich treibe. Du spielst in meinem Leben keine Rolle. Ist das klar?«

Böses Lachen. »Du bist das Letzte. Fick dich doch selbst!« Der Rest war beleidigtes Tuten.

Tränen stiegen Kyra in die Augen. Sie konnte nicht sagen, ob es Lach-, Müdigkeits- oder Verzweiflungstränen waren. Nike Schröder und sie. Diese höhere Alabastertochter, die sich an Franz ranwarf. Franz, der Isabelle Scheiße erzählte. Wie bescheuert konnte Eifersucht einen machen?

Sie legte den Hörer neben das Telefon und schleppte sich ins Schlafzimmer.

Kaum eingeschlafen, träumte sie schon.

Die alte Frau mit der wächsernen Gepardenhaut erhob sich vom Sektionstisch und nahm sie an der Hand. Sie gingen im Park spazieren. Es war schön. Auf einer Lichtung kam ihnen ein Mädchen im weißen Kleid entgegen. Das Mädchen lief auf sie zu, weinte und rief: »*Ich will aber! Ich will aber! Dich! Dich!*« Es griff nach der alten Frau und faßte das Ende ihrer Eingeweide. Kyra und die alte Frau gingen immer weiter. Hinter ihnen ribbelten sich die Gedärme der alten Frau auf wie ein Wollschal.

. . .

»Ich habe in keinster Weise *Scheiße erzählt.*« Franz schmollte. Er hielt es nicht einmal für nötig, sich zu Kyra hin umzudrehen, die in seiner Zimmertür stand und fluchte.

»Doch. Hast du. Und zwar absichtlich. Weil du dir genau ausrechnen konntest, daß ich diese Nervtussi dann wieder am Hals hab.«

»Ich dachte, du freust dich, wenn ich dir reizende junge Damen an den Hals schicke.«

»Sei nicht albern.«

»Und wieso hast du dann gestern Nike in die Rechtsmedizin mitgeschleppt?«

Kyra stemmte die Arme in die Seite. Es machte sie rasend, daß Franz sie nicht anschaute. »Ach so ist das. Der Herr brummt, weil er seine süße kleine Praktikantin nicht mehr für sich allein hat.«

Endlich drehte er sich um. Kein Lächeln, keine Freundlichkeit, nicht einmal Ironie lag in seinem Gesicht. »Kyra, du mußt mir nicht beweisen, daß du die Königin bist. Du brauchst dich nicht an Nike ranzumachen, um mich zu ärgern.«

Kyra blinzelte. »Du – du spinnst ja.« Einigermaßen verwirrt stapfte sie auf den Gang hinaus. Katertag. Gräßlicher Katertag.

Schon von weitem sah sie den gelben Reiter, der an ihrer Zimmertür klebte.

»Bitte die Photos vom Pergamon-Museum zurück! Dringend! Kalle.«

Sie riß den Zettel ab, knüllte ihn zusammen und warf ihn auf den Boden. Warum wollte dieser Knipser ausgerechnet jetzt seine Scheiß-Photos zurückhaben. Keine Ahnung, wo sie die hingepackt hatte. Wütend zog sie ein paar Schubladen. Sie schaute in die Ablage, in der Photos prinzipiell liegen sollten. Naturgemäß nichts.

Unter einem Zeitschriftenberg auf dem Fensterbrett fand sie sie endlich. Erleichtert stellte sie fest, daß ihr das wilde Räumen gutgetan hatte. Sie fühlte sich nur noch halb so geladen. Wozu Kalle diese Photos dringend zurückbrauchte, begriff sie allerdings nach wie vor nicht. Sie blätterte die Bilder einmal flüchtig durch und steckte sie in eine Hülle. Nichts als belanglose Schnappschüsse: Nur Gaffer, Zeitungsmeute und Bullen waren ihm an jenem Morgen vor die Linse gelaufen. Kein einziges hatte sie für ihre Artikel verwenden können.

Sie war mit den Photos schon draußen auf dem Gang, als ihr Blick noch einmal auf das oberste fiel. Eine junge Frau war darauf zu sehen, die hastig über den Museumsplatz in Richtung Brücke ging. Der Platz war an jenem Morgen hermetisch abgeriegelt gewesen, davon hatte sie sich vor ihrer Festnahme noch selbst überzeugen können. Also mußte die Frau aus dem Museum herausgekommen sein. Kyra blieb stehen, zog das Bild aus dem transparenten Umschlag und betrachtete es näher. Von irgendwoher kam ihr die Frau bekannt vor. Vielleicht eine Kommissarin in Zivil, der sie bei einem anderen Einsatz schon mal begegnet war. Achselzuckend steckte Kyra das Bild wieder zurück.

Im Fahrstuhl mußte sie an Franz denken. Es hatte keinen Sinn, wenn sie sich mit ihm zerstritt. Am besten, sie ging gleich anschließend noch einmal zu ihm.

Ihr Blick fiel wieder auf das Photo. Für eine Kommissarin war die Frau viel zu jung. Sie nahm das Bild nochmals in die Hand. Schmales Gesicht. Lange schwarze Haare. Schlank. Viel mehr war nicht zu erkennen. Sie blätterte den ganzen Stapel durch, ob sich noch eine größere, schärfere Aufnahme von der Frau fand. Nichts.

Zögernd verließ Kyra den Fahrstuhl und ging den Korridor zur Bildredaktion hinunter. Verdammt, verdammt. Woher kannte sie diese Frau? Und wieso war diese Frau aus dem Museum herausgekommen, wenn sie keine Polizistin war? Eine Ärztin? Erkennungsdienst? Pressesprecherin? Museumsangestellte?

Irgend etwas stimmte nicht auf diesem Bild.

»Einen wunderschönen juten Tach, die Dame. Womit kann ick dienen?« Freddy Lehmann legte einen Ellenbogen auf den Tresen und grinste die Blondine an. Vom angefressenen Ohr zum anderen.

Obwohl das Licht so dunkel war, wie es in solchen Etablissements zu sein pflegte, nahm Jenny Mayer ihre große schwarze Sonnenbrille nicht ab.

»Ich – ich brauche etwas.«

»Da sindse bei mir schon mal mit hundertprozentjer Sicherheit anner richtjen Adresse.«

»Kann ich irgendwo mit Ihnen unter vier Augen reden?« Um die knallrote Oberlippe herum begann es zu zucken.

241

»Na, na, na, nu tunse man nich so verschämt. Den Mädels hier könnense nix erzählen, was die nich alles selber schon erlebt hätten. Stimmts, Biggi, oder hab ick recht.«

»Recht haste, Freddy«, kam es gelangweilt aus einer der Sitznischen. *Biggi stark behaart* steckte für einen Moment ihren Kopf hervor und blinzelte die Neue durch den Qualm ihrer Kippe skeptisch an.

»Wennse wollen, könnense sich ja och erstmal 'n bißchen umkieken und mit den Mädels quatschen. Die werden Ihnen dann schon bestätjen, dasse hier bei ner eins a Adresse jelandet sind. Ick sach immer: Hauptsache die Damen ham Top-Niveau. Dann kann ick och mal eine nehmen, die nich so viel Erfahrung hat.«

»Ich suche keine Anstellung bei Ihnen.« Jenny Mayer konnte nicht verhindern, daß ihre Oberlippe stärker zuckte. Sie öffnete ihre Lackhandtasche, ließ den Zuhälter einen kurzen Blick auf das solide Bündel Banknoten werfen und klappte die Tasche wieder zu. »Wenn Sie jetzt bitte mit mir an einen Ort gehen würden, wo wir ungestört reden können.«

Kyras Herz wummerte, als sie die Telefonnummer des Wachdiensts *Spengler & Söhne* wählte. Es wummerte schneller, als sich am anderen Ende der Leitung endlich eine Stimme meldete.

»Ja. Guten Tag. Hier ist Berg.« Sie räusperte sich. Nervöse Heiserkeit. »Ich habe ein Problem, und ich hoffe, daß Sie mir weiterhelfen können. Sie sind doch der Wachdienst, der das Personal für das Pergamon-Museum stellt. – Ja. Können Sie mir sagen, ob bei Ihnen eine Frau namens –«

Es war nur ein kleines Geräusch in ihrem Rücken, aber es genügte, daß sie herumfuhr. Zart und lächelnd stand

Nike Schröder auf der Schwelle. Sie hauchte Kyra ein stummes »*Hallo*« entgegen.

Kyras Herz machte einen kleinen Sprung. Hilflos schaute sie zwischen Nike hin und dem Hörer her.

»Hallo«, stammelte sie der Kleinen entgegen.

»Es tut mir leid, ich kann jetzt nicht«, stotterte sie in die Leitung, »ich rufe später noch mal an.« Sie warf den Hörer auf die Gabel.

Nike Schröder lächelte. »Habe ich Sie bei einem wichtigen Telefongespräch gestört? Das tut mir leid. Das wollte ich nicht.«

Kyra errötete. »Nein. Nein. Ist schon in Ordnung.« Sie versuchte, wenigstens halb so unschuldig zu lächeln wie die andere. »Haben Sie unseren Ausflug gestern gut überstanden?«

»Ja. Ganz gewiß. So einen interessanten Nachmittag habe ich schon lange nicht mehr erlebt. – Schreiben Sie bereits an dem Artikel?«

»Nein. Ich – ich sitze noch an etwas anderem.«

Die Kleine kam näher. »Vermissen Sie etwas?«

»Ich? Nein. Wieso?«

»Doch. Ich glaube doch, daß Sie etwas vermissen.«

Kyra hatte ein Gefühl, als ob sich ihr Magen um ihr Herz wickelte. Die Kleine kam näher und näher, irgend etwas hielt sie hinter ihrem Rücken versteckt. Als sie den Schreibtisch fast erreicht hatte, streckte sie den rechten Arm aus und öffnete die Faust.

»Sehen Sie?« sagte sie und lächelte. »Ihre Streichhölzer. Sie haben gestern im Café Ihre Streichhölzer liegengelassen.«

»Ja. Ja. Die Schellen sind von mir. Ist irgendwas nicht okay damit?« Der Schmied kratzte sich im schweißigen Nacken.

Lächelnd zog Törner seinen Dienstausweis aus der zivilen Blazertasche. »Mit den Schellen ist alles in Ordnung. Das Problem ist nur, daß der Ermordete im Pergamon-Museum damit gefesselt war.«

»Oh scheiße. Scheiße.« Der Stahlhandwerker griff sich mit beiden Händen an den Schädel, als könne er es nicht fassen.

»Versuchen Sie die Person zu beschreiben, an die Sie die Schellen verkauft haben.«

»Ich hatte noch nie Ärger mit den Bullen. Ehrlich, Mensch. Ich glaubs nicht. Das war so ne Frau. So ne ganz normale Frau, die die Dinger gekauft hat. Ich dachte, die wollte mal was anderes ausprobieren als immer nur Blümchensex.«

Törners Herz klopfte schneller. An dem Tag, an dem sein Herz in einer solchen Situation aufhörte, schneller zu schlagen, würde er kündigen. Er holte ein Photo von Isabelle Konrad aus der Innentasche. »Haben Sie diese Frau schon einmal gesehen?«

»Nö. Nö.« Der Schmied gab sich Mühe. »Also, die wars nicht. Ganz bestimmt nicht. Viel zu jung. Obwohl.« Er schüttelte den Kopf. »Es war mehr eine, Mensch, wie soll ich sagen, mehr eine unauffällige.« Er schaute Törner so hilflos wie hilfsbereit an. »Ich weiß, das klingt jetzt blöd, aber es war eine, die gar kein Gesicht hatte. Verstehen Sie, was ich meine?«

Der Kommissar hob die Augenbrauen.

»Kennen Sie das nicht? Es gibt doch Menschen, die können Sie minutenlang ansehen, und danach können Sie ums Verrecken nicht sagen, ob die ein rundes Gesicht hatte oder ein eckiges, helle Augen oder dunkle, große Nase oder kleine und so weiter. Kennen Sie das nicht?«

»Doch. Doch.« Törner lächelte nachsichtig. »Es gibt erstaunlich unauffällige Gesichter. Trotzdem. Schauen Sie

244

sich das Photo noch einmal genau an. Könnte es diese Frau mit anderen Haaren gewesen sein?«

»Na ja. Ich weiß nicht. Die, die hier war, hatte so strubbelige braune Haare. Irgendwie gar keine richtige Frisur.«

»Herr –«, Törner warf einen kurzen Blick auf seinen Zettel. »Herr Schenker, hätten Sie etwas dagegen, mich aufs Präsidium zu begleiten? Ich möchte, daß Sie dort mit Hilfe unseres Zeichners versuchen, ein Phantombild der Frau zu erstellen.«

»Aua! Was wollen Sie von mir!« Nike Schröder trat nach hinten aus und erwischte die Angreiferin, die ihr an der Bushaltestelle *Unter den Linden* aufgelauert hatte, am Schienbein.

Isabelle Konrad jaulte, ohne loszulassen. »Laß die Finger von Kyra. Kyra gehört zu mir.«

»Wer sind Sie?«

»Kyra und ich, wir gehören zusammen, Kyra braucht keine kleine Schlampe wie dich.«

»Ich verstehe nicht, was Sie wollen. Wenn Kyra mich doch mag ...« Nike versuchte, die andere über die Schulter anzublicken.

»Quatsch. Kyra mag dich überhaupt nicht. Kyra mag mich.« Mit einem wütenden Stoß schubste Isabelle Konrad sie weg. Nike stolperte ein paar Schritte. Sie rieb sich den Nacken.

»Meinen Sie wirklich, daß Kyra mich nicht mag?« fragte sie zögernd. »Ich glaube schon, daß sie mich gestern gemocht hat.«

Isabelle Konrad packte sie diesmal am Oberarm. »Was hast du mit ihr angestellt? Hast du sie gefickt?«

»Wir waren in der Rechtsmedizin. Es war ein sehr spannender Nachmittag.«

»Das glaub ich.« Isabelle Konrad drückte noch fester zu.

»Aua. Wer sind Sie überhaupt?«

»Hör endlich mit dem Scheiß *Sie* auf. Du glaubst wohl, du bist was Besseres? Frau Praktikantin.« Die Grüne lachte höhnisch. »Mein Alter war der Boß von dem Laden.«

Erstaunte Pause. »Sie sind die Tochter von Robert Konrad?«

Die Grüne ließ sie zum zweiten Mal los.

»Ja. Was dagegen?«

»Nein.« Nike lächelte. »Im Gegenteil. Ich freue mich, die Tochter dieses bedeutenden Journalisten kennenzulernen.« Sie wischte sich die rechte Hand am Kleid ab und hielt sie der Grünen hin.

»Sag mal, bist du meschugge oder was?« Die Grüne verschränkte die Arme vor der Brust.

Nike lächelte unverändert freundlich. »Sie müssen sehr stolz darauf sein, daß Sie die Tochter von Robert Konrad sind.«

»Deine Alten haben dich wohl mitm Klammersack gebeutelt. Stolz darauf sein, daß dieser Bock mein Vater war?«

»Bock?« Nike sprach das Wort aus, als habe sie es in solchem Zusammenhang noch nie gehört. »Wieso Bock?«

»Weil mein Alter so ne Zuckerpuppen wie dich schneller flachgelegt hat, als die ihr Höschen festhalten konnten.«

»Ach. Wirklich?« Große Augen.

»Megawirklich. Hat er dich nicht auf seiner Praktikantinnencouch genagelt?«

»Nein. Natürlich nicht.« Nike lächelte verwirrt.

»Na. Da kannste mal von Glück reden.« Isabelle Konrad faßte in die Luft, als wolle sie eine Mücke fangen. »Ich hab jetzt aber keinen Bock, mit dir über meinen Alten zu quatschen. Ich wollt nur wissen: Hast du nu mit Kyra, oder hast du nicht?«

Nike dachte einen Moment nach. »Ich würde sagen: Ich habe.« Sie legte den Kopf schief. »Hat Ihr Vater Sie auch auf seiner Couch genagelt?«

»Hast du se noch alle?« Die Grüne senkte den Kopf und kam ganz nah an sie heran. »Was fällt dir ein, mir so ne Scheißfrage zu stellen?«

»Es interessiert mich.«

»Es interessiert die Prinzessin«, höhnte Isabelle. Sie packte Nike am Arm. »Hör mal zu, du kleine Spinnerin. Meine Family geht dich 'n nassen Furz an. Ist das klar? Und das gleiche gilt für Kyra. In Zukunft läßte die Finger von der.«

Die Frau in der graublauen Uniform nickte. »Ja. Die hat hier bei uns gearbeitet. Aber nicht lange. Die hab ich nur ein- oder zweimal gesehen.«

»Können Sie sich vielleicht an ihren Namen erinnern?« Kyra hätte die Frau vor Ungeduld am liebsten geschlagen.

Die Frau lachte hilflos auf. »Puh. Namen. – Nee, also an den Namen – Mensch – ich weiß, da war irgendwas, irgendwas war mit dem Namen, aber jetzt, nee, Mensch.«

»War der Name vielleicht Kyra?« Handbuch der Verhörtechnik, erste Lektion.

Die Frau nickte begeistert. »Ja, Mensch. Kyra kann sein. Ich wußt doch, daß es irgendn ganz komischer Name war.«

»Danke. Sie haben mir wirklich geholfen.« Kyra brachte ein gequältes Lächeln zustande und streckte die Hand nach dem Photo aus.

»Nee! Halt!« Die Uniformierte riß das Bild wieder an sich, als habe sie jetzt erst bemerkt, daß es eine Kachel vom Löwentor war. »Warten Sie noch 'n Moment.« Sie schloß die Augen und nickte mit dem Kopf. »Warten Sie, warten Sie – Ja! Ja! Jetzt isses mir wieder eingefallen.«

Mit großen Schritten stapfte Isabelle Konrad auf den Eingang des *Berliner Morgen* zu. *Diese Schlampe. Diese verlogene Schlampe. Das alles würde ihr noch unendlich leid tun.* Kurz vor der gläsernen Drehtür blieb sie stehen. Da hatte sie doch was gesehen. Am Straßenrand was gesehen. Sie drehte sich noch einmal um. Ein feuerroter Alfa Spider leuchtete ihr aus dem Halteverbot entgegen. Isabelle Konrad ging näher. Enttäuscht stellte sie fest, daß es nicht Kyras Auto war. Falsches Baujahr.

Als sie vor den Fahrstühlen im Zeitungsfoyer stand, kam ihr die Idee. Nicht rauf, sondern runter. Tat viel mehr weh. Im Kellergeschoß, Tiefgarage stieg sie aus.

»Wo bist du«, knurrte sie gegen das Lüftungsrauschen an. »Du mußt hier doch irgendwo stehen. – Ja, na, wer sagts denn. Da haben wir dich ja, du blödes Mamamobil.«

Isabelle Konrad eilte ans hinterste Ende des Parkdecks. Trotz Lüftung und allem war die Luft zum Kotzen hier unten. Besser schnell machen. Sie zog den Schlüsselbund aus ihrer Jackentasche, suchte den spitzesten heraus und nahm ihn auf Hüfthöhe. Mit unschuldigem Grinsen wanderte sie an der Beifahrerseite der Giulia entlang. Klang nicht gut. Gar nicht gut. Was die arme Kyra nachher wohl sagen würde.

Sie wanderte die gleiche Strecke noch einmal zurück.

»Hey, was machstn du da?«

Isabelle Konrad ließ vor Schreck den Schlüsselbund fallen. Ein dunkelhaariger Schönling stand in der Durchfahrt zwischen den Autos und schaute sie finster an.

Sie bückte sich nach den Schlüsseln. »Was ich mit dem Wagen von meiner Mutter mach, geht dich 'n Scheißdreck an.«

»Ich würd sagen: Das geht mich sehr wohl was an.« Der Schönling war einen Moment irritiert. Er schätzte und rechnete. Es konnte nicht sein. »Das ist nämlich nicht der Wagen von deiner Mutter, sondern von Frau Berg.«

»Oh, wirklich. Von *Frau Berg.*« Isabelle Konrad grinste breit. »Das tut mir jetzt aber leid. Da muß ich mich doch tatsächlich im Wagen geirrt haben.« Sie ließ die Schlüssel klimpern. »Und wer bist du so? Der Wachhund von *Frau Bergs* Auto?«

Andy war mit wenigen Schritten bei ihr. Er versuchte sie zu schnappen, aber Isabelle war unter ihm weggetaucht. Frauenselbstverteidigung. In guten Zeiten dreimal die Woche. Sie entwischte auf die andere Seite der Giulia.

»Bist du auch einer von denen, die *Frau Berg* ficken dürfen?«

Andy klappt der Kiefer runter. »Wie – wie – woher –«

»Ich glaubs nicht. Verdammte Scheiße.« Isabelle donnerte mit der Faust auf die Kühlerhaube. Das Geräusch hallte von den nackten Betonwänden wider. »Gibts in diesem verfickten Laden hier irgend jemanden, mit dem es diese Schlampe nicht treibt?«

Gott sei Dank war es kein *Death-Metal-*, sondern ein Schönberg-Konzert. Und Gott sei Dank hatte es noch nicht begonnen. Atemlos zwängte sich Kyra durch das Festwochenpublikum, das wie ein kultiviertes Bienenvolk in Richtung Saal summte.

Endlich, von einer Galerie aus erspähte sie die vertraute Halbglatze in Grau. Eine Etage tiefer lehnte Franz an einem Stehtisch – im angeregten Gespräch mit Nike Schröder. Gegen den Bienenstrom arbeitete sich Kyra die Treppe hinunter. Als sie unten ankam, hatte Franz seinen Stehplatz aufgegeben. Sie faßte ihn am Jackenärmel, bevor er eine andere Treppe hinauf in den Saal verschwand.

»Kyra. Was machst du denn hier?« Die Verblüffung war echt.

»Ich muß mit dir reden.«

»Jetzt?« Eine Falte, tief wie der Andreas-Graben, zeigte sich auf Franz' Stirn.

»Ja.« Kyra bemühte sich, nicht hysterisch loszuschreien.

»Es ist dringend.« Trotz Eisberg im Hals gelang es ihr, Nike Schröder ein flüchtiges »*Hallo*« zuzuwerfen.

Die Kleine lächelte freundlich zurück. »Wie schön. Wollen Sie auch mit ins Konzert kommen?«

»Nein, nein.« Kyras Blick rutschte auf den Boden.

Franz tippte seiner Begleiterin leicht an den Oberarm. »Möchten Sie vielleicht schon mal reingehen? Warten Sie, ich gebe Ihnen Ihre Karte, hier.« Er riß die beiden Karten auseinander und reichte die eine an Nike. »Ich komme sofort nach.«

»Na gut. Bis gleich dann.« Sie verschwand mit einem flüchtigen Fingerwinken.

Kyra packte Franz fester am Arm und zerrte ihn zu dem Stehtisch zurück. Das Foyer hatte sich mittlerweile geleert.

»Franz. Ich weiß jetzt, wer die drei Männer umgebracht hat.«

»Meinen herzlichen Glückwunsch. Darf ich dich trotzdem darauf hinweisen, daß mein Konzert in wenigen Minuten beginnt.«

Jetzt erst merkte Kyra, daß sie Franz immer noch am Ärmel hielt. Sie ließ ihn los und verschränkte die Arme vor der Brust.

»Deine Lolita hat es getan. Das wundervolle Fräulein Schröder.«

Eine Sekunde lang sagte Franz nichts, dann brach er in ein Gelächter aus, wie Kyra es schon lange nicht mehr gehört hatte.

»Bitte, Kyra«, japste er, nachdem der schlimmste Anfall vorüber war, »du warst schon besser.«

Kyra lenkte den Schlag, den sie in seiner Gesichtsmitte

hatte plazieren wollen, auf die Tischplatte um. »Deine geliebte Lolita hat im Pergamon-Museum als Aufseherin gejobbt. Und exakt zwei Tage, nachdem Homberg ermordet wurde, hat sie gekündigt.«

»Ja, und? Eine Menge Studentinnen jobben in Museen. Und wenn du mal eine Sekunde lang in Betracht ziehst, daß Nike nicht so verbrechensgeil ist wie du, ist es doch klar, daß sie gekündigt hat. Nach dem, was dort passiert ist.«

»Quatsch. Ich hab sie gestern schließlich im Sektionssaal erlebt. Die hat mit keiner Wimper gezuckt.«

Franz wischte sich eine Lachträne aus dem Auge. Er schaute Kyra an. Ungewohnt mitleidig. Spöttisch. »Was man von dir wohl nicht sagen konnte.«

»Was soll das heißen?« fragte Kyra scharf.

Er zupfte sich am Bart. »Ich habe gehört, daß dir der Besuch in der Rechtsmedizin nicht so gut bekommen ist.«

»Es interessiert mich nicht, welchen Quatsch dir diese Irre heute morgen erzählt hat.«

»Liebe Kyra. Ich begreife, daß es eine herbe Enttäuschung für dich sein muß, daß Nike keine Lust hatte, mit dir ins Bett zu steigen. Aber ich glaube nicht, daß du deine Chancen erhöhst, indem du sie zur Mörderin machst.«

»Franz. Mit dieser Frau stimmt was nicht.«

Der kleine Mann schaute sie lange an. »Hast du schon mal darüber nachgedacht, daß es auch Leute geben könnte, die behaupten würden, daß mit dir etwas nicht stimmt.«

Kyra machte den Mund auf. Und biß sich auf die Unterlippe. Ihre Finger begannen zu zittern. »Franz. Diese Frau hat wahrscheinlich drei Männer ermordet.«

»Ich begreife nicht, was du willst. Monatelang beschwerst du dich, daß es keine gewaltigen Frauen in dieser Stadt gibt, und jetzt glaubst du, eine gefunden zu haben, und was machst du: Tussigeschrei.«

»Franz, ist dir eigentlich aufgefallen, daß du das perfekte Opfer Nummer vier abgeben würdest? Das Alter stimmt, du arbeitest im Kulturbetrieb, hast Halbglatze, Vollbart – was meinst du, warum sich die Kleine so an dich ranschmeißt?«

»Vielleicht gefalle ich ihr.« Er strich sich übers neue Jackett. »Und überhaupt. Was regst du dich so auf? Erzähl mir bloß nicht, daß *du* dir Sorgen um mich machst.«

»Verdammt noch mal. Du benimmst dich wie der letzte männliche Idiot. Wenn Nike tatsächlich diejenige ist, die die drei umgebracht hat, ist das hier kein Lolitawitz mehr.«

Es gongte wieder. Franz stieß sich vom Tisch ab. »Es tut mir leid, Kyra. Ich muß jetzt wirklich rein.« Er zwinkerte ihr zu. »Keine Angst, ich werde den Kopf schon nicht verlieren.«

Kyra konnte sich nicht erinnern, ihn jemals beschwingter eine Treppe hinauflaufen gesehen zu haben.

»Scheiße!« Sie ergriff eines der Sektgläser, die auf dem Tisch herumstanden. Tränen schossen ihr in die Augen.

»Nö. Ja. Also, wenn Sie hier die Stirn noch ein bißchen höher ziehen. Halt. Ja, genau so.« Der Schmied schwitzte. Er starrte auf den Bildschirm, der sämtliche Gesichter, die sich die Natur jemals ausgedacht hatte und ausdenken würde, entstehen lassen konnte. »Das mit den Augen stimmt noch überhaupt nicht. Die waren größer. – Nein, kleiner. – Nein – Mensch – ich weiß überhaupt nichts mehr.«

Der Polizeizeichner legte ihm freundlich die Hand auf die Schulter. »Herr Schenker. Bleiben Sie ruhig. Nehmen Sie sich Zeit. Niemand setzt Sie unter Druck.«

Tara ra bumbia. Ich sitz im Dunkeln da.

Kyra konnte nicht sagen, wie lange sie schon hier

hockte. Dem Stand der Whiskyflasche nach zu urteilen, war es schon eine ganze Weile. Sie griff nach der halbleeren Flasche auf dem Schreibtisch vor ihr. Es war alles so komisch. So schrecklich komisch. Franz im Konzert. Nike im Konzert. Die süße Nike. Die süße Mörderin. Und alle so glücklich. So schrecklich glücklich.

Der Whisky lief ihr rechts und links übers Kinn. Sie lachte, als sie spürte, wie ihre Bluse naß wurde. *Yeah.* Nasse Bluse nachts in Zeitung. Wann war sie das letzte Mal mit Franz im Konzert gewesen? Ein paar Wochen mußte es her sein. Bruckner. Bruckners Achte. Sie lachte. Bruckners Achte. Pawlaks Erste. Anschließend hatten sie in irgendeiner der neuen Schnöselbars gehockt. Am Tresen. Und als sie beide völlig blau gewesen waren, hatten sie angefangen, erst ihren Gläsern, dann dem Aschenbecher im Spülbecken das Schwimmen beizubringen. Der Barbulle hatte sie rausgeworfen. Bis zum Morgen waren sie durch die neue Mitte Berlins gezogen. Am Alex hatte Franz ihr ein Konzertplakat der *Backstreet Boys* geklaut. Sie hatten im Tiergarten ein Wettrennen um den Goldenen Hirschen veranstaltet. Um sieben waren sie ins *Barbarossa* frühstücken gegangen. Oder waren das verschiedene Nächte gewesen? Egal. Alles war gut gewesen. So einfach.

Kyra setzte die fast leere Flasche ab und griff nach der Mappe, die sie vorhin aus dem nächtlichen Chefsekretariat entführt hatte. Unter Wössners Tür hatte sie noch Licht gesehen. Schade, daß es nicht mehr der Alte war. Zum Alten hätte sie jetzt hochgehen und sich mit ihm gemeinsam besaufen können. Heute hätte er sie auch fikken dürfen.

Das Telefon klingelte. Kyra schaute auf die Uhr. Ihr Herz randalierte. Das Konzert mußte aus sein. Sie langte nach dem Hörer.

»Ja?«

»Mensch, da steckst du, ich versuch schon seit Stunden, dich daheim zu erwischen. – Kann ich vorbeikommen? Ich finde, wir sollten noch mal in Ruhe miteinander reden.«

Wut, Wut, Wut ließ Kyras Stimme zittern. »Isabelle.«

»Hey, bist du besoffen? Du klingst so komisch.«

»Ich kling komisch? Du hast meinen Wagen zerkratzt.«

»Das ist nicht wahr.«

»Lüg nicht. Andy hat mit erzählt, daß es ein Gör mit grünen Haaren war, das er heute nachmittag an meinem Auto erwischt hat.«

»Das stimmt gar nicht. Dieser Lackaffe hat mich nicht erwischt. – Hey. Es tut mir leid. Ich bezahl dir das auch«, schob sie schnell hinterher. »Ich wollte es nicht tun. Ehrlich nicht. Aber ich war plötzlich so wütend auf dich. Weil – diese ganzen Leute, die du alle an dich ranläßt – nur zu mir bist du so komisch, und dabei passen wir doch viel besser zusammen, ich mein, wir haben doch beide niemanden mehr auf der Welt, der wirklich –«

»Halt die Schnauze. Ich hör mir dein Gesülz nicht länger an. – Wenn du noch ein einziges Mal bei mir anrufst oder in meiner Nähe auftauchst, ruf ich die Bullen und erzähl denen was von meinem Wohnungsschlüssel.«

Tiefes Atmen. »Das würdest du nicht wirklich tun.«

»Oh doch, Schätzchen.«

Ludwig Törner betrachtete das Computerbild, das seit zehn Minuten vor ihm lag. Alles, was sich darüber sagen ließ: Es war ein Gesicht. Geschlecht: weiblich. Alter: irgendwo zwischen zwanzig und dreißig. Augenfarbe: unklar. Haare: kinnlang.

Er legte das Photo von Isabelle Konrad daneben. Anfangs hatte er geglaubt, sie könne es doch sein. Je länger er hin- und herstarrte, desto unsicherer wurde er. Er wußte noch nicht, ob es ihn erleichterte oder enttäuschte. Irgendwie hatte er fast begonnen, die Konrad-Tochter zu mögen. Nicht sehr. Aber immerhin.

Inzwischen kam es ihm so vor, als ob er das Gesicht von anderswoher kannte. Aber das geschah immer. Früher oder später kam einem jedes Gesicht bekannt vor. Denn letzten Endes war es ja auch immer dasselbe: Pünktchen, Pünktchen, Komma, Strich, fertig ist das Menschgesicht.

Geh ran. Verdammt noch mal, geh endlich ran.

Wütend knallte Kyra den Hörer auf die Gabel. Franz mußte zu Hause sein. Längst zu Hause sein. Nike Schröder trank nicht. Was sollte er stundenlang mit einer Frau machen, die nicht trank.

Sie blätterte in der Mappe, auf der »*Bewerbungsunterlagen – Schröder, Nike*« stand. Die Seiten ratschten. Geboren 1978. Kyra lachte. Ein Witz. *Sweet little nineteen.* Geboren in Aschaffenburg. Keine Spur von Abitur. Merkwürdig. Wie studierte die Kleine ohne Abitur.

Kyra fegte die leere Flasche vom Tisch. *Scheiße.* Es war scheißegal, ob die Kleine mit oder ohne Abitur studierte. Franz sollte ans Telefon gehen. Zum zigsten Mal drückte sie die Wahlwiederholung. »Guten Tag. Sie sind verbunden –«

Kyra hielt es nicht mehr aus.

Der Mann in der dunklen Windjacke kam entschlossen auf die Villa zu. Isabelle Konrad stoppte mitten im Rotzhochziehen und sprang ans Fenster. Licht mußte sie nicht löschen, sie hatte ohnehin im Dunkeln auf dem Bett ihres Vaters gesessen.

Sie erstarrte. Es konnte nicht sein. Durfte nicht sein. Konnte nicht sein. Schüttelfrost. Ganz schlimmer Schüttelfrost.

Es war einer der beiden Bullen, der den Kiesweg entlangkam.

Am liebsten hätte sie geschrien. Laut geschrien. Die Fensterscheibe eingeschlagen. Aber sie wußte, daß sie keinen Lärm machen durfte. In dieser Nacht. Ihr wurde schwindlig. Sie biß sich in die Hand, bis sie blutete. *Es konnte nicht sein. Durfte nicht sein. Konnte nicht sein. Das konnte diese Frau ihr nicht wirklich angetan haben.*

Es war dasselbe Gefühl wie damals, als sie ihren Vater das erste Mal mit einer fremden Frau im Bett erwischt hatte. Sie hatte auch nur dagestanden und nicht geglaubt, was sie sah.

Der Bulle klopfte unten an die Tür. Jetzt schrie sie doch. Aber so, daß nur sie selbst es hören konnte. Tief in ihrem Kopf schrie es und wollte nicht mehr aufhören zu schreien. Blind stürzte sie zu dem Kleiderschrank ihres Vaters und riß die Schubladen heraus.

»Das erste Mal hatten wir Sex nach dem Presseball. Robert und ich, wir hatten schon den ganzen Abend geflirtet. Wir haben es auf der Damentoilette getrieben. Robert hatte vor den Toiletten auf mich gewartet.«

Jenny Mayer saß mit steifem Rücken auf der Ledercouch und sprach gegen die Wand.

»Wir haben kein Wort miteinander geredet. Ich bin zuerst in die Toilette rein, um zu sehen, ob die Luft rein ist. Robert kam sofort nach. Die Kabine war eng. Zuerst haben wir es im Stehen versucht. Es ging nicht gut. Im Stehen klappt es bei mir nie richtig. Und Robert war zu betrunken, um mich zu heben. Dann hat er sich hingesetzt. Und ich mich umgekehrt auf ihn drauf. Es war heftig. Es ging nicht lange. Höchstens drei Minuten.«

Vom Schreibtisch kam ein leises Stöhnen. Jenny drehte

sich um. Olaf Wössner hatte beide Hände unter der Schreibtischplatte.

»Schau mich nicht an«, zischte er. »Erzähl weiter!«

»Ich hab dir doch gesagt, daß es da nicht viel zu erzählen gibt. Wir waren beide ziemlich betrunken. Und dementsprechend unspektakulär war die Angelegenheit.« Jenny Mayer kratzte sich an der Wade. Sie trug noch immer das rote Kostüm, das sie heute morgen schon angehabt hatte. Ihre rote Lackhandtasche lag neben ihr auf der Couch. Ihren schwarzen Businesscase hatte sie auf die breite Lehne gestellt.

»Du weißt, daß du so billig nicht wegkommst. Erzähl mir Details.«

»Wir haben uns geküßt. Robert ist mir sofort mit der Hand unter den Rock. Als ich seine Hose aufgemacht habe, war er schon voll da. Ich war so naß, daß er nicht lange an mir rumspielen mußte. Wie gesagt, das im Stehen hat nicht funktioniert, also habe ich ihn aufs Klo gedrückt. Ich habe mich zuerst über ihn gestellt und bin dann langsam runtergegangen. Ich habe meine Beine so breit gemacht, wie das in dieser engen Zelle ging. Ich habe ein bißchen mit ihm gespielt. Er wollte gleich zustoßen, aber ich bin noch ein paarmal wieder hoch, bevor ich ihn reingelassen habe. Wir mußten nicht die Hände dazunehmen. Er hat den Weg auch so gefunden. Ich habe dann angefangen, langsam auf ihm zu reiten. Er hielt mich um die Taille, so daß ich mich weit zurücklehnen konnte. Mit beiden Händen habe ich –«

»Ich will seine Details hören. Erzähl mir, wie *er* war.« Leise Geräusche vom Schreibtisch. *Pfud – pfud – pfud – pfud –*

Jenny Mayer drehte sich abermals um.

Pfud – pfud – pfud – pfud – »Du sollst mich nicht anschauen, habe ich gesagt.«

»Mein Gott, bist du pervers.« Ihr Blick streifte den schwarzen Koffer. Sie sah zurück zur Wand. Ihre Wangenknochen traten spitz hervor. »Er hatte einen großen Schwanz. Beim Blasen habe ich ihn nie ganz in den Mund bekommen. Sein linkes Ei war etwas kleiner als das rechte. Er mochte es, wenn ich beide zusammenquetsche, während ich ihm einen blase.«

Ludwig Törner ließ den Türklopfer fallen. Er war enttäuscht. Selbst wenn Isabelle Konrad bereits schlief, müßte sie ihn mittlerweile gehört haben. Aber die ganze Villa blieb so dunkel, wie sie bei seiner Ankunft gewesen war.

Nur zu gern hätte er ihr das Phantombild gezeigt. Auch wenn sie in letzter Zeit wenig Kontakt zu ihren Eltern gehabt hatte – vielleicht hätte ihr das Gesicht etwas gesagt. Eine Frau, die ihr Vater früher gekannt hatte. Eine lange begrabene Geschichte.

Er lächelte in die Nacht hinein. »*Ludwig, sei ehrlich*«, sagte eine innere Stimme zu ihm. »*Du bist und bleibst ein Weichei. Du hast ein schlechtes Gewissen. Priesske hat die Kleine hart angefaßt. Du wolltest ihr zeigen, daß es noch gute Bullen gibt auf dieser Welt.*«

Er ging den Kiesweg zurück. Morgen. Morgen würde das Bild in sämtlichen Medien sein. Endlich gerieten die Dinge in Bewegung.

Als er sich ein letztes Mal zur Villa umdrehte, sah er, daß aus einem Fenster an der rechten Seite ein Vorhang wehte. Was für ein Leichtsinn, dachte er, nachts ein Fenster offenzulassen.

Schwer atmend lehnte Olaf Wössner in seinem Ledersessel. Er hatte die Augen geschlossen. Seine Lider flatterten wie bei einem Träumenden.

Jenny Mayer strich sich übers feuerrote Kostüm, faßte nach ihrer Handtasche und stand auf. »Gib mir die Kassette.«

Lauter. »Gib mir die Kassette.«

Es dauerte, bis Olaf Wössner die Augen öffnete. Noch länger dauerte es, bis er begriff, daß das schwarze Ding, das Jenny Mayer auf ihn gerichtet hielt, eine Pistole war.

Er setzte sich mit einem Ruck gerade. »Was soll das?« Einen kurzen Moment klang Panik aus seiner Stimme. »Willst du mich erschießen?« fragte er, und es klang beinahe schon wieder spöttisch.

Die Blondine zielte direkt auf seine Brust. »Notfalls. Ich denke aber nicht, daß es nötig sein wird. Du wirst mir die Kassette auch so geben.«

»Werde ich.« Wössners Tonfall ließ offen, ob er diesen Satz als Frage oder Antwort gemeint hatte.

»Es sein denn, du willst, daß sich jeder in der Zeitung auf Video anschauen kann, wie sein Chefredakteur wichst.« Jenny Mayer nickte in Richtung des Businesscases, den sie auf die Sofalehne gestellt hatte. Wössners Blick folgte ihrer Bewegung. Der Koffer hatte an der schmalen Seite ein rundes Loch. Aus dem runden Loch starrte ein Kameraauge.

Wie von einem plötzlichen Krampf befallen klappte Wössner zusammen. Seine Hände faßten nach seinem Reißverschluß.

»Kassette gegen Kassette.« Jenny Mayer machte eine ungeduldige Geste mit der Waffe.

»Ich habe die Kassette nicht hier« war alles, was Wössner sagen konnte, denn im nächsten Moment brach auf dem Gang der Tumult los. Jemand brüllte. Rüttelte an verschlossenen Türen. Aschenbecher stürzten scheppernd um.

»*Kyra! Du verdammte Schlampe, wo steckst du!*«

Bevor die beiden im Zimmer verstanden, was geschah, wurde ihre Tür aufgerissen.

»*Scheiße!*« Die Gestalt, die hereinstürmte, hatte Mord im Blick. »*Scheiße!*« Die Gestalt fuchtelte wild herum – »*Sagt mir sofort* –«, die Gestalt hatte einen Revolver, »*– wo sich diese verdammte* –«

Ein scharfer Knall und drei Schreie fetzten das Satzende weg.

Isabelle Konrad taumelte rückwärts, als habe sie einen heftigen Schlag in den Bauch bekommen. Der Revolver, den sie im Kleiderschrank ihres Vaters gefunden hatte, fiel ihr aus der Hand. Sie brüllte auf. Und versuchte gleichzeitig, nach der Waffe am Boden zu greifen und das Loch in ihrem Bauch zuzuhalten. Das Blut sprudelte zwischen ihren Fingern hervor. Sie strauchelte.

Jenny Mayer schrie. Schrie. Schrie.

Die Konrad-Tochter brach zusammen.

Tableau vivant. Tableau mort.

»Ich kann nichts dafür! Es war Notwehr!« Jenny Mayer schaute Wössner an. Ihre Augen flackerten. »Du hast gesehen, daß es Notwehr war. Mein Gott, du hast gesehen, daß es Notwehr war.«

Sie warf die Pistole, die ihr der Zuhälter verkauft hatte, weit von sich und eilte zu der Verblutenden.

Isabelle Konrad stieß ein paar wimmernde Laute aus.

»So tu doch was«, herrschte Jenny Mayer den erstarrten Mann hinter dem Schreibtisch an. »Mein Gott, ruf doch endlich einen Krankenwagen.«

Die Konrad-Tochter bewegte sich. Mühsam hob sie den Kopf. Sie bewegte die Lippen, als wolle sie etwas sagen.

Jenny Mayer kniete sich neben sie.

»Wissen Sie, wo Kyra ist?« Die Stimme war kaum zu hören.

Jenny Mayer beugte sich tiefer über sie. »Sie müssen lauter sprechen, damit ich Sie verstehen kann.«

»Wissen Sie, wo Kyra ist?«

Mit Jennys Hilfe gelang es Isabelle, sich zu setzen.

»Wissen Sie, wo Kyra ist?«

Sie machte Anstalten aufzustehen.

Jenny Mayer faßte sie vorsichtig am Arm. »Mein Gott, ich wollte das nicht. Ich habe das nicht gewollt. Bleiben Sie liegen. Der Krankenwagen ist schon unterwegs.«

»Ich muß Kyra finden.« Isabelle befreite sich von der fremden Hand und rappelte sich auf. Das Blut lief ihr aus Mund, Nase, Bauch.

»Ich habe das nicht gewollt«, schluchzte Jenny Mayer jetzt. »Glauben Sie mir. Ich habe das nicht gewollt.«

Isabelle Konrad wankte auf den Flur hinaus. *Sie mußte Kyra finden. Aber in welchem Stock war sie hier? Weil, Kyra war ja im dritten, und wenn sie jetzt im fünften war, dann mußte sie –*

Sie konnte nicht mehr denken. Das Blut quoll ihr zu heftig aus dem Mund. Sie machte einige Schritte in Richtung Fahrstuhl. Auch die Knie wollten nicht mehr.

Der Marmor, auf den sie der Länge nach schlug, war kühl. Angenehm kühl. Sie ruderte mit den Armen über den Stein.

Wie schön, daß ihr Vater in einer Zeitung arbeitete, die sich Marmorboden leisten konnte. Nicht jede hatte einen Vater, der in einer Zeitung mit Marmorfußboden arbeitete.

Sie lächelte.

Wo war der Revolver? Sie mußte ihn Vater zurückgeben. Vater würde schimpfen, wenn er entdeckte, daß sie sein bestes Stück verloren hatte.

Mit letzter Kraft drehte sie sich auf den Rücken.

»Scheiße«, flüsterte sie, und das Blut in ihrem Hals gluckste, »Scheiße, Mann, wir sind echt ne Scheißfamilie.«

Es war so still. So wunderstill. Der Schlüsselbund, mit dem Kyra unten die Haustür, oben die Wohnung aufgeschlossen hatte, fiel zu Boden. Sie hörte es nicht. Sie hörte gar nichts. Hinschauen. Hinschauen. Nichts als hinschauen.

Noch *sah* sie nicht wirklich, worauf ihre Augen starrten. *Das Auge frißt alles, das Hirn ist feige.* Den ganzen Abend hatte es sich nicht ausmalen wollen, was es finden würde. Und jetzt, wo Wirklichkeit Vorstellung unnütz gemacht hatte, begann es zu malen und zu malen und auszuschmücken und wollte gar nicht mehr aufhören auszumalen.

Es tat so weh. Himmel, wie konnte etwas, das einfach nur stumm dalag, so weh tun? Es brauchte doch nur ein Messer oder eine Schere. Warum kam denn keiner mit der Kneifzange und machte Schluß? Sehnerv links, Sehnerv rechts, zweimal knips und aus das Licht!

Kyras Lider waren starr, als hätte sie sich heute abend mit Sekundenkleber geschminkt. Sie versuchte, ihre Hände zu heben, um sich die Augen selber auszukratzen. Nicht einmal ein müdes Zucken war den Händen zu entlocken.

Kyra brüllte, bis ihr Schwarz vor Augen wurde. Endlich schwarz. Endlich Fallbeil. Aber die Gnade dauerte nur kurz. Aus dem Schwarz kroch das Bild hervor, leuchtete drinnen im Kopf noch greller, als es draußen geleuchtet hatte. Wieder sehen, hinsehen, immer nur hinsehen, bis die Augäpfel von selbst platzten.

Der geköpfte Freund. Der zu Kopfzeiten verschmähte Freund.

Kyra blinzelte. *Aber war das Blut und Fleisch, das dort lag, überhaupt noch der Freund?* Denn was war der Freund – wenn nicht Kopf?

Der Gedanke machte sie gurgeln. Franz hatte sie getäuscht. Er war nie Kopf gewesen. Denn wäre er Kopf gewesen, läge er jetzt nicht ohne da. Ein Kopf ließ sich

262

nicht köpfen. Was also war er gewesen? Hatte er überhaupt jemals einen Kopf gehabt? Hatte sie die ganze Zeit einen Kopflosen – ja denn: *geliebt?*

Eisschauer grieselten durch ihren Körper. *Geliebt.* Ja. Sie hatte ihn *geliebt.* Ihre Zähne klapperten. Sie schlang die Arme fest um sich selbst. Zusammenhalten, was nicht mehr zusammenzuhalten war.

Plötzlich wurde es ganz still. In ihr drinnen. Sie konnte sich wieder frei bewegen. Die Lider klappten mühelos auf und zu. *Klipp. Klapp. Schwingdeckel.* Die Hände folgten wieder. Sie ließen sich heben. Und fallen. Und heben. Und fallen. *Prima. Prima Pinocchio.* Sie konnte im Zimmer umherlaufen. Sie konnte sich bücken, unter den Couchtisch schauen, hinter den Fernseher gucken, im Schrank herumwühlen –

Fuchs, du hast die Gans gestohlen, gib sie wieder her, gib sie wieder her...

Ein Geräusch an der Tür ließ sie aufhorchen. Sie legte den Kopf in den Nacken und jaulte. Er kam, er kam zurück. Auf allen vieren schoß sie durch den Flur. Krachte mit blutverschmierten Knien gegen die Tür. Wartete. Winselte. *Niemand kam heim.*

Mit hängendem Kopf schlich sie zurück. Noch nie hatte sie ihn genauer betrachtet. Lebende Menschen betrachtete man nicht genauer. Jetzt war er schön. Schöner, als er jemals hätte sein können. Sie schnüffelte.

Roch gut. Mami, roch er gut. Hatte er schon immer so gut gerochen? Nein. Geschwitzt hatte er. Im Büro geschwitzt. In der Oper geschwitzt. Im *Barbarossa* geschwitzt. Im Winter geschwitzt. Im Sommer geschwitzt. Im – aber jetzt nicht mehr. Nie mehr Schweiß.

Sie stieß mit der Nase gegen seine Brust. Hart. Schwarzes Hemd, Hemdbrust, blutsteif wie frisch gebügelt. Aber schön.

Sie zerrte daran. Der linke Ärmel klemmte. Obwohl der Arm gar nicht starr war. Puppig schlaff lag er da. Sie hob ihn ein paarmal an und ließ ihn wieder fallen.

Ene mene muh, und kalt bist du. Kalt bist du noch lange nicht, sag mir erst, wie alt du bist.

Wie schön wäre es gewesen, ihm jetzt zwei Finger an die Wange zu legen und zu fragen: *Franz, lebst du noch? Hallo? Hörst du mich?* Aber Wange war ja nicht mehr. Sie hielt ihr Ohr an seine Brust. Still. Still. Still.

Endlich gelang es ihr, die Manschetten über die Hände zu zerren. Schöne Hände hatte er. Schöne Hände und so schöne schmale Finger.

Hast du schon immer so schöne schmale Finger gehabt, Franz?

Es war ihr nie aufgefallen. War auch nicht gut möglich, daß so ein kleiner runder Mann so schöne schmale Finger hatte. Der Tod hatte ihm die Finger geschenkt. Die Hand gereicht und die schönen schmalen Finger geschenkt.

Sie warf sein Hemd und T-Shirt in die Ecke, zog seine schwarzen Schuhe aus, zog seine schwarzen Socken aus, zog ihre schwarzen Schuhe aus. Sie berührte seine Füße mit ihren.

So viel gelaufen, ihr armen Zehen. Aber jetzt dürft ihr ruhen.

Mit der Andacht, die der ersten Nacht gebührte, streckte sie sich neben ihm aus.

Franz, deine Hand! Gib mir deine Hand!

Zärtlich küßte sie die Finger. Die dunklen Ränder unter den Nägeln. Das Blut. Sie küßte die Fingerkuppen, leckte eine nach der anderen, bis die Trauer nur noch ein ferner Nachgeschmack auf ihrer Zunge war.

Wir werden glücklich sein.

Sie nahm den Zeigefinger, feucht vom eigenen Speichel. Alles war so still. So kalt. So schön. Sie schloß die Augen.

Wollen wir, Geliebter? Wollen wir?

Sanft lag sein Finger in ihrer Hand. Sie lächelte. Und faßte ihn fester. Und führte ihn sicher ans Ziel.

V

Da war dieser Nagel im Boden gewesen. Irgendwo im Boden mußte da ein Nagel gewesen sein.

Kyra starrte nach vorn. So viel Asphalt. Und so viele Streifen auf dem Asphalt. Was für eine Verschwendung.

Ihre Hände am Lenkrad zitterten. Nein: Ihre Hände zitterten nicht. Das Lenkrad zitterte. Und dabei war es doch ein Sportwagen. War es normal, daß bei einem Sportwagen das Lenkrad zitterte? Vielleicht war mit dem Wagen etwas nicht in Ordnung.

Die Scheinwerfer der entgegenkommenden Autos blendeten sie. Licht konnte sie heute nacht nicht mehr gut ertragen.

Wenn nur dieser Nagel im Boden nicht gewesen wäre. Am liebsten wäre sie aufgestanden. Aber das ging ja nicht. Am Steuer. Vielleicht war der Nagel rostig gewesen. Vielleicht hatte sich die Wunde entzündet.

Ohne zu blinken, zog sie den Wagen auf die Standspur hinüber und bremste scharf. Die Autos hinter ihr hupten. Die Giulia schleuderte ein bißchen. Sicher war mit dem Wagen etwas nicht in Ordnung. Es war doch nicht normal, daß ein Wagen beim Bremsen schleuderte.

Endlich stand sie. Autos schossen an ihr vorbei. Sie mußte aussteigen. Und nachsehen, ob sich die Wunde entzündet hatte. Sie öffnete die Tür. Und spürte einen harten Luftstoß. Schon wieder ein Auto. Was wollten die ganzen Autos nachts auf der Avus? Sie humpelte auf die Beifahrerseite in den Windschatten. Sie zog die Hosen herunter und versuchte, ihren Arsch zu inspizieren. Es ging nicht. Verzweifelt faßte sie sich an die Stelle, wo sie den Schmerz vermutete. Wenn es geblutet hatte, war es jetzt getrocknet. Aber sie mußte doch sehen, was dort war. Sie zog die Hosen wieder hoch, knöpfte sie nicht zu, hielt sie nur mit der Linken fest und humpelte zur Fahrerseite zurück. Mit der freien Hand brach sie den Außenspiegel ab. Gut, daß er schon so lange locker war.

Blut. Ihr ganzer Arsch war blutverschmiert. Sie spuckte auf die Finger und rieb an der Stelle, wo die Wunde sein mußte. Sie konnte nichts erkennen. Nur unverletzte Haut. Aber das konnte nicht sein, da mußte eine Wunde sein, denn da war doch dieser Nagel im Boden gewesen. Und der Nagel war rostig gewesen. Sie konnte sich nicht erinnern, wann sie das letzte Mal gegen Tetanus geimpft worden war. Sie spuckte noch einmal und rieb heftiger.

Hinter ihr bremste ein Auto. Laute Musik. Lauter als die vorbeirauschenden Autos. Jetzt war es wenigstens hell, vielleicht konnte sie im Scheinwerferlicht etwas erkennen.

»Hey, Puppe, haste 'n Problem?«

Da, ungefähr eine Handbreit links von dort, wo der Spalt aufhörte, da war etwas.

»Ey, Rudi, ick glob, die braucht wen, der ihr beim Pissen hilft!«

Gelächter. Mehrere.

Sie schaute auf. Sie konnte die Männer nicht richtig erkennen, das grelle Scheinwerferlicht blendete sie, und die Haare hingen ihr ins Gesicht.

»Ich habe eine Blutvergiftung«, sagte sie leise.

»Was is los, Puppe, haste was gesagt?«

»Können Sie einen Arzt rufen, ich habe eine Blutvergiftung.«

»Ey, Mensch, mit der Alten stimmt was nicht, guckt euch die doch mal an. Die is ja total voll Blut.«

»Ob die 'n Unfall gehabt hat?«

»Quatsch, Mann, die Karre von der is doch total in Ordnung. Die tickt nich richtig.«

»Hey, Jungs, ick glob, ick weeß, was mit der los is. Die hat ihre Tage.«

Gelächter. Der Motor jaulte auf. Kyra hörte nichts mehr. Der Wagen fuhr an ihr vorbei. Zwei Männer hingen aus den geöffneten Fenstern und winkten.

Sie hatte eine Blutvergiftung. Sie würde sterben. Ein paar Tränen rollten ihr übers Gesicht. Sie hatte eine Blutvergiftung und würde sterben.

Sie kletterte über die Leitplanke und ging ein paar Schritte in den Wald. Gehen. Gehen. Jetzt einfach nur gehen. Aber das brachte nichts. Sie mußte zum Wagen zurück. Im Wagen war es auf jeden Fall besser als hier im Wald.

Es roch nach Pilzen. Wenn sie jetzt starb, konnte sie nie wieder Pilze sammeln. Sie stolperte über einen Ast. Sie hatte noch gar nie Pilze gesammelt.

Der Wind der vorbeirasenden Autos klatschte ihr die Haare ins Gesicht. Sie schlug die Tür zu und legte den Kopf aufs Lenkrad. Wenn sie wenigstens ihr Handy dabeigehabt hätte. Dann hätte sie jetzt jemanden anrufen können. *Jemanden anrufen können.*

Sie fuhr hoch, als ob sie jemand berührt hätte. Ja, da war jemand gewesen. *Jemand.* Ihr lieber *Jemand,* der ihr helfen wollte. Sie wischte sich die Haare aus dem verklebten Gesicht und lächelte. *Sei kein Kindskopf, Kyra, alles ist gut. Du startest jetzt den Motor, kehrst um und fährst zurück in die Stadt. Und da ist dann jemand, der sich um deine Blutvergiftung kümmert.*

Alles war gut. Sie lächelte, als sie den Schlüssel in der Zündung herumdrehte. Sie lächelte, als die Giulia anfuhr. Sie lächelte, als sie das Lenkrad ganz nach links herumkurbelte. Sie lächelte, als ihr die Scheinwerfer eines entgegenkommenden Autos ins Gesicht strahlten.

Sie war tot. Begraben. Hatte den Mund voll Erde. In der Ferne grollte Donner. Die Hölle.

Sie spuckte aus. Und tastete um sich. Feuchte Erde und feuchtes Laub blieben zwischen ihren Fingern hängen. Warum hatte man sie ohne Sarg bestattet? Warum hatte man sie einfach so unter die Erde gelegt? Sie schlug die Augen auf. Schöne Hölle. Schöne Hölle, die ein dunkelgrünes Blätterdach hatte.

Drei Bäume hinter sich entdeckte sie die Giulia. Ein Lächeln huschte über ihr Gesicht. Ihr Auto hatte versucht, den Baum hinaufzufahren. Aus der zusammengedrückten Kühlerhaube qualmte es. Wie schön. Wie schön, daß man die Giulia gemeinsam mit ihr beerdigt hatte.

Es donnerte. Ein greller Schmerz zuckte durch ihre Brust. Sie faßte sich ans Herz. *Wum-wum-wum-wum-wum-wum,* hörte sie es in ihren Ohren marschieren.

Sie setzte sich auf. Verwirrt schaute sie um sich. Nicht tot. Sie war nicht tot. Davongekommen. In hohem Bogen aus dem offenen Fahrzeug geflogen.

Es donnerte wieder. Das Gewitter kam näher.

Mühsam richtete sie sich auf. Sie konnte stehen. Gut. Alles tat weh. Sie versuchte, einige Schritte auf dem weichen Waldboden zu machen. Es ging. Sie blieb stehen und atmete tief durch. Tot wäre einfacher gewesen. Tot hätte sie nichts mehr tun müssen.

Es goß, als wolle Berlin ersaufen. Der Taxifahrer beugte sich weit vor, um durch die überschwemmte Scheibe hindurch die Hausnummern zu erkennen.

»Ist es das hier? – Ja, das muß es sein«, bestätigte er sich

selbst, als Kyra nichts antwortete. Er stoppte den Wagen.
»Dreiundzwanzig achtzig bekomm ich dann.«
Mißtrauisch verfolgte er im Rückspiegel, wie die blut-
überströmte Frau in den Taschen ihrer Lederjacke nach
Geld suchte.

Sie reichte ihm einen Zehn- und einen Zwanzigmark-
schein nach vorn und öffnete die Tür. Sie stöhnte, als sie
das erste Bein nach draußen setzte.

Der Fahrer drehte sich um. »Warten Sie, wollen Sie
nicht –«

»Vergessen Sies.«

Sie knallte die Wagentür zu und holte Luft. Der Regen
tat gut. Ohne Regen wäre sie in Ohnmacht gefallen. Sie
blieb einige Sekunden stehen, hörte das Taxi davonfahren.
Die Schmerzen in ihrem Oberkörper waren so grotesk
geworden, daß sie beinahe gelacht hätte. Wie viele Rippen
sie gebrochen hatte? Alle? Sie wischte sich die Haare, die
ihr wie Seetang ins Gesicht hingen, aus der Stirn.

Hier war es. Hier war es also, wo sie wohnte. Die Herzlose.

Kyra wankte zu dem Gartentor und hielt sich an den
massiven Eisenstäben fest. Sie mußte sich bücken, um die
Namen auf den schwach beleuchteten Klingelschildern
entziffern zu können. »Kretzschmann« las sie, »Hubert
und Elfriede Kretzschmann«. Und darunter: »Schröder.
Schröder, Gartenhaus«.

Die Schmerzen wurden schlimmer. Sie mußte einen Moment die Augen schließen und sich an einen der Steinpfei-
ler, die das Tor säumten, lehnen. Ihre Zähne klapperten
wild. Sie holte Luft und schlug sich mit der flachen Hand
ins Gesicht. Erst dachte sie, sie würde zusammenklappen,
aber dann ging es besser. Sie stieß sich von dem Pfeiler ab
und betrachtete den Zaun. Nicht allzu hoch. Und keine
Warnung vor dem Hund. Sie lachte. Wie sollte die Herz-

lose auch in einem Haus mit Hund wohnen. Die beiden venezianischen Gipslöwen rechts und links auf den Pfeilern, das war die Art von Tier, die so eine liebte.

Kyra biß die Zähne zusammen, faßte die Enden der Eisenstäbe kurz über der obersten Querstange und zog sich hoch. Ihre untrainierten Muskeln zitterten.

Komm, komm, komm. Zum Verrecken war vorhin Zeit.

Irgendwie schaffte sie es, sich über den Zaun zu hieven. Hart landete sie auf der anderen Seite im Kies. Ihre Beine gaben nach.

Im Haupthaus war alles dunkel. Ob alles ruhig geblieben war, konnte sie nicht hören, ihr eigenes Blut dröhnte zu laut. Mühsam raffte sie sich auf. Sicher waren die Leute, die vorne im Haus lebten, alt und schwerhörig. In dieser Gegend lebten nur die Reichen, Alten und Schwerhörigen.

Sie hinkte den Kiesweg entlang, der seitlich an der Villa vorbeiführte. Es wurde noch finsterer, als sie hinter das Haus kam. Der große Gründerzeitkasten verdeckte das Licht der Straßenlaternen. Es dauerte eine Weile, bis sich ihre Augen an die endgültige Dunkelheit gewöhnt hatten.

Dort. Nicht gut zu erkennen, am anderen Ende des Parks. Dort war es. Das Gartenhaus. Auch hier alles dunkel.

Kyra drückte die Klingel und schlug gleichzeitig gegen die Tür. Niemand antwortete. Nirgends wurde Licht angemacht. Sie ging hinter das Haus. Es war klein. Zweistöckig. Die richtige Mischung aus Puppenhaus und Hexenhaus.

Irgendwie schafften es ihre Zähne, gleichzeitig zu klappern und zu knirschen.

Wo steckst du, du Bastard, ich weiß, daß du da drinnen bist.

Sie ging wieder zurück zum Eingang, schneller, der Regen hatte weiter zugenommen, doch das interessierte sie nicht, es konnte nicht sein, daß *die da drinnen* nicht da war, wo sollte sie sein, wenn nicht da drinnen, es war das richtige Haus, das spürte sie, spürte sie ganz deutlich –

Sie wußte nicht, wie der Stock in ihre Hand gekommen war. Die Fensterscheibe zu ihrer Rechten zersplitterte. Sie erstarrte. Kein Lebenszeichen im Haus. Sie lachte auf. Wie konnte sie von der Herzlosen auch ein *Lebenszeichen* erwarten.

Sie entfernte so viel von der Fensterscheibe, daß sie zum Griff hindurchfassen konnte, ohne sich die Pulsadern aufzuschneiden. Der Griff ließ sich mühelos drehen.

Der dunkle Raum, in den sie kletterte, mußte die Küche sein. Auf sonderbare Weise war es hier drinnen heller als draußen. Und kälter. Vielleicht bildete sie sich das nur ein, weil sie endlich im Trockenen stand. Für einige Sekunden überließ sie sich dem Zittern, das aus ihrem Brustkorb kam. Plötzlich begriff sie, warum es hier drinnen so hell war. Alles war weiß. Der Steinfußboden, die Wände, die Küchenschränke, sogar die Spüle schien nicht aus Metall, sondern aus weißem Keramik oder Email zu sein. Die Herzlose lebte in einer Schneewittchenhütte.

Komm her, du Bastard! Ich weiß, daß du hier bist.

Sie stützte sich auf den weißen Küchentisch und versuchte, ruhig zu atmen. Irgendwo glaubte sie, ein leises Rascheln zu hören. Winzige Füßchen, die über den Steinfußboden rannten. Die sieben Zwerge, die loseilten, um ihre Geliebte, die im Glassarg schlief, zu warnen.

Kyra schälte sich aus der klatschnassen Lederjacke und ließ sie zu Boden fallen. Der Anblick des unförmig dunklen Haufens auf dem makellosen weißen Boden verschaffte ihr Genugtuung.

Die Küchentür stand offen. Bei jedem Schritt, den sie machte, quietschten ihre Füße in den durchweichten Schuhen. Sie kam in einen kleinen Flur. Rechts führte eine enge Treppe nach oben, links war die Eingangstür, geradeaus gab es eine zweite Tür, die verschlossen war. Auch hier: alles weiß. Ihr Herz schlug schneller. Langsam drückte sie die Klinke zu dem Raum.

Es war ein Wohnzimmer. Genaugenommen war es ein Raum, der einmal ein Wohnzimmer gewesen war. Jetzt war er ein Lager, in dem alte Polstermöbel wild aufeinandergehäuft waren. Kyra begriff. Die Herzlose hatte das Gartenhaus möbliert gemietet. Und hatte alle unweißen Möbel in einen Raum geschafft.

Kyra zuckte zusammen. Irgendwo hinter ihr, über ihr hatte es ein Geräusch gegeben.

Sie schloß die Tür zum Möbellager. In diesem Raum würde sie nichts und niemanden finden. Dieser Raum gehörte nicht zum Reich der Herzlosen.

Wieder hörte sie das Geräusch. Es mußte aus dem oberen Stockwerk kommen. Noch immer hatte sie kein Licht gemacht. Im Dunkeln stieg sie die schmalen Stufen hinauf. Trotz des Weiß war es jetzt so finster geworden, daß sie die eigene Hand nicht sehen konnte, mit der sie sich am Geländer hochtastete. Jede Stufe ächzte anders. Es wunderte sie, daß die Herzlose nichts dagegen unternommen hatte. Ihre Ohren schienen weniger reizempfindlich als ihre Augen zu sein.

Kyra spürte einen Luftzug. Sie blieb stehen. Langsam begannen ihre Augen wieder zu sehen, sie näherte sich dem Ende der Treppe. Oben war ein kleines quadratisches Fenster. Vor dem sich ein Schatten abzeichnete. Eine Blumenvase? Nein. Es wäre eine sehr merkwürdige Form gewesen. Außerdem hatte sie das absurde Gefühl, daß dieser Schatten sie *anstarrte*. Jede ihrer hilflosen Bewegungen beobachtete. *Da war jemand.*

Sie blieb stehen. Ihr Puls raste. Der Schatten spürte ihre Angst, krächzte böse, *kek-kek-kek*, sprang auf, sprang ihr ins Gesicht, sie schlug um sich, traf nur die Luft, die das

Ding aufgewühlt hatte, es krächzte, sie schrie und schrie gleich noch einmal, als sie ihren eigenen Schrei hörte.

Was war das?

Obwohl sie es nicht mehr sehen konnte, spürte sie, daß es jetzt am Fuße der Treppe saß und sie weiter anstarrte. Sie hörte ein Fauchen, wie sie es noch nie gehört hatte. Und dann wieder dieses *kek-kek-kek*. Ein Vogel. Es mußte ein Vogel sein. *Die Herzlose lebte mit einer gottverdammten Eule zusammen.*

Ihre Nerven lagen blank wie im Anatomieatlas.

»Du elender Bastard, wo steckst du?«

Ihre Stimme klang erbärmlich. Die Eule keckerte weiter.

Wut trieb sie die restlichen Treppenstufen hinauf. Ohne zu zögern, stieß sie die Tür auf.

Das Zimmer war leer. Das heißt: Sie sah nichts außer einem flachen weißen Quader. Es mußte ein Bett sein. Ihre Wut nahm zu.

»Komm her! Komm endlich her!«

Ihre Stimme schnappte über.

Sie erschrak. Dort drüben hatte sich ein Schatten bewegt. Da. Wieder. Sie ging näher heran. Und erblickte sich selbst. Im Spiegel der Herzlosen. Ihr Gesicht fast so bleich wie die restliche Zelle. Ihr schauderte.

Der Raum war karg möbliert. Außer dem Bett gab es zwei Leuchter, den Spiegel und darunter eine Kommode. Die Kommode hatte hinten, wo sie an die Wand stieß, ein erhöhtes Bord. Auf dem Bord lag ein Streifen weißer Satin. Und auf dem Satin standen vier Einmachgläser. Etwas schwamm in den Gläsern. Etwas Helles. Rundes. Das eine weich gewundene Struktur hatte.

Kyra ging noch näher heran. Alle vier Gläser hatten Etiketten. Sie konnte immer noch nicht erkennen, was darin eingelegt war. Sie griff in ihre Hosentasche. Beim dritten Versuch flammte das nasse Feuerzeug endlich auf.

275

Sie hielt es dicht an das Glas, das ganz rechts stand.

»*Franz*«, las sie in feiner Schreibschrift. *Franz.*

Es waren einmal vier Männer, die hießen Robert, Kurt, Gustav und Franz und hatten ihre Köpfe verloren.

Es war einmal ein Mädchen, das hieß Nike und sammelte Hirne in Einmachgläsern.

Es war einmal eine Frau, die hieß Kyra und stand im Schlafzimmer des Mädchens und zitterte.

Sie schrie. Sie stolperte rückwärts. Sie stieß gegen das Bett, fiel nach hinten, auf die Laken, auf denen die Herzlose getrieben hatte, was immer sie getrieben hatte, wälzte sich hin und her, brüllte, trat die beiden Leuchter um, der Krach tat gut, sie sprang auf, rannte zur Tür hinaus, sie mußte etwas finden, das noch mehr Krach machte, sie kam in ein anderes Zimmer, dort stand ein Schreibtisch, ordentlich wie am ersten Tag, sie packte ihn und warf ihn um, Lärm, Lärm, mehr Lärm, es war nicht genug, sie ging zu den Regalen, rüttelte und schüttelte, bis ein Bücherregen auf sie niederging, dicke Schwarten, dünne Hefte, Ordner, alles stürzt, aber immer noch nicht genug Vernichtung, dort eine Tür, sie springt hin, Kleider, Legionen weißer Kleider auf weißen Bügeln, sie zerrt und reißt, trampelt durch das streng paarweise stehende Schuhregiment, bis auch dort nichts mehr in Ordnung ist, die Bettwäsche liegt linealvermessen in den Schüben, raus damit, Schluß damit, Verwüstung, Verwüstung!

Schwer atmend lehnte sich Kyra gegen die Wand. Sie fühlte sich besser jetzt. Konnte wieder klar denken.

Der Vogel war ausgeflogen, nach der letzten Tat davongeflattert. Aber wohin? Eine wie die Herzlose hatte keine Freunde, die sie versteckten. Eine wie die Herzlose hatte niemanden auf der Welt. Niemanden außer –

Kyra ließ ihren Blick über das Chaos kreisen. Bis er den sorgfältig beschrifteten Ordner gefunden hatte.

»Bringen Sie mich in den Odenwald.«

Der Taxifahrer schaute sie argwöhnisch an. »Sind Sie besoffen?«

»Hier, sehen Sie, ich habe tausend Mark in bar. Wenn Ihnen das nicht reicht, nehmen Sie meinen Personalausweis als Sicherheit.«

»Mit Junkies will ich nix zu tun haben.«

Der Taxifahrer kurbelte sein Fenster hoch und gab Gas.

»Du verdammter Wichser!« Mit gerecktem Mittelfinger rannte Kyra ihm einige Meter hinterher. Ihr Brustkorb begann wieder zu schmerzen. Die Schmerzen waren erst wieder da, seitdem sie das Geisterhaus verlassen hatte. Nein, das stimmte nicht. Sie waren auch dort die ganze Zeit dagewesen, nur hatte sie sie nicht gespürt.

Kyra stopfte die tausend Mark, die sie am Bankautomaten gezogen hatte, in ihre Hosentasche und humpelte an den Rinnstein zurück.

Es regnete nicht mehr so stark wie vorhin. Aber naß war sie ohnehin. Sie hatte ihre Lederjacke in der Küche der Herzlosen liegenlassen.

In der Kurve tauchte das nächste Taxi auf.

Sie sprang auf die Straße und wedelte mit der Deutschlandkarte, die sie an der Tankstelle gekauft hatte. Das Taxi bremste scharf. Kyra riß die Beifahrertür auf.

»Ich muß nach Amorbach«, sagte sie.

»Amobach«, fragte der indische Fahrer mit dem Turban so freundlich wie ratlos. »Miss gehen nicht gut?«

»Doch, doch.« Kyra öffnete die hintere Tür und ließ sich auf den Rücksitz fallen. »Keine Angst, ich kotze Ihnen nicht die Sitze voll. Fahren Sie mich nur nach Amorbach. Ich sag Ihnen, wos langgeht.«

»Miss? Miss?«

Kyra schreckte aus dem wirren Halbschlaf, in den sie kurz hinter Berlin gesunken war, hoch.

»Ja?«

Sie hatte von ihren gebrochenen Rippen geträumt. Die Knochen hatten die Brust durchstoßen und ins Freie geragt. Es hatte nicht weh getan.

»Noch weit?« Der Fahrer äugte besorgt in den Rückspiegel.

Sie schaute aus dem Fenster. Nacht. Wald. »Wo sind wir?«

»Autobahn 9«, sagte er. »Sie gesagt, ich soll fahren Autobahn 9.«

»Ja, aber ja«, murmelte sie beschwichtigend, »Sie haben alles richtig gemacht.«

Sie wedelte mit den zehn nassen Scheinen, so daß er sie im Spiegel sehen konnte.

»Das gehört alles Ihnen. Fahren Sie nur weiter.«

Die Nacht wurde blau, dann rot, dann gelb, dann kamen sie in den Odenwald. Kyra rieb sich die Augen und schaute aus dem Fenster: Erlenbach, Klingenberg, Kleinheubach. Was für schöne Ortsnamen. Einen Moment überließ sie sich der glücklichen Phantasie, sie wäre fünf, der Mann da vorne mit dem Turban ihr Vater, und sie wären die ganze Nacht nur durchgefahren, damit sie am frühen Morgen ihr Ferienziel erreichten. *Papi, Papi, hast du die Sandförmchen eingepackt?*

Kyra strich den durchweichten, wieder getrockneten und zerknitterten Meldezettel glatt, den sie im Haus der Herzlosen gefunden hatte. Während der ganzen Fahrt hatte sie ihn in ihrer Faust gehalten. Die Schrift auf dem dünnen, gelben Durchschlagpapier war kaum zu erkennen. »Höhenstraße« entzifferte sie. *Höhenstraße 5.*

Als sie endlich den Ortseingang von Amorbach erreichten, kurbelte sie ihr Fenster herunter. Wie schön wäre es gewesen, wenn sie die frische Morgenluft hätte genießen können. Sie fragte eine Passantin mit Kinderwagen nach der Adresse. Die Passantin schaute argwöhnisch zwischen ihr, dem Mann mit dem Turban und dem Taxi mit dem Berliner Kennzeichen hin und her, bevor sie den Weg erklärte. Wahrscheinlich glaubte sie, daß der Mann Kyra entführt hatte.

Statt eines Dankeschöns nickte Kyra nur stumm mit dem Kopf. Wahrscheinlich glaubte die Frau jetzt noch mehr, daß sie gekidnappt war, und würde die Polizei informieren.

Das Taxameter war schon vor einer ganzen Weile bei DM 999,90 hängengeblieben. Kyra dirigierte den Fahrer um die letzten kostenlosen Ecken. Auch er schien einen Zustand der Erschöpfung erreicht zu haben, der Sprechen nicht mehr zuließ. Er blickte Kyra aus seinen geröteten, vor Müdigkeit tränenden Augen an, als sie ihm auf die Schulter klopfte und sagte, er solle anhalten.

Wortlos reichte sie ihm die zehn Hundert-Mark-Scheine. Er nahm das Geld, sie warf die Deutschlandkarte auf den Beifahrersitz und stieg aus.

Kyra war enttäuscht. Sie wußte nicht, wie sie sich den ersten Wohnsitz der Herzlosen vorgestellt hatte, aber so gewiß nicht. Es war ein Haus, wie Kinder es malen, wenn man ihnen »Haus!« sagt. Ein schmuckloser, zweigeschossiger Quader mit vier Fenstern nach vorn und einem roten Giebeldach darüber. Blaßgelb. Eingang rechts an der Seite. Drumherum bescheidenes Grün. Kein Quadratzentimeter mehr als nötig. Kein grüßender Gartenzwerg. Alles belanglos. Banal.

Das niedrige Gartentor ließ sich von innen öffnen. »Schröder« stand in Messing eingraviert neben der Klingel. Kyra drehte den Knauf und ging über den gepflasterten Weg zum Eingang. Fünf Stufen zur Tür hinauf. Sie donnerte mit der Faust gegen das Holz. Klingeln schien ihr die verkehrte Einleitung zu sein. Sie donnerte einmal. Zweimal. Dreimal. Viermal. Fünfmal. Sechsmal. Sie trommelte mit beiden Fäusten.

Nach einer mittleren Ewigkeit wurden hinter der Tür Geräusche laut.

»Wer ist da?« fragte eine dünne Stimme. Ob männlich oder weiblich, war unmöglich auszumachen. Alt in jedem Fall.

»Machen Sie auf, ich weiß, daß dieser kranke Bastard bei Ihnen ist.« Kyra wunderte sich, woher ihre Stimmbänder das Schreien nahmen.

Auf der anderen Seite der Tür gab es eine längere Pause.

»Verschwinden Sie, oder ich rufe die Polizei.«

Kyra lachte. »Polizei ist gut. Polizei ist eine großartige Idee. Fragen Sie mal Nike, was die davon hält.«

Pause zwei.

»Verschwinden Sie. Ich weiß nicht, wovon Sie reden.«

Zur Abwechslung begann Kyra wieder, mit beiden Fäusten gegen die Tür zu trommeln. In den Küchenvorhängen des Nachbarhauses gab es eine sanfte Bewegung.

»Entweder Sie lassen mich jetzt rein, oder ich mache so lange Krach, bis die Polizei wirklich kommt«, rief Kyra. »Die Bullen in Berlin warten nur darauf, Nike hochzunehmen.«

Die massive Holztür öffnete sich einen Spalt.

»Was wollen Sie?« fragte die Stimme, die Kyra jetzt als männliche Greisenstimme identifizieren konnte.

Scheiße. Was zum Henker sollte sie mit dem Großvater anfangen. Aber egal. Sie mußte da rein. Und wenn es der elende Urgroßonkel war.

»Öffnen Sie die Tür. Ich weiß, daß Nike da drinnen ist.«

»Nike ist nicht hier. Nike ist in Berlin.«

»Irrtum.«

»Gehen Sie weg.«

»Lassen Sie mich rein.«

»Ich sagte Ihnen doch bereits, Nike ist nicht hier.«

Mit restlicher Kraft warf sich Kyra gegen die Tür. Irgend etwas krachte, noch mehr Rippen oder bloß Holz? Kyra schrie, der alte Mann hinter der Tür schrie, die Tür flog auf, Kyra flog in den Raum, flog über ein Hindernis und landete auf dem Boden.

Der Großvater, den sie samt Tür hinweggefegt hatte, lag ebenfalls am Boden. Neben ihm ein umgekippter Rollstuhl, dessen Räder sich sinnlos in der Luft drehten. Der weißhaarige Mann mußte mindestens achtzig sein.

Es tat Kyra leid, einen unschuldigen Greis aus seinem Rollstuhl geworfen zu haben, aber sie hatte jetzt keine Zeit für Pfadfindergeplänkel. Das einzige, was sie hier finden und erledigen wollte, war dieser kranke Bastard.

»Komm her«, brüllte sie ins Haus hinein. »Ich weiß, daß du hier bist.«

Der Greis am Boden wimmerte. »Hilfe, Sie sind ja wahnsinnig, so helfen Sie mir doch.«

Kyra drehte sich zu ihm zurück. Er war nicht nur über achtzig. Er hockte nicht nur im Rollstuhl. Wie sie jetzt sah, war er auch noch blind. Zwei trübe Augen starrten an ihr vorbei. Die schwarze Brille hing ihm quer übers Gesicht.

»Ist Nike Ihre Enkeltochter? Sagen Sie mir, wo sie ist, dann helfe ich Ihnen.«

»Ich habe keine Enkeltochter.« Seine Stimme wurde fester.

»Was weiß ich, dann ist dieser verdammte Bastard halt Ihre Urgroßnichte.«

»Wagen Sie es nicht, in diesen Worten von Nike zu

sprechen.« Er bebte am ganzen Körper. »Reden Sie nie wieder in diesen Worten von meiner Tochter.«

Kyra starrte den Greis mit offenem Mund an. Dann begann sie zu lachen, daß die Rippen in ihrem Brustkorb krachten.

»Hören Sie auf!« Der Methusalem herrschte sie an, als ob er schon vor zweitausend Jahren lachende Frauen angeherrscht hätte.

Sie beruhigte sich wieder. »Ich bin nicht hergekommen, um mich verarschen zu lassen.«

»Hören Sie auf, so zu reden, ich dulde in meinem Haus keine solche Sprache.« Er rückte die Blindenbrille auf seiner Nase zurecht.

»Ah. Dann waren Sie das, der Ihrer *Tochter* dieses gewählte Sprechen beigebracht hat.«

»Jawohl. Ich habe Nike erzogen.« Stolz lag in seiner Stimme. »Nike ist mein Werk. Alles, was sie ist, verdankt sie mir.«

»Da kann ich nur gratulieren.«

In einem Kraftakt war es dem Alten gelungen, sich aufzusetzen. Schnaufend lehnte er mit dem Rücken am Rollstuhl. Die schwarzen Gläser richteten sich auf Kyra. »Verlassen Sie mein Haus.«

»Das werde ich nicht.«

»Gehen Sie. Aus Ihnen spricht dieselbe Dummheit und Brutalität, die überall auf dieser Welt herrscht. Die Ignoranz, vor der ich Nike immer bewahrt habe.«

Kyra mußte schon wieder lachen. »Ich bin brutal? Soll ich Ihnen mal erzählen, was Ihre edle Tochter die letzten Wochen in Berlin so alles getrieben hat?«

»Schweigen Sie still. Leute wie Sie werden niemals begreifen.«

»Was begreifen?«

»Daß Nike etwas ganz und gar Besonderes ist. Etwas absolut Kostbares.« Sein Atem hatte sich beruhigt. »Helfen Sie mir in den Stuhl. Dann werde ich Ihnen erzählen.«

Kyra dachte eine Sekunde nach. Die Vorstellung, diesen despotischen Greis anzufassen, ekelte sie, aber die Neugier war stärker. Sie stand auf, ging zu dem Rollstuhl, stellte ihn auf die Räder, trat hinter den Alten, bückte sich, schob ihre Arme unter seinen Achseln hindurch und hievte ihn hoch. Beinahe hätte sie ihn fallen lassen, so stark wurden die Schmerzen in ihrer Brust. Sie biß die Zähne aufeinander und machte weiter. Als sie ihn endlich abgesetzt hatte, schleppte sie sich selbst zu einem der Sessel, die in dem Wohnraum standen. Der Schweiß lief ihr über die Stirn. Gut, daß der Alte sie nicht sehen konnte.

»Jetzt erzählen Sie.«

Er fingerte nach der karierten Wolldecke, die halb um seine Knöchel gewickelt war, halb zu seinen Füßen lag.

Kyra würde nicht noch einmal aufstehen.

Er ließ die Decke sein und setzte sich gerade. Wieder suchten die schwarzen Gläser ihre Richtung.

»Ich war Lehrer«, begann er. »Vierzig Jahre lang habe ich Latein und Griechisch unterrichtet. Habe ich Tausende von Schülern studieren können. Bis ich begriff, warum aus ihnen keine echten Menschen werden konnten, sondern nur solch armselige Geschöpfe, wie sie unseren ganzen Planeten überbevölkern.« Er richtete sich noch gerader auf. »Ich habe Nike gezeugt und erzogen, um zu beweisen, daß es ihn geben kann, den perfekten Menschen.«

»Ach so?« Kyra blinzelte. »Wir reden hier über den perfekten Menschen?«

»Jawohl. Das tun wir«, sagte er triumphal. »Nike ist der ideale Mensch. Gebildet. Rational. Von keiner Leidenschaft, von keinem Trieb verwirrt. Stets nach dem Höchsten strebend. Unerbittlich gegen sich selbst. Frei –«

»Das ist nicht Ihr Ernst.«

Er ignorierte Kyras Einwurf. »Nur aus Selbstperfektion kann Freiheit entstehen«, dozierte er weiter. »Der freie Mensch ist der, der erkennt, wie erbärmlich sein kreatürliches Menschsein ist. Und der sich nicht in die Erbärmlichkeit fügt, wie alle es tun, um sich dann auch noch Humanist zu schimpfen. Der wahre Humanist ist der, der sein Leben lang darum kämpft, den Menschen in sich zu überwinden.«

Kyra grinste. »Dann ist Nike allerdings eine der größten Humanistinnen, die jemals frei herumgelaufen sind.«

»Alles auf dieser Welt ist Erziehung. Von der ersten Sekunde an. Das ist es, was keiner mehr begreifen will.« Kämpferisch schüttelte er die greise Faust. »Ich habe es an meinen Schülern studieren können. Wenn sie zu mir in die Klasse kamen, waren die meisten von ihnen schon ganz und gar verdorben. Allen voran die Jungen. Diese einfältigen Eltern, die sie haben groß werden lassen in dem Glauben, es sei an sich schon ein Wert, ein Junge zu sein.« Er lachte auf. »Wie soll man solch ein eitles Geschöpf noch dazu bringen, daß es erkennt, daß es seinen Wert erst schaffen muß.« Er stach in die Luft. Und fiel in einen sachlichen Tonfall zurück. »Einige wenige gab es natürlich immer, die verständigere Eltern hatten, um die war es besser bestellt. Ihnen habe ich mich gewidmet. Mit ihnen habe ich schöne Erfolge erzielt.« Die Erinnerung ließ ihn lächeln. »Aber dann, dann kamen diese Jungen in die Jahre, in denen die Natur erwachte. Die Natur, die in jedem Mann erwacht. Und da mußte ich einsehen, von Jahr zu Jahr mehr, was ich schon am eigenen Leib nur allzu schmerzlich erfahren hatte: Ein Mann wird sich der Natur niemals ganz entreißen lassen. Die Natur ist zu mächtig in ihm.«

Kyra konnte ein Lachen nicht unterdrücken.

Die buschigen Augenbrauen, die sich über der schwarzen Brille wölbten, zuckten. »Ich war verzweifelt. Die ganze Menschheit wollte ich in den Orkus schicken. Aber dann kam mir ein Gedanke.«

Verwundert beobachtete Kyra, wie das faltige Gesicht aufblühte.

»Die Mädchen, die ich in der Schule unterrichtete, machten in jenen Jahren viel geringere Veränderungen durch. Die Natur wirkte viel schwächer in ihnen. Mit ihnen hatte ich mich nie beschäftigt, da sie im allgemeinen ohne geistigen Ehrgeiz zu mir kamen. Aber zum Geistigen konnte man sie erziehen, wenn man rechtzeitig damit begann. Das gab mir die Hoffnung: Vielleicht konnte es doch noch ein Geschöpf geben, das den Gipfel der Vollkommenheit jemals erreichen würde: die perfekt erzogene Frau.«

Er machte eine große Pause, um das Gesagte wirken zu lassen.

»Ich habe gewartet, bis ich in den Ruhestand versetzt wurde, damit ich dem Werk meine ganze Aufmerksamkeit widmen konnte.«

Kyra runzelte die Stirn. Ohne daß sie es gemerkt hatte, war sie an die vorderste Sesselkante gerückt. »Und in welchem Labor haben Sie sich *Ihr Werk* züchten lassen?«

»Labor.« Er schnaufte abfällig. »Ich habe Anzeigen aufgegeben. Viele Frauen haben sich bei mir gemeldet, die bereit waren, das Gefäß zu sein, in dem meine Tochter heranwachsen würde. Natürlich habe ich ihnen viel Geld angeboten. Und dennoch war es schwierig, die Richtige zu finden. Wie Sie ja bereits wissen, halte ich nichts von der Natur und von all diesem Gerede über Gene, aber gerade deshalb war es wichtig, eine Frau zu finden, die nicht schon von Natur verdorben war.«

»Sie haben eine Frau dafür bezahlt, sich von Ihnen schwängern zu lassen?«

Er wischte ihre Frage mit einer ungeduldigen Handbewegung beiseite. »Selbstverständlich kam nur eine Frau in Betracht, bei der ich sicher sein konnte, daß sie später keine Schwierigkeiten machen und Anspruch auf mein Kind erheben würde. Schließlich fand ich ein einfaches Mädchen aus Griechenland. Farblos. Unverdorben. Unverbildet. Das ideale Gefäß. Ich ließ sie hierher bringen.« Er räusperte sich. »Die erste Schwangerschaft war ein Junge. Ich habe sie ins Krankenhaus geschickt. Doch schon beim zweiten Versuch ist es geglückt. Nike entstand.« Er lehnte sich ein wenig zurück. Und faltete die knotigen Hände im Schoß.

»Unmittelbar nach der Geburt wurde Nike an eine Amme übergeben. Das griechische Mädchen bekam sein Geld und kehrte in sein Dorf zurück. Die ersten Monate waren die schwierigsten. Es war nicht leicht, überhaupt eine Amme zu finden, die ich mit Nikes Pflege betrauen konnte. Und dann mußte ich jeden Monat eine neue suchen. Keine durfte länger als vier Wochen in Nikes Nähe bleiben. Jede engere Bindung an eine dieser Frauen hätte Nike für immer verdorben.« Er redete sich in neue Begeisterung hinein. »Als Nike drei wurde, konnte ich mein eigentliches Werk beginnen. Nike war reif für die geistige Erziehung. Mit Griechisch haben wir angefangen, Griechisch ist die Grundlage von allem. Als Nike fünf war, sprach sie diese Sprache fließend, mit sieben konnte sie Homer lesen. Dann folgte Latein, Seneca, Horaz, Vergil. Mit acht kannte sie sich aus in der gesamten antiken Kunst, Literatur und Geschichte.«

»Und warum hat sie dann kein Abitur gemacht?« Die Merkwürdigkeit, über die sie in den Bewerbungsunterlagen gestolpert war, fiel Kyra plötzlich wieder ein.

Der welke Mund krümmte sich vor Verachtung. »Selbstverständlich habe ich Nike nie auf eine Schule geschickt.

Ich war lange genug im Lehramt tätig, um zu wissen, was für Anstalten des Verderbens unsere modernen Schulen sind. Ich habe beim Ministerium einen Sonderantrag gestellt. Und sie haben mir die Berechtigung, Nike selbst zu erziehen, erteilt.« Seine Züge wurden wieder sanfter. »Wir sind gereist, viel gereist. Monatelang durch ganz Griechenland, Italien, wir haben ein halbes Jahr in Sizilien gelebt, wir waren in Kleinasien –«

»Ich glaube, das nennt man heute Türkei.«

Er ruckte ärgerlich mit dem Kopf. »Von Monat zu Monat konnte ich verfolgen, wie Nike sich weiterentwickelte, wie sie immer perfekter wurde.«

»Und was haben Sie mit ihr angestellt, als sie in diese *bestimmten Jahre* kam? In denen *die Natur erwacht?*«

Er legte den Kopf in den Nacken. Wahrscheinlich hatte er die Augen geschlossen. Aber das konnte Kyra hinter den schwarzen Gläsern nicht sehen.

»Es war die Phase in meinem Experiment, die ich am meisten gefürchtet hatte. Würde ich sie verlieren, oder würde es mir gelingen, sie der Natur zu entreißen?« Die Gläser hefteten sich wieder auf Kyra. »Ich verfolgte ihre körperliche Entwicklung genau. Von Anfang an hatte ich Nike einer strengen Leibeserziehung unterworfen. Da ich begriffen hatte, daß man den Körper niemals unterschätzen darf. Er kann diese schwierige Zeit nur meistern, wenn er vom ersten Augenblick an gelernt hat, sich dem Geist zu unterwerfen.«

Kyra war aufgestanden. Der Raum begann sich zu drehen. Sie konnte nicht sagen, ob es die Schmerzen oder das Gehörte waren, was den Schwindel verursachte. Mit beiden Händen faßte sie sich an die Schläfen.

»Eins verstehe ich nicht. Warum haben Sie Nike nach Berlin gehen lassen, wenn Ihre Vater-Tochter-Zweisamkeit so perfekt war.«

»Nike mußte fort von mir. Sie war alt genug, der Welt zu begegnen. Ich habe sie zum Studieren nach Berlin geschickt. Nicht, weil sie dort noch etwas lernen könnte. Aber sie mußte sich an der Welt beweisen. Mein Experiment konnte nur erfolgreich sein, wenn es mir gelungen war, sie so stark zu machen, daß die Welt sie mir nicht mehr verderben konnte. – Und die Welt mußte sehen, was für eine einzigartige Frau ich geschaffen habe«, fügte er stolz hinzu.

Kyra nickte. Sie ging langsam im Zimmer auf und ab. »Ja. Ja. Ich glaube, das hat die Welt gesehen. Wenn auch ein bißchen anders, als Sie sich das vorgestellt haben.«

»Was wollen Sie damit sagen?« Die schwarzen Gläser schnellten dorthin, wo sie ihren letzten Satz gesprochen hatte.

»Ich fürchte, Ihr Erziehungsprogramm hatte ein paar unerwünschte Nebenwirkungen.«

Die Gläser folgten ihr. »Die Erziehung, die ich Nike habe angedeihen lassen, war perfekt«, schnarrte der Greis. »Sie war das zwingende Resultat von vierzig Jahren Studien und Erfahrung. Ich habe alles bedacht. Es war die beste Erziehung, die ein menschliches Wesen jemals genossen hat.«

Kyra blieb stehen. »Männern die Köpfe abschlagen und Hirne in Einmachgläsern sammeln – war das auch Teil dieser besten Erziehung?«

»Was reden Sie da!« Sein Kopf begann zu zittern.

»Lesen Sie keine Zeitung?« Zu spät fiel Kyra ein, daß diese Frage sinnlos war. »Hören Sie keine Nachrichten?«

»Selbstverständlich nicht. Hier gibt es kein Radio. Keinen Fernseher. Der Schmutz der Welt dringt in dieses Haus nicht ein.« Er zitterte heftiger.

»Dann haben Sie also wirklich keine Ahnung davon, daß in den letzten Wochen in Berlin vier Männer geköpft

288

wurden? Und daß sich die Hirne dieser Männer im Schlafzimmer Ihrer einzigartigen Tochter befinden?«

»Halten Sie den Mund. Versündigen Sie sich nicht an
Nike.«

Kyra packte ihn am Revers seiner grauen Strickjacke.
»Jetzt hören Sie mir mal gut zu. Ich weiß nicht, wo Sie
diesen Bastard versteckt haben, aber ich schlage vor, daß
Sie ihn auf der Stelle herrufen. Vielleicht kann Nike Ihnen
ja selbst erklären, warum sie Hirne in Einmachgläsern
sammelt.«

»Lassen Sie mich los.« Er wand sich unter ihrem Griff.
»Sie sind abartig.«

Kyra schüttelte ihn. »Ich? Ich bin abartig?«

»Nike ist gut. Nike ist rein. Ich habe alles richtig gemacht. Meine Erziehung war perfekt.« Er schnappte nach
Luft.

»Ihre Erziehung war ein Scheißdreck«, brüllte Kyra gegen sein Röcheln an. »Ihr *Experiment* ist schiefgegangen.
Gründlich. Was Sie sich da herangezüchtet haben, ist
keine niedliche kleine Göttin auf Menschenbeinen. Das
ist Frankensteins Tochter.«

»Sie sind krank. Sie sind krank.« Was er sagte, war
kaum noch zu verstehen, so heftig sog er zwischen jeder
Silbe die Luft ein. »Verschwinden Sie. Lassen Sie uns in
Frieden.«

»Wo ist sie?«

»Gehen Sie weg«, keuchte er. »Gehen Sie weg. Sie werden es bereuen, wenn Sie nicht gehen.« Sein magerer Leib
bog sich von den Fußspitzen bis zum Hals. Er stürzte aus
dem Rollstuhl. Er faßte sich ans Herz. Die schwarze Brille
rutschte von seiner Nase.

»Wo steckt Ihre verdammte Tochter!«

»Ein großes Unglück wird über Sie kommen. Gehen Sie.
Gehen Sie. Ich sehe es voraus.«

Kyra schlug die Augen auf. Ihr Schädel klingelte. Als ob der Milchmann da wäre. Oder der Weihnachtsmann. Der Weihnachtsmann, der ihr seine Rute über den Kopf gehauen hatte. Sie ließ die Lider herunterfallen.

War sie zu Hause? Nein. So viel hatte sie gesehen. Der Raum war weiß. Sie hatte Fenster mit weißen Vorhängen gesehen. Einen weißen Schrank. Und einen weißen Schreibtisch. Das Bett, in dem sie lag, war furchtbar schmal. Sie kicherte. *Ich seh etwas, was du nicht siehst.* Vielleicht war sie auf einem Kindergeburtstag.

Von irgendwoher hörte sie ein schleifendes Geräusch.

Sie öffnete nochmals die Augen. Kurz. Der Blick durch die weißen Vorhänge sagte ihr nichts. Irgendeine Häuserwand. *Komm schon, gib mir noch 'n Tip.*

Rechts von ihr war eine Wand. An der Wand hing ein Bild. Auf dem Bild waren zwei Tempel zu sehen. Griechische Tempel –

»Warum haben Sie meinen Vater getötet?«

Kyra stieß einen Schrei aus. Sie warf den Kopf herum. In die Richtung, aus der die Stimme gekommen war. Auf einem Stuhl vor einer Spiegelkommode saß *sie*. Die Herzlose. Mit dem Rücken zu ihr. Im ersten Moment hätte Kyra sie fast nicht wiedererkannt. Ihre Haare waren kupferrot. Nackenlang.

»Du – du«, stammelte Kyra, »wieso hast du dir die Haare gefärbt?«

Die andere schwieg. Nichts außer dem schabenden Geräusch.

Kyra wollte sich aufsetzen. Erst jetzt merkte sie, daß sie ans Bett gefesselt war. Mit Händen und Füßen. Wütend zerrte sie an den Ketten.

»Was soll das? Mach mich sofort los.«

Die andere schwieg. Nur das Geräusch.

»Bist du taub? Du sollst mich losmachen, du kranker Bastard.«

»Warum haben Sie das getan?« Die Stimme der anderen war ruhig. Furchtbar ruhig.

Plötzlich erkannte Kyra das Geräusch. Das Geräusch, das sie viel früher hätte erkennen müssen. *Es ist ein Schnitter, heißt der Tod.* Klinge auf Wetzstahl. Das einzige Lied, das ihr die Mutter vorgesungen hatte. In ihren Ohren begann es zu sausen.

»Was tust du da?«

»Es war ein großes Unrecht, das Sie begangen haben.«

»Ich habe gar nichts begangen. Mach mich los.«

»Sie haben meinen Vater getötet.«

»Ich habe deinen Vater nicht getötet.«

»Er ist tot. Durch Ihre Schuld.«

Kyra schloß die Augen und zwang sich, ruhig zu atmen. Ein. Aus. Ein. Aus. Aus. *Aus. Aus.* »Nike. Es tut mir leid, daß dein Vater tot ist. Aber ich kann nichts dafür. Er war sehr alt. Er hätte viel früher sterben können.«

»Er ist jetzt gestorben. Es ist Ihre Schuld.«

»Nike. Dieser Mann war wahnsinnig. Sei froh, daß er tot ist.«

»Sprechen Sie nicht so von meinem Vater.« Zum ersten Mal wurde die Stimme böse.

»Es ist krank, was er mit dir gemacht hat.«

Langsam drehte sich Nike auf ihrem Stuhl um. Sie war schön mit dem kupferroten Pagenschnitt. Mit dem transparenten weißen Chiffonkleid. Mit dem langen Messer in ihrem Schoß. »Haben Sie mir nicht von Ihrer Mutter erzählt? Ich dachte, Sie würden mehr verstehen.« Es klang enttäuscht.

Kyra begann zu zittern. »Meine Mutter war vollkommen anders. Meine Mutter hat mich nicht zu einem so kaputten Geschöpf gemacht, das – das –« Sie verstummte.

In ihrem Kopf tauchten Bilder auf. Bilder von Franz. An alles konnte sie sich erinnern. An alles.

»Warum hast du es getan?« fragte sie heiser.

»Was?« Die andere wetzte das Messer.

»Den Männern die Köpfe abgehackt. Ihre Hirne gesammelt.«

»Ich habe ihnen geholfen. Sie waren nicht glücklich. Sie hatten alle gute Hirne. Aber sie waren nicht kalt genug. Sie waren verfleischt. Ich mußte sie von ihrem Fleisch befreien, damit ihre Hirne leben konnten.«

Kyra rang sich ein kurzes Lachen ab. »In Einmachgläsern?«

Nike fuhr herum. Ihre Augen funkelten zornig.

»Ich war bei dir zu Hause. Ich habe alles gesehen«, sagte Kyra. Es gelang ihr, ruhig zu bleiben. »Sind es nur diese vier? Oder gibt es noch mehr?«

Nike schaute sie an, als ob sie die Frage nicht verstanden hätte.

»War Robert Konrad der erste, den du umgebracht hast?«

Die Kleine lächelte. Wie durch einen Schleier hindurch. »Ich habe Robert Konrad nicht umgebracht. Ich habe nichts getan, was er nicht auch gewollt hatte. Wir haben über die Liebe gesprochen. Über die Antike. Und wie schön es sein muß, wenn die Antike und die Liebe zusammenkommen.« Sie verstummte.

»Ich verstehe nicht ganz«, hakte Kyra nach. Solange die Herzlose redete, hörte sie auf, das Messer zu wetzen.

»Robert Konrad wollte, daß wir Antike spielen.«

»Antike spielen?«

»Ja. Aber er hat nicht verstanden, worum es dabei wirklich geht. Er dachte nur an die schmutzigen Dinge.«

»Du meinst, er hat versucht, dich zu vögeln? Mit Homer auf dem Schoß?«

Nike ruckte ärgerlich mit den Schultern. »Warum reden Sie so? Ich weiß nicht, was Sie mit diesen Wörtern meinen.« Sie zog die Klinge wieder über den Wetzstahl.

Knorpelmesser, schoß es Kyra plötzlich durch den Kopf, die Kleine verwendete ein Knorpelmesser, wie es ihre Mutter beim Leichenaufschneiden verwendet hatte.

Ihr Atem ging schneller. »Hast du ihn umgebracht, weil du nicht wolltest, daß er dir an die Wäsche geht?«

»Er wollte Dinge tun, die nicht gut sind. Ich weiß nicht, was das für Dinge sind, ich weiß nur, daß sie nicht gut sind.« Die Kleine prüfte mit dem Daumen, ob die Klinge bereits scharf genug war. »Es liegt an der Wärme. Schon die Griechen haben gewußt, daß ein Zuviel an Wärme den ganzen Körper in Unordnung bringt. Die Wärme kommt aus dem Herzen, die Kälte aus dem Gehirn. Wenn ein Gehirn zu warm ist, kann es den Körper nicht mehr regieren. Das Gehirn muß kalt sein. Kalt und empfindungslos. Das kälteste Organ, damit es die Hitze des restlichen Körpers bezwingen kann.«

Kyra hatte die Augen wieder geschlossen. In ihrem Kopf war nichts als Schwarz. Und das Schwarz drehte sich. »Warum Franz?«

Es gab eine Pause. »Er war wie die anderen. Am Anfang habe ich geglaubt, er wäre nicht so. Aber dann ist es gewesen wie immer.«

»Nein, verdammt, er war nicht wie die andren.« Kyra riß die Augen auf. Zu spät erinnerte sie sich daran, daß sie gefesselt war. Die Schellen schnitten ihr in die Handgelenke. »Er war der Beste, der mir jemals begegnet ist.«

Die Kleine stand auf. Sie betrachtete sich im Spiegel. »Sie wollten doch auch nicht, daß er Sie anfaßt.«

»Woher weißt du das?«

»Ich weiß es.« Sie lächelte. Traurig. »Aber wir haben jetzt keine Zeit mehr.«

Mit einer einzigen Bewegung streifte sie sich die kupferroten Haare vom Kopf. Was darunter zum Vorschein kam, war nur noch weiß und glatt und rund.

Sie sah Kyra im Spiegel an. »Gucken Sie nicht so entsetzt.« Sie streichelte sich über den kahlen Schädel. »In Wahrheit ist es sehr praktisch, keine Haare zu haben. Man kann Perücken tragen.«

»Du – du – du hattest die ganze Zeit –«

»Sie meinen, ob ich noch nie Haare hatte? Doch. Von drei bis dreizehn hatte ich Haare. Sehr viele Haare. Blonde Haare.«

»Aber wieso …?«

»*Aber wieso, aber wieso*«, äffte sie Kyra nach. »*Effluvium.*« Sie lachte. »So hat es angefangen. *Alopecia areata totalis.* Können Sie Latein? – Ihr Griechisch ist übrigens grauenvoll.« Sie faßte sich an die Augenlider. »Dann sind mir die Wimpern ausgegangen –«, sie riß sich die geschwungenen Wimpern herunter, »– und dann die Brauen. Bis an meinem ganzen Kopf kein einziges Haar mehr war.« Sie lachte. »Und dann –«, sie faßte das weiße Chiffonkleid am Saum und hob es hoch, »– *Alopecia areata universalis.*« Stolz ließ sie es wieder fallen. »Verlust der gesamten Körperbehaarung.«

Kyra blinzelte. Hatte sie eben dasselbe gesehen, was Franz gesehen hatte, im letzten Augenblick, bevor er gestorben war? Hatte er sterben müssen, weil er der Göttin unters Kleid geschaut hatte?

»Kann man denn nichts gegen diese Krankheit machen?« Zeit. Zeit. Zeit gewinnen.

»Sie verstehen wirklich gar nichts. Das ist keine Krankheit. Das ist eine göttliche Auszeichnung. Genau wie Epilepsie. Die Griechen haben Fallsüchtige als Heilige verehrt. Nur heute sind alle so dumm und sperren sie als Kranke in irgendwelche Häuser ein.«

»Nike. Ich habe nie gesagt, daß du krank bist. Du sollst nicht eingesperrt werden.«

Kyra holte tief Luft. Sie schloß für einen Moment die Augen. Ein letzter Versuch. Eine letzte Chance.

Sie sprach ganz leise. »Ich bewundere dich, Nike. Du bist die Frau, die ich immer gesucht habe. Ich – ich – liebe dich.«

»Was reden Sie da.« Die andere fuhr herum. »Niemand liebt mich. Nur mein Vater hat mich geliebt.«

Kyra sah, wie die Kleine vor dem Spiegel herumhantierte. An ihren Augen. Als ob sie sich Kontaktlinsen einsetzen würde. *Damit ich dich besser sehen kann ...* Kyra warf ihren Kopf auf der Matratze hin und her. »Ich war die ganze Zeit eifersüchtig auf Franz, weil du mit ihm ins Konzert gegangen bist.«

»Ich werde Ihnen zuerst die Kehle durchschneiden. Wenn die Götter es wollen, spüren Sie den Rest nicht mehr.«

»Nike, wir sind viel ähnlicher, als du denkst. Ich verstehe, was du getan hast. Ich verstehe alles.«

»Ich werde Ihre Halsweichteile rundherum einschneiden. Und dann die Knorpelmasse zwischen zwei Wirbeln durchtrennen.«

»Nike, erinnerst du dich noch, wie du nach unserem Besuch in der Rechtsmedizin gesagt hast, ich würde Leichen mögen? Du hattest recht.«

Panisch verfolgte Kyra aus den Augenwinkeln, wie die andere auf sie zukam. Weiß. Kahl. Mit schwefelgelben Augen. Und dem Messer.

»Nike, tu es nicht«, schrie sie, »wir sind uns doch so ähnlich.« Und zuckte, als sie das Messer an ihrem Hals spürte. »Tu es nicht! Tu es nicht!«

Mit gelbem Blick schaute die andere durch sie hindurch.

»Pallas Athene, die ruhmvolle Göttin, will ich
besingen –«

»Nike. Du machst einen furchtbaren Fehler, du –« Kyra brüllte auf. Der erste Schnitt. Luft. Luft. Noch konnte sie atmen. Blut lief an ihrem Hals entlang in den Nacken.

»Eulenäugig, vieles beratend, spröde im Herzen –«

»Du machst dich unglücklich, wenn du mich umbringst.«

»Züchtige Jungfrau, Städtebeschirmerin, mutig zur
Abwehr –«

»Du hast nur Männer getötet. Männer, die du retten wolltest. Deren Hirne du retten wolltest. Noch bist du unschuldig. Wenn du mich tötest, verlierst du die Reinheit –«
Der zweite Schnitt. Er wäre tödlich gewesen, hätte das Messer nicht in letzter Sekunde gezögert.
»Der Vater muß gerächt werden.«
»Nein. Der Vater muß gerettet werden.« Das Messer blieb ruhig. Weitermachen. Nicht aufgeben. »Glaub mir. Du kannst deinen Vater retten. Geh zu ihm und rette ihn. Er will nicht, daß du dich seinetwegen befleckst. Du bist seine Tochter. Geh hinunter und rette ihn.«
»Der Vater ist tot.«
»Wenn du ihn rettest, wird er dich retten. Er wartet auf dich. Geh hinunter. Rette ihn. Und du wirst für immer befreit sein.«
Der dritte Schnitt ging tiefer. Kyra schloß die Augen. Vielleicht war es gar nicht so schlimm zu sterben. Jetzt. Hier. Von dieser Hand. Tonlos bewegte sie die Lippen. »ANDRA MOI ENNEPE, MUSA, POLYTROPON, HOS MALA POLLA –«

Wenn sie noch gekonnt hätte, hätte sie gelacht. *Odyssee. Odyssee.* Die furchtbaren Griechen. Jahrelang damit gequält. Wie es plötzlich wieder hochkam.

»Sage mir, Muse, die Taten des vielgewanderten
Mannes —«

War es ihr Körper, der so zu beben begann? Es wurde still. Sie hörte eine leise ratlose Stimme:

»Vater? Vater? Bist du das?«

Schritte tappten vom Bett weg ins Zimmer hinein.

»Vater? Bist du das? – Vater, wenn du es bist, sprich zu mir.«

Noch einmal die Lippen bewegen. Noch einmal die alten Bildungstrümmer hervorkramen. »ANDRA MOI EN-NEPE, MUSA, POLYTROPON, HOS MALA POLLA ...«

»PLANCHTHE, EPEI TROIES HIERON PTOLIETHRON EPERSE«, kam es andächtig aus der Mitte des Raumes zurück. Kyra hörte, wie die Schritte weitertappten.

»Ja, Vater. So haben wir stets gemeinsam gesprochen. Wie schön das immer war. – Wie? – Du willst, daß ich? – Bitte, Vater, nein, zwing mich nicht, das zu tun.«

Sie schluchzte leise.

»Nein. Nein. Bitte zwing mich nicht, das zu tun. – Ich kann es nicht. Ich will es nicht tun.«

Schluchzen. Schluchzen. Stille.

»Gut – Vater – wenn du es befiehlst – ich werde es tun – alles, was du befiehlst.«

Und Nike Schröder ging hinab und trennte das greise Haupt ihres Vaters vom Rumpf und öffnete den Schädel und weinte, als sie die Höhle wiedersah, der sie vor neunzehn Jahren entsprungen war.

Epilog

»Was möchten Sie gern trinken?«

Die junge Frau, die seit dem Abflug in Frankfurt un-
unterbrochen aus dem Fenster geschaut hatte, drehte ihren
Kopf. »Ein Mineralwasser, bitte.«

Die Stewardeß wandte sich lächelnd an den Herrn, der
den Gangplatz neben der leeren Mitte belegte.

»Und was darf ich Ihnen bringen?«

»Ist der Rotwein trocken?«

»Ich kann Ihnen einen Bordeaux anbieten.«

Der Mann nickte zustimmend. Er trug beige Freizeit-
kleidung. Einen naturledernen Brustbeutel. Einen Bart,
der sich an den Seiten grau zu färben begann. Er nutzte
die Gelegenheit, seine Nachbarin anzulächeln.

»Ein strahlendes Wetter haben wir uns da heute zum
Fliegen ausgesucht.«

Sie lächelte zurück. »Ja.«

»Ist es das erste Mal, das Sie nach Athen fliegen?«

»Nein.«

»Machen Sie Urlaub dort?«

Sie dachte einen Moment nach. »Nein.«

»Reisen Sie allein?«

»Ja.«

Die Stewardeß reichte ihnen die Gläser. »Ein Mineralwasser für Sie. Bitteschön. – Einen Bordeaux für Sie. Bitteschön.«

Der Mann nahm den Plastikbecher und prostete der
jungen Frau zu. Lächelnd trank sie von ihrem Mineralwasser. Die Sonne, die jetzt direkt ins Fenster schien, spiegelte

sich auf seiner Glatze. Er stellte den Rotwein ab und wischte sich mit der Papierserviette über den Bart.

»Haben Sie Verwandte in Athen?«

Sie legte den Kopf schief. »Gewissermaßen«, sagte sie. Und lächelte.

Die beiden letzten Teile dieses Romans wurden in der Villa Waldberta geschrieben. Verena Nolte und dem Kulturreferat München möchte ich für die großzügige Unterstützung danken.

Prof. Dr. Volkmar Schneider und Dr. Markus Rothschild vom Institut für Rechtsmedizin der Freien Universität Berlin danke ich für einen unvergessenen Vormittag im Sektionssaal. Die Verantwortung für alle anatomischen Fehler und Ungenauigkeiten, die sich dennoch in den Text eingeschlichen haben sollten, liegt selbstverständlich bei mir.

Die Zitate auf den Seiten 209-215 stammen aus dem Buch: Walter Burkert, Wilder Ursprung. Opferrituale und Mythos bei den Griechen (Berlin 1990) und sind mit freundlicher Genehmigung des Verlags Klaus Wagenbach hier abgedruckt.